챗GPT를 이기는 글쓰기

마케터, 크리에이터, 에디터,
그리고 콘텐츠를 만드는 모두를 위한

챗GPT를
이기는
글쓰기

매일경제신문사

한판 붙자, 챗GPT

글쓰기 강호. 검은 그림자가 당신 앞에 서 있다.

역대 노벨문학상 수상자 모두의 문체와 필력, 500만 부 이상을 판 전 세계 모든 작가의 스토리, 퓰리처상 역대 수상 기자들의 칼럼까지 모두 쪽쪽 내공으로 빨아먹은 고수다.

글쓰기계 '검마(劍魔)' 챗GPT. 절대 쾌검으로 불리는 자다. 그의 별명의 3초. 글쓰기 발검(拔劍)에 1초, 상대(독자)의 심장(감정)을 정 확히 찌르는 데 1초, 글쓰기 칼을 거두는 데 1초다.

AI까지 판을 치는 글쓰기 정글의 강호. 이런 검마 챗GPT가 유튜 브에서 제자(구독자)를 모은다면 어떨까. 자신의 글쓰기 쾌검의 비법 을 매일 업로드 하고, 유료 수강생까지 모은다면.

검마뿐만이 아니다. 글쓰기 강호에 절대 강자는 어림잡아 수백만 이다. 펜촉의 달인 소설가 한강, 문체의 달인 김훈, 신흥 세력 김영하 까지 깊이를 알 수 없는 강자들이 수십, 수백만 개의 컨텐츠를 매초 경쟁하듯 올린다. 검무를 펼치는 무대도 다양해졌다. 유튜브, 블로그, 인스타그램. 여기에 일합(一合)으로 승부를 보는 숏폼까지.

그야말로 글쓰기 정글. 승부를 가리는 방식은 단 하나다.

'독자의 클릭'

독자의 '클릭'을 받지 못한 자, 소멸이다. 화려한 초식의 문장력, 어휘력, 필력 등 내공, 다 필요없다. 클릭을 받지 못하면, 순삭이다.

이 살벌한 글쓰기판, 누가 평정할까.

쿠쿵. 마침내 그가 왔다. 기연으로 글쓰기 3대 비급 (1대 비급: 100만 클릭을 부르는 글쓰기, 2대 비급: 100만 클릭 터지는 독한 필살기) 중 하나인 '클릭력' 비급을 얻은 자. 그의 신공은 간결하다. 단순하다. 오직 클릭력. 일격필살 초식 하나로 강호를 평정해 버렸다.

그의 검술, 핵심은 도파민 필력 '클릭력'이다. 1초식 클릭 구성력에, 2초식 클릭력으로 독자를 홀린다. 여기에 금강불괴(칼날도 뚫을 수 없는 경지)라 불리는 클릭 유지력까지 갖추었으니. 내공을 증폭해주는 '클릭 증폭단'까지 복용했으니. 깊이를 가늠할 수 없다.

그의 클릭력, '일격필살'이다. 단박에 독자의 시선을 잡아 끈다. 썸네일, 제목에는 그냥 넣으면 클릭이 쏟아지는 파워 키워드 필살기를 날린다. 쇼핑몰 강의 장사 분야에선 '결제 클릭'을 누르게 만드는 심리술까지 쓴다. '채널화' 신공으로 상대의 클릭을 내 것으로 흡수하는 '흡성대법'도 강력하다.

상대가 변초, 숏츠 술로 파고든다면. 100만 클릭을 뽑아먹는 썸네일 키워드, 제목 키워드로 가볍게 쳐 내고, 도파민 글쓰기 5형식으로 시선을 분산시킨다. 클릭 증폭력까지 더해진 막강의 '클릭 머니력'으로 빡, 끝이다.

너무 과장 아니냐고?
미안하지만 아니다. 읽어보시면 안다. 이 책, 그만큼 강렬하다. 클릭의 세계에서 만큼은 일격필살이다.

단언컨대, 당신이 이 책을 접한 것, 기연, 아닌 필연이다. 클릭으로 시작해 클릭으로 끝나는 플랫폼 글쓰기 강호. 접수할 준비, 되셨는가.

큰 소리로 외치시라. 한판 붙자, 챗GPT

2026년 봄, 충무로에서

클릭계의 神 **신익수**

 챗GPT를 이기는 글쓰기

Contents

PART **도파민 필력 1초식**

1 새로운 문해력의 시대

PART 도파민 필력 2초식

2 도파민 글쓰기란

PART 도파민 필력 3초식

도파민 필력을
극강으로 끌어올리는 클릭력

PART 도파민 필력 4초식

도파민이 폭발하는
클릭 증폭력과 클릭 유지력

PART 도파민 필력 5초식

5 도파민 클릭을 돈으로 바꾸는 머니 클릭력

챗GPT를
이기는 글쓰기

PART

1

새로운 문해력의 시대

도파민 필력을 위한 클릭력 마인드 셋을 정립하고, 도파민 필력의 필수 요소인 구성력, 클릭력, 클릭 증폭력, 머니 클릭력까지를 다룬다. 도파민 필력만 자유자재로 응용할 수 있다면, 살벌한 클릭력의 시대, 챗GPT까지 잡아낼 수 있다. 자, 그럼 출발한다. 첫 단계, 도파민 필력의 마인드 셋 편이다.

CHAPTER

1

도파민 필력을
장착하라

챗GPT를
이기는 글쓰기

단도직입적으로 묻는다. 글쓰기에서 가장 중요한 게 뭘까?

어휘력? 좋다. 다양한 어휘 활용 실력은 기본 중의 기본이다.

문장력? 물론이다. 부드럽게 문장을 완성하는 능력도 필요하다.

필력? 두말하면 잔소리다. 리듬을 타고, 하고 싶은 말을 벌처럼 쏴야 한다.

질문을 살짝 틀어서 다시 드린다. '요즘' 글쓰기에서 핵심적인 건 뭘까? 요즘이라는 시점에 주목해야 한다. 요즘 글쓰기 판은 그야말로 천지개벽이다. 신문, 잡지 정도만 있던 과거와는 차원이 다르다. 유튜브, 블로그, 숏폼, 인스타그램까지 다양한 플랫폼에 수십, 수백만 개의 글이 하루가 멀다 하고 포스팅되는 시대다.

이런 시대에 핵심적인 것이 '어휘력, 문장력, 필력'일까. 과연 이런 게 먹힐 것 같은가.

정답은, 클릭력(Click+力)이다. 클릭력이 뭘까. 검색창 뒤져봐도 답은 없다. 필자가 만든 말이니까. 나는 클릭력을 이렇게 정의한다.

클릭력 = (내가 만든) 콘텐츠 **+** 상대방의 '클릭(스크롤 스톱)'을 가져올 수 있는 능력치

클릭력

일단 독자들의 '클릭'을 확보해야, 내 글을 보여줄 기회라도 얻는다.

어휘력, 문장력, 필력

어휘력, 문장력, 필력은 클릭력 다음이다. 스크롤이 멈춰야(클릭이 돼야) 이 스킬들을 뽐낼 수 있으니까.

요즘 글쓰기 생태계란 게 그렇다. AI가 글을 쓰고, 플랫폼을 통해 수십, 수백만 개의 정보가 글로, 영상으로, 카드 뉴스 형태로, 쏟아져 나온다. 이런 '글쓰기 아사리판'에 우선순위를 굳이 구분하자면 이렇다.

어떤가. 살벌함이, 매정함이 느껴지시는가. 현대사회는 자극이 판을 치는 도파민 과잉 시대다. 그러니 자극에 반응하는 클릭력의 중요도는 더 올라가고 있다.

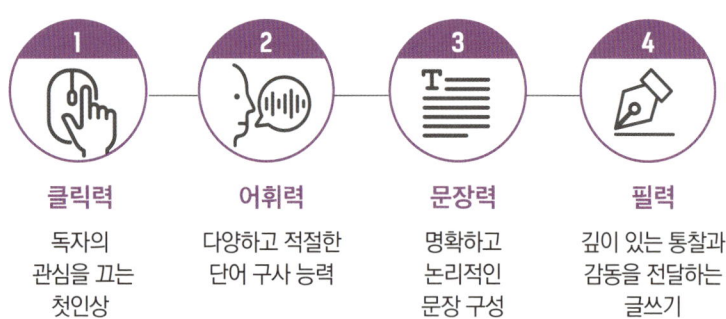

1	2	3	4
클릭력	어휘력	문장력	필력
독자의 관심을 끄는 첫인상	다양하고 적절한 단어 구사 능력	명확하고 논리적인 문장 구성	깊이 있는 통찰과 감동을 전달하는 글쓰기

위, 그래픽을 보면 플랫폼 글쓰기 판에서의 클릭력 위상을 알 수 있다.

아직도 멋진 어휘, 수려한 문장, 화려한 만연체, 논리 정연한 필드 기자들의 글쓰기 필력에만 몰두하고 계시는가? 과거라면 몰라도 현대사회에선 단언컨대 쓸데없는 것이다.

도파민 과잉 시대 글쓰기 판은 클릭력이 핵심이다. 노벨문학상 수상자인 한강이 멋진 글을 블로그에 올리고, 소설가 김훈이 네이버 브런치에 대하소설 역작을 남겼다고 해도 소용없다. 플랫폼(유튜브, 블로그, 인스타, 숏폼)을 접한 독자의 즉각적 반응인 '클릭'을 받지 못하면? 바로 외면이다. 순삭이다.

현대적 글쓰기에 요구되는 필력은 과거와는 차원이 달라졌다. 필자는 이를 도파민 필력이라 부른다.

도대체 그게 뭐냐고? 지금부터 알려드린다. 천천히 따라오시라.

1

도파민 시대,
클릭력 없는 글은 버려진다

클릭을 받지 못하면 챗GPT까지 버림받는, 그야말로 살벌한 글쓰기 시대다.

말도 안 된다고? 미안하지만 현실이 그렇다. '클릭력'이 없다면 모두 버려지는 시대다.

자극에 대한 반응, 클릭이 핵심이 된 사회를 필자는 '호모 도파민스' 시대라 정의한다. 호모 도파민스 종족의 뇌는 자극-반응에만 익숙해진 '도파민 뇌'로 진화하고 있다. 이를 절묘하게 빗댄 소설의 한 대목을 소개해 드린다.

"집중을 못 하는 것이 아니라, 뇌가 짧고 빠른 숏폼의 리듬에 맞게 재조정된 상황이다"

15년 초등 교사 생활을 한 이은경 작가의 《도파민 가족》에 나오는 한 대목이다. 과장이 아니다. 우리 가정은 '도파민 생성 장소'로 전락한 지 오래다.

소파에 앉아 책을 읽던 모습은 상상조차 할 수 없다. 파편화된 도파민 키즈들은 그저 폰만 들여다보고 산다. 공부를 할 때도, 영어 단어도 폰을 통해서만 찾는다.

TV는 그저 장식품이다. 아니, 대형 화면을 가진 '초대형 폰'이나 다름없다. 도파민 키즈들은 TV를 폰 대용으로 쓴다. TV로 유튜브를 보고 숏폼 콘텐츠를 소비한다.

심지어 같은 소파에 앉은 가족들도 따로 논다. 엄마 따로, 아빠 따로, 아이 따로, 서로의 폰만 들춰보고 있다. 같은 둥지에 살며, 서로 다른 자신들만의 콘텐츠를 소비하는 '도파민 가족'의 탄생이다.

당연히 도파민 가족의 뇌는 과거와는 작동 방식이 확연히 달라져 있다. 각자의 알고리즘 세계에 갇혀 살다 보니, 서로를 이해하는 감정 문해력 역시 천지개벽한다. 급기야 카톡, 대화방을 통해 밈과 이모지로 감정을 주고받는 원시적인 단계의 의사소통만 한다.

🔍 알고리즘

도파민 생태계의 생성 알고리즘

도파민 가족 → 도파민 학교(도파민 키즈 집단) → 도파민 사회
→ 도파민 생태계

가정뿐이겠는가. 도파민 가족은 도파민 회사, 도파민 사회를, 도파민 사회는 도파민 생태계를 만들어낸다.

도파민 생태계의 이런 알고리즘에 물든 '도파민 키즈'의 뇌는 '즉각적 반응'에만 익숙해진 '도파민 뇌'로 진화한다.

🔍 도파민 뇌

도파민 뇌 = 자극 - 반응(즉각적 보상)

행동도, 공부 방식도, 텍스트를 접하는 과정도 모두 '자극-반응' 일변도의 알고리즘 속에 갇힌다. 0과 1로 이뤄진 비트의 세계가 딱 이런 식이다.

자, 여기서 잠깐. 판이 뒤집힌 글쓰기 생태계. 심호흡 한 번 하고 곰곰이 생각해 보자.

이런 판에서 '살아남는 글쓰기'는 어때야 할까. 생존형 콘텐츠는 어떤 모습이어야 할까. 간단하다. '자극 – 반응' 일변도의 '도파민 인간'이라면, 어떻게 '자극'할지에만 집중하면 된다. 이게 바로 '클릭력'이다.

독자는 인내력이 없다. 늘 산만하고 조급하다. 급하다. 심장 쫄깃한 자극만 바란다. 이런 환경에선 글쓰기 판도 우선순위가 바뀌고 있다. 어휘력, 문장력, 필력에 기반을 둔 스토리보다 더 중요한 게, 일단 낚고 보는 '후킹형 타이틀'이다. '자극'을 위한 장치가 선행되고 난 뒤, 클릭 간택을 받아야, 그나마 글을 보여주고, 그 글이 생존할 확률이 높아진다는 의미다.

그저, 자극할 것. 그것에 집중할 것, 클릭력을 키울 것. 이게 도파민 시대, 글쓰기의 '치트키'가 된다

반응(보상)이 일어나는 '마법의 버튼', 그게 뭘지 찾아내는 게, 도파민 시대, 글쓰기의 핵심이 된다. 필자는 '클릭력'에 무게중심을 둔, 플랫폼 시대의 서바이벌 필력을 '도파민 필력'이라고 부르겠다. 아래 표를 보자.

• **과거:** 글쓰기 필력 = 독자의 집중력을 끌어올리기

• **현재:** 도파민 필력 = 자극 – 반응을 위한 클릭력 끌어올리기

그러니, '기자의 글쓰기', '하버드대학 50년을 관통하는 전통 글쓰기', '글쓰기 공중 부양', '챗GPT가 알려주는 글쓰기 비법' 같은 책들은 모두 던져버리시길.

다시 한번 기억하시라. 도파민 종족이 지배하는 '호모 도파민스' 시대에는 소설가 한강이 와도, 투자의 달인 워런 버핏이 와도 즉각적 손끝의 반응(클릭)을 이끌어내는 '자극'을 하지 못하면 버림받고 만다는 냉엄한 현실을…. '스마트 지존' 챗GPT조차 '자극'하지 못하면 외면받는 세계가 도파민 생태계라는 사실을….

명심 또 명심하시라. 도파민 과잉 시대에 필요한 건 딱 한 가지라는 것을. '클릭' 자극하는 도파민 필력이라는 것을….

2

마법의 찰나
0.017초를 사수하라

도파민 과잉 시대의 독자들은 더 냉정하다. 인내심이 없다. 자극이 안 되면? 버린다.

커피 향을 맡으며 가지런히 책을 펴고 보는 건 상상조차 할 수 없다. 가족들은 TV 앞에서도 소파에 함께 앉아 있을 뿐, 각자의 콘텐츠를 각자가 따로 소비한다. TV는 스스로 돌아가고, 각자 손에 든 폰으로는 OTT나 유튜브 숏츠 삼매경에 서로 빠져 계신다.

도파민 인류 즉, 호모 도파민스 종족은 주의가 산만하다. 조급하다. 늘 압도돼 있다. 텍스트와 영상도 보고 읽는 게 아니다. 그저 스크롤 한다. 훑고, 클릭한다. 마음에 드는 것(자극에 반응되는 것)을 복사, 공유할 뿐이다.

이 과정을 '초 단위'까지 분석한 흥미로운 책이 있다. 파편화된 '글쓰기 스킬'을 알려주는 《스마트 브레비티》(Smart Brevity)라는 책은 이 과정들의 결괏값을 보여준다. 입이 딱 벌어진다.

도파민 인류 매일 344번 이상, 최소 4분에 한 번꼴로 스마트폰을 확인한다.

하나의 콘텐츠를 읽는 데 걸리는 시간은 평균 26초. 클릭한 웹페이지를 읽는 데 걸리는 시간, 15초다. 뇌가 이 콘텐츠가 마음에 드는지 결정하는 데 걸리는 시간은 0.017초. 아니다, 싫으면 금방 다시 스크롤이다.

공포스럽지 않은가. 알고 보면 정말이지 살벌한 결과다.

'0.017초.'

이게 얼마나 짧은지 느낌이 오시는가. 짧은 찰나를 표현할 때 주로 쓰는 문장이 '눈 깜빡하는 사이'다. 눈을 한 번 깜빡이는 데 걸리는 시간은 대략 0.1~0.4초다. 그 찰나보다 10배 정도 짧은 '순간'이다.

이 찰나다. '자극-반응' 과정에서, 0.017초 안에 '긍정 반응'을 일으켜야 살아남는 글이 된다는 의미다. 만약 0.017초 사이에 '부정 반응'이 든다면? 외면이다. 버림이다.

그렇다고 두려워할 필요는 없다. 살벌한 만큼 글쓰기 게임의 해법(치트키)은 명확해진다.

자, 생각해 보자. 유튜브건 블로그건, 당신의 콘텐츠(글)가 있다. 클릭이냐, 버림이냐, 딱 0.017초 안에 승부를 봐야 한다. 그 찰나의 순간에 '긍정 자극'이나 '흥미 자극'을 끌어내면 생존이고 아니면 버림이다.

당신이라면 0.017초 안에 당신의 문장력, 어휘력, 필력을 보여줄 수 있을 것 같은가. 절대 불가능하다. 당신이 신(神)이라도 안 된다. 0.017초 안에 끌어낼 수 있는 건, 결국 '자극(후킹)'에 기반을 둔 도파민 필력밖에 없다.

어떤가. 그러면 오히려 쉽지 않은가. 소설가 한강, 김훈, 아니 챗

GPT 초 업그레이드 버전이 와도 '클릭력'으로 승부한다면 충분히 승산이 있다.

챗GPT를 이기고 싶은가. 그렇다면 클릭력(자극 만들기)에 기반을 둔 도파민 필력을 장착하시라.

두 개의
글쓰기 생태계가 있다

3

클릭력 기반 도파민 필력 공부를 위해선, '글쓰기 생태계'를 구분
할 줄 알아야 한다.

뇌의 구조에 따른 글쓰기 생태계는 두 가지다. 앞서 나온 필자의
베스트셀러, 《100만 클릭을 부르는 글쓰기》와 《100만 클릭 터지는
독한 필살기》에서도 언급해 드린 내용이다.

어려울 것 없다.

좌뇌, 우뇌로 나뉘는 '뇌의 생물학적 구조'만 떠올리면 된다. 좌뇌
적 글쓰기의 생태계와 우뇌적 글쓰기의 생태계의 두 가지다. 이 둘은
극명하게 갈린다. 0과 1로 나뉜 비트의 세계처럼 명확하다.

좌뇌는 느리다. 이성과 이해력이 작동한다. 우리가 알고 있는 일반
글쓰기의 세계다. 어휘력, 문장력, 필력이 빛을 발한다. 반대로 우뇌
는 즉각적이다. '탁' 치면 '욱'하는 반응. 그 본능이 지배하는 자극 일
변도의 글쓰기 세계다. 클릭력을 장착해야 하는 글쓰기 세계, 그게 우
뇌적 글쓰기의 생태계인 셈이다.

아래 두 글을 보자.

그야 주인의 직업이 직업이라 결코 팔리지 않는 유화(油畵) 나부랭이는 제법 넉넉하게 사면 벽에 가 걸려 있어도, 소위 실내장식이라고는 오직 그뿐으로, 원래가 삼백 원 남짓한 돈을 가지고 시작한 장사라, 무어 찻집답게 꾸며 보려야 꾸며질 턱도 없이, 다탁과 의자와 그러한 다방에서의 필수품들까지도 전혀 소박한 것을 취지로⋯.

어떤가. 박태원이 쓴 《방랑장 주인》이라는 소설의 도입부다. '한 문장으로 된 가장 긴 소설'로 기록돼 있다. 심호흡 한 번 하고 차분히 읽어보시라. 이해가 되시는가. 그렇다면 당신의 뇌는 도파민 중독이 아니라고 보면 된다. 비교적 '좌뇌적 글쓰기'에 익숙해 있는 편이다.

만약 반대라면? 이해는커녕 갑갑하다. 불편하다고 느껴진다면? 아, 당신의 뇌는 이미 추가 기울었다. 즉각적 반응에 익숙한 도파민 뇌로 진화했다고 보면 된다.

다음 예문을 보자.

피카소도 유명한 예술가는 모방하고, 위대한 예술가는 훔친다고 말했다.

오해는 NO!. 표절하라는 게 아니다.

고수의 비법을 내 것으로 완벽하게 만들라는 의미다.

조회수 대박쯤이야 식은 죽 먹기인 고수들. 그들의 비법을 내 것으로 만든다면?

이건 어떤가. 콱콱 꽂히는가. 윤채라는 블로거가 쓴 '자청과 신익수에게 훔쳤다 100만 조회수 터지는 블로그 제목 짓는 방법'이라는 블로그 글이다. 흥미로우신가. 이해도 팍팍 되시는가. 그렇다면 당연히, 당신의 뇌는 도파민 뇌로 90% 이상 진화한 상태라고 보면 된다. 블로그 글에 특화된 도파민 필력에 홀리는 것이니깐.

🔍 좌뇌 우뇌 뇌 구조

- **좌뇌** = 일반 글쓰기 (신문 기사 · 소설 · 칼럼 · TV)
- **우뇌** = 플랫폼 글쓰기 (유튜브 · 블로그 · 숏폼 · 인스타그램)

좌뇌적 글쓰기는 우리가 알고 있는 전통적인 글쓰기 생태계다. 친숙하고 익숙한 글의 세계다. 신문 글(기사 · 칼럼 · 사설), 잡지 글(에세이 · 소설), 출판 글 등 텍스트에 기반한 글, 방송으로 치자면 뉴스 등 보도 문체를 떠올리면 된다.

글을 쓸 때도 논리적 사고(analytical thinking), 숫자(numbers), 언어(language), 이성(reasoning), 로직(logic)이 작동한다. 마찬가지다. 좌뇌적 글쓰기의 텍스트를 소비(이해)할 때, 독자들 역시 '논리적 사고'가 작동한다. 이 영역에선 본능보다 이성이 앞선다. 차근차근 논리적으로 글을 구성하는 게 핵심이 된다.

우뇌적 글쓰기는 정반대다. '자극-반응'의 알고리즘이 작동한다. 블로그, 인스타 등 텍스트에 기반한 플랫폼부터 영상이 주가 되는 유튜브, 네이버TV 등의 숏폼까지 지배하는 글쓰기 생태계다. 도파민 과잉 시대인 요즘 글쓰기 판은 무게의 추가 우뇌 쪽으로 완전히 기울고 있다.

우뇌에서 중요한 건 '직관, 본능, 감각'이다. 이 콘텐츠를 소비할 때도 이런 식이다. '어? 이게 뭐지'하면서 본능적으로 클릭한다. 이성보다 손가락 끝, 즉 본능이 먼저 반응한다.

그렇다면 여기서 질문 한 가지, 인간이 챗GPT보다 비교우위를 점할 수 있는 영역은 어디일까? 좌뇌적 글쓰기 생태계일까? 우뇌적 글쓰기 생태계일까? 인간의 경험을 살린, 인간만이 구사할 수 있는 어휘력과 문장력으로 표현하는 좌뇌적 글쓰기 판이 아니냐고? 아니다. 미안하지만 틀렸다.

챗GPT의 근간은 LLM(대형언어모델)이다. 패턴화와 효율성의 끝판왕인 AI들은 최고 작가들이 쓴 수십만, 수백만 가지의 문장과 글을 패턴화해 학습하고 분석한다. 노벨문학상 수상자들의 수려하고 화려한 문체, 특징까지 완벽하게 파악해 데이터로 쌓아두고 있다. 소설가 한강 문체로 3분짜리 '엽편 소설' 하나를 써 달라고 당장 프롬프트에 명령해 보시라. 단 10초 만에 결과물이 뚝딱 나온다.

이 지점이다. 인간이 챗GPT에게 비교우위를 가질 수 있는 글쓰기 생태계는 좌뇌 파트가 아니다. 미안하지만 우뇌적 글쓰기 생태계다.

도파민 뇌는 0.017초 만에 '클릭'과 '버림'을 판단해버리는 '심통꾸러기'다. 다시 말해, 뇌를 자극할 수 있는 우뇌적 글쓰기 판에서 승부를 볼 것. 우뇌적 글쓰기에 최적화된 도파민 필력을 장착할 것. 이 핵심을 잊지 마시길.

🔍 챗GPT 글쓰기 vs 인간 글쓰기

- **챗GPT 우위:** 좌뇌적 글쓰기 생태계(전통적인 논리, 이성, 패턴이 지배)
- **인간 우위:** 우뇌적 글쓰기 생태계(자극, 반응, 즉각성이 지배)

4

자극이 이성보다 빠르다

'아귀한텐 밑에서 한 장. 정 마담도 밑에서 한 장. 나 한 장.'

조곤조곤 되뇌던 영화 타짜 속 고니의 멘트. 그때마다 나오는 말이 '손은 눈보다 빠르다'다.

우뇌적 글쓰기가 지배하는 도파민 과잉 시대에는 이 말을 이렇게 바꿀 수 있다. '본능(자극)이 이성보다 빠르다'고.

좌뇌적 글쓰기의 생태계와 우뇌적 글쓰기의 생태계는 독자들이 글(스토리, 콘텐츠)을 접하는 방식과 순서도 다르다. 결정적 차이는 '이성이 작동하는 순서'다.

일반 글쓰기, 좌뇌적 글쓰기에선 글쓰기를 통한 자극이 가면, 뇌에서 이성적으로 여과를 거친 뒤 자극(반응, 클릭)을 일으킨다. 상대적으로 '소요 시간'도 길어진다.

'자극(글쓰기) → 이성 → 반응(이해)'의 순서다.

플랫폼(유튜브, 블로그, 인스타그램, 숏폼) 기반의 우뇌적 글쓰기, 즉 도파민 글쓰기는 다르다. 일단 자극(제목, 글쓰기) 다음이 바로

'반응' 단계다. 이게 '클릭'이고 '터치'의 과정이다. 반응(클릭, 터치) 단계를 거친 뒤, 마지막 단계가 '이해'로 간다.

아래 도표를 보면 이해가 쉽다.

- **좌뇌적(일반) 글쓰기:** 자극(제목, 글) → *이성 → 반응 (이해, 카타르시스)
- **우뇌적(도파민) 글쓰기:** 자극(제목, 글) → 반응 (클릭, 터치) → *이성 (이해, 카타르시스)

이제 선명해진다.

현대는 도파민 과잉 시대다. 당연히, 자극-반응에 익숙한 우뇌적 글쓰기 생태계가 지배하고 있다. 도파민 과잉 시대, 우리가 집중해야 할, 글쓰기 영역은? '도파민 필력'이 절대적인 우뇌적 글쓰기 판이다.

도파민 필력을 장착한 뒤, '자극 요소'에 집중하는 것. 그래서 긍정 반응(클릭, 터치)을 이끌어내는 것. 뇌가 좋고 나쁨을 판단하는 찰나의 시간 0.017초를 잡기 위해 그 스킬을 반복 연마할 것. 이게 우리의 핵심 과제다.

챗GPT를 이기는 글쓰기

CHAPTER

2

잘 만든 내 채널 폭망하는 이유

챗GPT를
이기는 글쓰기

'왜 내 채널은 클릭이 터지지 않는 걸까?'

미친 듯 멋진 글을 쓰고, 콘텐츠를 만들었다 치자. '이건 무조건 터진다'는 데 내 손모가지를 걸 수 있을 정도로.

그런데 웬걸. 포스팅하자마자, 잠잠하다. 클릭은커녕, 파리만 날린다. 왜? 이유가 뭘까? 간단하다. 클릭에 대한 당신의 '착각' 때문이다.

도파민 필력 실전 스킬을 익히기 전, 반드시 알고 가야 할 플랫폼 글쓰기에 대한 착각 3가지를 짚어보자.

1 내용만 좋으면 통한다는 착각
– 확신 착각

플랫폼 글쓰기 세계를 대할 때, 당신의 첫 번째 오해는 이거다. 스토리(내용)가 좋으면 무조건 본다는 착각이다. 필자는 이를 '확신 편향'의 정의를 빌려 '확신 착각'이라고 부른다.

- **착각:** 내용이 좋으면 무조건 본다. (X)
- **대응법:** 클릭으로 낚을 것(우뇌 자극), 그래야 그나마 내용을 보여줄 기회라도 얻는다.

제아무리 내용이 좋아도 '클릭'의 간택을 받지 못하면 냉정하게 버려지는 게 플랫폼 글쓰기 생태계(유튜브, 블로그, 인스타, 숏폼)다. 최근에는 숏폼 영상물이 유행처럼 번지면서 오히려 버림받는 속도가 더 빨라지고 있다.

그러니, 양질의 콘텐츠보다 우선적으로 중요한 것은 후킹(hooking)이다. 끊임없이 자극점을 찾고, 클릭을 끌어내야 생존할 수 있다는 의미다.

지금부터 대안을 보자. 그렇다면, 이 치명적 착각을 뒤엎을 공략 법은?

🔍 **확신 착각 대응 치트키**

1단계: 우뇌를 자극할 것(자극점 찾기)

2단계: 양질의 콘텐츠로 홀리기

먼저, 우뇌를 자극해야 한다. 손끝으로 콘텐츠를 누를 수 있는 장 치를 만들 것. 이게 제1의 계명이다. 클릭을 통해 스크롤이 멈추면 비 로소 2단계, 양질의 콘텐츠를 보여주게 된다.

내용(콘텐츠 스토리)보다 더 중요한 게 1단계의 '자극하기'라는 점을 잊지 마시길.

다시 한번 강조한다. 플랫폼에선 노벨문학상에 빛나는 소설가 한 강이 글을 써도, '자극' 요소가 없다면, 묻힌다.

도파민 필력을 장착한 뒤, '자극 요소'에 집중하는 것. 그래서 긍정 반응(클릭, 터치)을 이끌어내는 것. 뇌가 좋고 나쁨을 판단하는 찰나 의 시간 0.017초를 잡기 위해 그 스킬을 반복 연마할 것. 결론적으로 '우뇌적 글쓰기'에 집중해야 한다.

완벽해야 먹힌다는 환상
– 완벽 환상

'완벽해야 통한다.'

이게, 착각이다. 두 번째 착각은 착각을 넘어 환상까지 심는다. 물론 스토리, 내용만큼은 완벽해야 한다. 다만 자극을 심는 '제목의 영역'에선, 이 환상만큼은 무조건 버려야 한다.

> • **착각:** 완벽한 글, 완벽한 제목만 먹힌다. (X)
> • **대응법:** 뇌는 심통꾸러기다. 불완전한 제목, 불완전한 썸네일에 끌린다.

누구나 이 착각을 하며 산다. '내용은 물론 제목까지 완벽하면 무조건 먹히겠지, 클릭하겠지'라는 게 일반적인 상식이다.

하지만 플랫폼의 세계는 다르다. 워런 버핏의 스승인 벤저민 그레이엄은 거대한 증권 시장을 '미스터 마켓(MR. Market)'으로 의인화해 표현한다. 미스터 마켓 씨는 심술쟁이다. 마음을 예측할 수 없다. 실적이 좋으면 주가가 오를 것 같은데 아니다. 실적으로는 완벽한 단계, 역사적 최대 실적을 달성한 그 시점에 하필이면 빠진다. '완벽 환상'을 철저히 비웃는다. 오죽하면 켄 피셔 같은 이들은 예측 불가능한, 심통꾸러기 시장을 '거대한 능멸자'라고까지 했을까.

플랫폼 세계도 마찬가지다. 완벽한 콘텐츠면 통할 것 같은데 이게 아니다. 어떤 때는 100만 클릭이 터지다가도, 어떤 때는 또 1,000 클릭에서 멈춘다. 미쳐버린다. 그야말로 심통꾸러기 '미스터 플랫폼 씨'다.

심리학에선 '완전'이 아닌, '불완전'에 끌리는 심리를 '자이가르닉 효과'로 표현한다. 뇌가 완결을 추구하며 불완전(미해결) 과제에 주의를 집중하기 때문이라는 분석이다. 이 현상을 밝힌 이가 러시아 심리학자 블루마 자이가르닉이다. 웨이터의 미결제 주문 기억과 계산 후 망각을 관찰한 결과다. 놀랍게 실험에서 중단된 과제를 수행한 집단이 완료한 집단보다 기억력이 약 1.9배 높은 것으로 나타난다.

🔍 완벽 환상 대응법

치트키는 티싱이다. (Teasing, 간지럽히기)

1. 완벽(X) = 미완성, 언밸런스 → 호기심 유발

2. 망가뜨리기 = 불완전한 제목(이미지) → 호기심 유발

그렇다면 완벽 대신 어떤 신공을 써야 할까. 놀랍게 정반대인 '미완', '비정상' 신공이다.

썸네일을 만들 때 가장 핵심적인 클릭 증폭법이 '대비'다. 그렇게 나온 게 '스타 망가뜨리기 기법'이다.

인간의 심리는 묘하다. 잘나가던 스타가 잘나가는 콘텐츠에 반응

하지 않는다. 오히려 망가질 때, 더 강렬하게 반응한다.

썸네일 사진도 마찬가지다. 눈길을 끌려면 완벽한 사진을 써야 한다는 환상을 품는다. 놀랍게 클릭은 엉뚱한 상황에서 터진다. 예컨대, 비정상 이미지다. 각도가 딱 잡힌 사진보다는, 비뚤어진 사진, 완벽한 스타의 모습보다는, 망가진 스타의 사진에 더 열광한다.

완벽해야 통한다? 이게 말짱 오해다. 착각이다.

독자는 이성적이라는 오해
- 이콘 착각

마지막, 세 번째 착각. 당신의 콘텐츠를 보고, 읽고, 소비하는 독자 (구독자)들이 이성적일 것이라고 가정하는 착각이다.

경제학과 마찬가지다. 종래의 경제학은 합리적 소비를 하는 인간, 이콘(합리적 인간: econ)을 가정한다. 과연 인간은 합리적인 소비를 할까.

· **착각:** 독자는 이성적이다. (X)
· **대응법:** 이성적인 콘텐츠보다 이성을 마비시키는 콘텐츠에 열광한다.

3,000만 원짜리 샤넬백이 있다고 가정해 보자. 이게 왜 팔릴까. 원 가는 100만 원 수준. 그렇다고 샤넬백의 가죽이 특별한 것도 아니다. 이성적 인간(이콘)이라면 당연히 살 리가 없다. 가성비 좋은 100만 원짜리 가죽백을 택할 것이다.

그런데 현실은 정반대. 오픈런이다. 4~5시간 샤넬 매장 앞에 줄 서서 신상을 구매한다. 심지어, 중고 가격은 더 비싸진다.

콘텐츠 소비도 마찬가지다. 당신이 '올여름에 꼭 가볼 숙소 5곳'으로 콘텐츠를 만든다고 치자. 두 가지 예가 있다.

1. 올여름에 꼭 가봐야 할 가성비 갑 숙소 5곳
2. 스타도 깜놀… '억' 소리 나는 럭셔리 호텔 5곳

어떤가. 어떤 콘텐츠에 먼저 손끝이 움직일 것 같은가. 당연히 2번이다. 이성적 독자(이콘)를 가정한다면, 당연히 1번 콘텐츠로 클릭이 몰릴 것이다. 하지만 현실은 다르다. 인간은 놀랍게 전혀 다른, 상상 초월 콘텐츠의 '자극'에 반응하고 만다.

그렇다면, 이콘에 대한 착각 극복법은?

🔍 이콘 착각 극복법

독자를 비이성적으로 만들자 (=이성 마비 시키기)

- **이성 마비 키워드**: 한정판, 리미티드 에디션, 줄서는, 오픈런하는, 스타가 다녀간, 곧 사라집니다, 삭제합니다

간단하다. 아예 독자를 '비이성적'으로 만들면 된다. 다시 말해, 독자의 이성을 마비시키는 '키워드'를 절묘하게 구사하는 방식이다.

예컨대, 이런 식. 당신이 돼지고기 맛집을 홍보하는 글을 쓰고 싶다. 멋진 제목으로 독자의 시선을 끌고 싶다고 해 보자. 대부분 제목을 이렇게 단다.

'30분 줄 서는 돼지고기 맛집'

어떤가?

물론 '줄 서는' 키워드로, 후킹은 성공이다. 단, 강렬함이 떨어진다. 이럴 땐, 스타 키워드를 동원해, 이성을 마비시키면 된다.

'BTS, RM도 30분씩 줄 서는 돼지고기 맛집'

어떤가?

확 끌리지 않는가. 만약 BTS 팬, 아미라면, BTS 키워드를 보는 순간, 이성이 마비된다. 이콘의 이성이 사라진 상태, 즉 '클릭 홀릭'에 빠진다. 순식간에 클릭 폭발이다.

역행자라는 책을 쓴 유튜버 자청은 오히려 '이성이 마비'된 콘텐츠에 홀리는 현상을 '권위 부여' 기법으로 설명한다. 우두머리 암컷의 권위를 심는 방식이다. 대표적인 게 스타를 동원하는 기법이다. 그냥 맛집? 심심하다. 그런데 BTS도 줄 서고 삼성 이재용 회장도 줄 선다면? 어라, 하고 달려간다. 이런 식이다.

요즘 특히 유튜브, 인스타, 숏폼 '광고'에 많이 쓰는 '이성 마비' 문장이 '곧 영상 삭제합니다'라는 문구다. 어? 삭제된다고? 이거 보는 순간 클릭이다. 다음 틱톡의 인스타그램 광고가 딱 그런 식이다. 곧 삭제되니깐 보라고? 뭐지? 하며 클릭한다.

◀ CHAPTER ▶

3

도파민 필력,
마인드 셋 FIRE 계명

챗GPT를
이기는 글쓰기

챗GPT를 이기고 싶은가. 클릭력이 핵심인 '도파민 필력'을 장착하고 싶은가. 챗GPT는 흉내도 못 낼, 클릭 제대로 뽑아먹는 '프로 클릭러'가 되고 싶은가. 그렇다면 전제조건이 있다. 마인드 셋을 하고 가야 한다. 그게 'FIRE 계명'이다.

자극에 민감해져 버린 호모 도파민스들의 뇌는 독특한 특징을 가진다. 필자가 잡아낸 특성은 '집단성, 편식성, 눈치성, 중독성'의 네 가지다. 이 네 가지 특성을 따라 '공략 치트키'로 만든 게 '마인드 셋 FIRE 계명'이다.

🔍 **도파민 글쓰기 마인드 셋 FIRE 공식**

- **F -** Follow Clicks, 클릭을 따라가라
- **I -** Identity, 자신만의 색깔(정체성)을 만들어라
- **R -** Real, 솔직하라 / 리듬을 타라
- **E -** Enjoy, 즐겨라

챗GPT를 이기는 도파민 필력, 이를 위한 마인드 셋이 'FIRE'다. 그러니, 외워두시라. 늘, 입버릇처럼 확인하시라. 자, 다 같이 한번 외쳐보고, 다음으로 넘어가자. 파이어!

1

F – 팔로우 클릭, 클릭을 따라가라

'Follow Clicks'

FIRE의 F, 이게 핵심이고, 전부다. 클릭을 따라가라니, 이게 무슨 의미일까?

집단성, 도파민 뇌의 제1 특징

도파민 뇌의 특징 첫 번째는 집단성이다. 반응(클릭)은 몰려 다닌다. 터진 콘텐츠는 또 터진다. 글쓰기 공략 마인드 셋의 시작은 팔로우 클릭이다.

* 챗GPT 공략 치트키 = 클릭을 따라가되, 변주하라.

첫째로, 콘텐츠 제작에 '나(I)'가 아닌 '남(U, You)'의 관심을 쫓아간다. 내가 좋아하고, 내가 재밌어하는 콘텐츠를 제작하면 안 된다. 이건 필패의 길이다. 반대로 남의 관심사, 남들이 좋아하고 열광하는 콘텐츠를 따라가서 제작하면 된다. 필승의 길이다.

둘째 의미는 첫째 원칙과 유사하다. 남들이 좋아해서 반응이 폭발한, 그래서 100만 클릭 이상이 터진, 콘텐츠나 글을 따라서 제작하라

(따라가라)는 의미다. '클릭이 터진 게 또 터진다'는 의미다.

여기서 잠깐. 남들 따라 하라니 남의 콘텐츠를 베끼라는 것 아니냐고? 천만에다. 단순 베끼기인 '카피(베끼기)'와는 차원이 다르다. 핵심은 살짝 비틀어야 한다는 것. 즉, '다르게(Different) 보이게' 하라는 뜻이다. 말하자면 '달라 보이게 베끼기 신공' 같은 개념이다.

다음 뉴스 예문을 보자. 중국인 대변 테러에 대한 기사문이다.

한국경제 PiCK · 3일 전 · 네이버뉴스

"중국인들 진짜 왜 이러나"...한라산까지 '대변 테러' 경악

제주 한라산 등산로에서 **중국**인 관광객들이 '**대변 테러**'를 했다는 소식이 뒤늦게 알려져 공분을 사고 있다. 지난 10월 한라산국립공원 홈페이지 게시판에는 '한라산에서 **변** 싸고 고성방가 **중국**들 어떻게 안 되나요?'라...

한라산도 **중국**인 **대변 테러** 당했다..."치우지도 않고 줄행랑" **뉴시스** PiCK · 3일 전 · 네이버뉴스
"중국인들 대체 왜 이러나"...이번엔 한라산 등산로서 '경... 중앙일보 PiCK · 3일 전 · 네이버뉴스
"중국인들 자꾸 왜 이러나"...한라산 등산로에 '**대변 테러**' MBN PiCK · 3일 전 · 네이버뉴스
이번엔 한라산에서 **중국**인 **대변 테러**..."안 치우고 그냥... 동아일보 PiCK · 3일 전 · 네이버뉴스

관련뉴스 14건 전체보기

엽기적인 콘텐츠라는 면에서 이미 클릭은 보장돼 있다. 당연히, 먼저 쓴 매체가 있다. 나머지는 매체에서 이 뉴스로 클릭이 터지자 전부 따라 쓴 기사들이다. 'Follow Clicks'를 어떻게 했을까.

1. 첫 부분 기사를 보자. 등장하는 한국경제의 제목은 "중국인들 진짜 왜 이러나…한라산까지 '대변 테러' 경악"이다. 자극점을 자극하는 후킹 제목으로 클릭이 터지자, 즉각 중앙일보와 MBN이 따라 쓴다. 그런데 자세히 보시라. 제목의 단어 하나만 다르다.

2. 뉴시스는 한국경제의 '중국인들 진짜 왜 이러나'의 '진짜'라는 수식어를 '대체'로 바꾼다. '중국인들 대체 왜 이러나…'로 둔갑한다.

3. MBN은 진짜와 대체를 '자꾸'로 슬며시 바꿔 넣는다. 이런 식이다. 클릭이 터진 것과 다른 기사나 아이템 고민할 것도 없다. 그저, 클릭 터진 콘텐츠를 따라가면 된다.

> **• Follow Clicks 변주 ㅣ 진짜 - 대체 - 자꾸**
> 중국인들 '진짜' → 중국인들 '대체' → 중국인들 '자꾸'

챗GPT가 아직 스스로는 만들 수 없는 인간의 영역이 이런 '초간단 변주'다. 다르게 베끼기, 이게 핵심이다.

왜 이런 결과가 나올까? '도파민 뇌'의 특징 때문이다. 도파민 뇌는 집단성을 가진다. 자극으로 인한 반응의 결과인 클릭과 터치는 그 속성이 집단적이다. 클릭은 뭉쳐 다니고, 몰려다닌다. 마치 '레밍' 같다. 나그네쥐로 불리는 레밍(lemming)은 개체 수가 늘면 집단으로 이동한다. 동선은 직선. 선두를 따라 그저 직선으로 쏜다. 절벽을 만나면 그대로 뛰어내린다. 줄줄이 바다나 호수에 빠져 죽는다. 클릭은 이렇게 반응한다. 그저 타인의 습성 그대로 따라갈 뿐이다. '레밍 효과'다.

도파민 글쓰기 생태계에서 이 흐름을 역행하는 건 몰락이다. 외면이다. 그러니 무조건 '클릭'을 따라가야 산다. 다시 한번 외워두자. Follow Clicks! 터진 클릭을 따라가라.

2 I – 아이덴티티, 자신만의 **정체성**을 심어라

도파민 뇌는 '편식주의자'다. 입맛에 맞는 것만 골라 먹는다. 그 입맛이 '정체성'이다. 밋밋하고 색깔이 없는, 어정쩡한 콘텐츠는 생선가시 발라내듯, 얄밉게 톡톡 뱉어낸다. 색깔 즉, 정체성이 있는 속살(콘텐츠)만 골라 먹는다.

🔍 편식성, 도파민 뇌의 제2 특징

도파민 뇌는 편식주의자다. 그래서 특별한 한 방을 가진, 특별한 정체성의 채널과 콘텐츠에만 반응한다. 특별한 한 방이 없다면? 외면이다. 버린다. FIRE의 I, Identity를 기억하라.

* 챗GPT 공략 치트키 = 자신만의 색깔을 넣어라

챗GPT로 흉내낼 수 없는 인간만의 영역, 그게 '정체성'이다. 챗GPT가 가장 부러워하는 인간의 영역도 '경험'이다. 이 경험이 녹아서 그 글을 쓰는 인간만의 '정체성'을 만들어내서다. 챗GPT가 '정체성'을 만들 수 없으니, 인간들은 프롬프트에 '정체성' 명령어를 넣어준다. 이런 식이다.

'너는 문학을 전공한 소설가다. 김훈 소설만 10권 이상을 탐독했다. 김훈 문체로 1,000자짜리 칼럼을 써 줄래'

인간은 다르다. 누구나 자신만의 색깔, 정체성을 가지고 있다.

아래를 보자.

'허팝(구독자 450만 명), 슈카월드(360만 명), 슈뻘맨(100만 명)'

소위 '터진' 유튜브다. 당연히 알고리즘 신(神)에게 자주 간택당한다. 어떤가? 채널명만 봐도 콘텐츠가 연상되지 않는가. 맞다. 이 지점이다. FIRE의 I. 정체성(Identify)이다.

허팝 하는 순간, '엉뚱한 실험맨'이라는 이미지부터 콱 박힌다.

"1인 미디어 성공비결은 단순하다. 채널 정체성을 뚜렷하게 드러내는 시그니처 콘텐츠를 지속적으로 만들 것"

안타까운 사고로 유명을 달리 한, 유튜버 대도서관이 콕 집어 한 말이다.

도파민 과잉 시대에는 이 정체성의 요소가 한층 중요해지고 있다. 워낙 자극만 쫓는 도파민 뇌를 상대해야 하니 정체성이 더 명확해져야 하는 탓이다.

예컨대 이런 식이다. 구독자 256만 명을 돌파한 '1분 미만'이라는 채널이 있다. 이 채널의 정체성은 1분 미만이라는 '시간제한'이다. 세상이 돌아가는 정보를 주는 채널들은 많다. 그런데 이 채널, 이 널린 정보를 딱 1분 안에 정리해 준다. 여기에 구독자들이 열광한다.

잊지 마시라. 도파민과 클릭은 정체성이 있는 곳에서 터진다는 것을.

R - 리얼, 솔직하라

FIRE의 R. 'Real'이다. 솔직함의 계명 편이다.

도파민 뇌는 눈치 100단이다. 가공의 것, 인위적인 콘텐츠는 기가 막히게 구별해 낸다. 버린다. 대신 생생한, 리얼의, 진짜 콘텐츠만 쏙 쏙 집어 먹는다.

🔍 눈치성, 도파민 뇌의 제3 특징

도파민 뇌는 눈치 100단이다. 거짓 콘텐츠는 0.017초 안에 찾아내는 '직관적 눈치'의 소유자다. 레알, 리얼로 승부할 것. FIRE의 R, Real의 핵심이다.

* 챗GPT 공략 치트키: 솔직하라. 100% 리얼 콘텐츠로 승부하라

당연히 유튜브, 숏폼, 인스타그램, 블로그 등 플랫폼 공간에서 'R의 덕목인 솔직함'은 무조건 갖춰야 할 제1요소다. 숱하게 봐 왔지 않은가. 장애인이라고 속인 유튜버, 천사표 기부왕 뒤의 추악한 두 얼굴 채널들의 몰락을….

도파민 뇌는 직관의 대마왕이다. 0.017초 안에 콘텐츠의 호불호를

판단하면서도, 그 찰나의 순간에, 속이려 드는 콘텐츠 생산자의 속물 근성을 단박에 집어낸다. 찰나의 순간, 외면된다.

당신이 글을 쓰건, 블로그를 만들 건, 가벼운 유튜브 채널에 도전하건, 절대 명심해야 할 게 '솔직함(Real)'이다. '레알'로만 승부해야 한다. 정직함 속에 진심을 담아내라. 열정을 부어 넣어라. 눈치 100단 냉혹한 괴물이지만, 도파민 뇌는 반드시 '클릭'으로 보답해준다.

플랫폼 세상에선 거짓과 연결되는 요소가 '상업성'이다. 상업성에는 두 가지가 있다. 솔직한(real) 상업성과, 속이는(거짓) 상업성이다.

상업성도 솔직하면 괜찮다. 유튜브에 광고를 심을 수도 있고, 숏폼 아래, 구매 링크(제휴 링크)를 흘릴 수도 있다. 뭐 어떤가. 당당히, 광고 표시하고, 홍보용이라는 것 알려주는데.

개그맨 신동엽이 진행하는 '짠한형'이라는 유튜브 채널이 있다. 구독자 200만 명이다. 여기선 아예 영상 초반에 그날 협찬을 받은 술을 '대놓고' 홍보한다. "오늘, 협찬해 주셨으니, 맛있게 이 술을 마시겠다"며 오히려 너스레를 떤다. '대놓고' 솔직하니 이게 먹힌다. 그러니 도파민 뇌도 기꺼이 속아준다. 클릭해 준다.

버려야 할 건 '속이는' 상업성이다. 이른바 뒷광고다. 이런 건 반칙이다. 레알 계명과는 정면으로 배치된다.

사실 레거시 미디어가 점점 외면당하는 이유 중 하나도 속이는 상업성, '애드버토리얼(광고성 글쓰기)' 때문이다. TV나 신문이나 마찬가지다. 처음엔 편하게 시작한다. 클릭이 늘고 시청률이 오른다. 단가가 점점 올라간다. 돈이 된다. '돈독'도 올라간다. 슬슬, 애드버토리얼의 단가도 올라간다.

다음 단계 자아 과잉. '내가 누군데' 하며, "더 비싸게, 더 많이"를 외친다. 정점을 찍은 그때부터가 내리막길 시작이다. 몰락의 시작점 이다. 돈이 되는 것과 반대로, 콘텐츠의 질은 점점 낮아진다. 악순환 의 고리다.

속을 것 같은가? 천만에다. 도파민 뇌는 당신이 '지난 여름에 한 일까지' 죄다 알고 있다. 외면한다. 버린다. 솔직하고 또 솔직할 것. '레알' 중요한 계명이다.

4
E - 인조이, **즐겨라**

'센 놈이 살아남는 게 아니라 살아남는 놈이 센 거야'

의학 드라마 〈하얀거탑〉에 나온 유명한 대사. 필자의 최애 문구 중 하나다. 인생에서도, 투자의 세계에서도, 플랫폼 세계에서도 마찬가지다. 살아남는 자가 강한 법이다.

살아남으려면 어떻게 해야 할까? 지속력이다. 지속적으로 콘텐츠를 생산해야 한다. 끊임없이, 지속 가능하게 생산하려면? 정답지는 하나다. 즐겨야 한다. 즐기면 다 좋다. 콘텐츠 생산 자체가 좋으니, 클릭이 터지지 않아도 버틸 수 있다. 존버가 된다. 오래간다.

즐기는데 구독자가 없으면 굶어 죽지 않냐고? 천만의 말씀. 팀 패리스가 쓴 《타이탄의 도구들》이란 책에는 '와이어드' 창업자 케빈 캘리의 사례가 나온다. 챕터 제목이 '1,000명의 팬을 확보하라'다. 케빈 캘리는 왜 100만, 10만이 아니고, 1,000명이라고 딱 정했을까. 심지어 팀 패리스는 캘리 사례를 옮기면서, 1,000명이 아니라, 100명의 찐팬만 확보해도 된다고 강조한다.

도파민 뇌의 가장 독특한 특성은 중독성이다. 한 번 마음에 들었다면? 팬덤이 된다. 찐팬이 된다.

* 챗GPT 공략법 = 100만 구독자? 필요 없다. 진정한 팬 100명이, 어설픈 100만 구독자보다 100배 낫다.

이유는 간명하다. '팬덤'의 힘이다. 독자들은 이미 팬덤의 힘을 알고 있다. 셀럽의 멤버십이 10만 원, 아니 100만 원이어도, 진정 팬이라면 기꺼이 10만 원, 100만 원 멤버십을 사려고 줄을 선다. 한 달에 1번, 10만 원씩, 그들이 지갑을 열어준다면 어떨까.

필자에겐 개인 먹방 사진만 올리는 철저히 개인용 인스타가 있다. 팔로워가 1,000명 수준이다. 이들이 찐팬이라고 가정해 보자. 이들에게 매월 10만 원씩, 강의 이벤트를 열고 그들이 기꺼이 지갑을 열어준다면.

10만 원 × 12개월 = 120만 원.

120만 원 × 1,000명 = 12억 원.

연봉 1억짜리, 12명 몫을 내가 벌 수 있다. 만약, 1만 원짜리 강의라도 연 12만 원. 이게 1,000명이라면, 세상에…. 역시나 억대 벌이다.

"콘텐츠를 만드는 작업은 씨딩(Seeding, 씨뿌리는 작업)이다. 여러 곳에 씨를 뿌려 둔다. 이걸 관리하는 일이다. 어떤 건 죽는다. 어떤 건 자라다 만다. 수백 개 씨앗 중 거대한 나무가 되는 건(클릭이 터지는 건), 여러 씨앗 중 한두 개에 불과하다"

유튜브 스타 주언규(구 신사임당)씨의 말이다. 이 말의 핵심은 이거다. '지속 가능성'. 지속 가능하려면 즐겨야 한다.

지피지기 백전불태 1
완벽을 이기는 의외성

이세돌 9단과 알파고 세기의 바둑 대결을 기억하시는가. 바둑 대결을 '글쓰기 대결'로 끌어와 보자. 물론 가정이다.

도파민 필력 최강의 내공을 갖춘 인간 신익수와 챗GPT의 맞대결. 주제는 '기사문 쓰기'다. 대결 시간은 20초라 가정하자.

"마지막 20초입니다".

초읽기가 시작된다. 19초, 18초….

'글쓰기 바둑판'을 놓고 챗GPT와 한판 승부를 벌인다. 과연, 인간은 이길 수 있을까.

먼저, 직접 챗GPT에게 기사문 작성 명령을 내려봤다.

아래는 결과물이다.

Q **소설가 김훈 문체로, 원고지 3매 분량, 기사 하나만 써줘.**

도시는 새벽마다 스스로의 폐를 들이켜고 내쉬었다. 골목의 먼지들이 천천히 일어나 공중에서 회색의 띠를 이루고, 버스 정류장의 유리벽은 밤새 묻은 눈물 같은 안개를 떨구었다. 사람들은 그 벽을 스치며 지나갔고, 바쁜 걸음 속에서 자기의 하루를 말없이 꺼내어 들고 있었다.

인천항의 바람은 여전히 짠 기운을 머금고 육지로 스며들었다. 바다는 도시의 뒤편에서 묵묵히 출렁였으나, 그 물결의 리듬을 듣는 사람은 많지 않았다. 항만 노동자들은 첫 배가 묶인 부두로 모여들었다. 그들의 어깨 위로 들린 새벽의 빛은 차갑고 얇았으며, 그들은 그 얇은 빛 아래에서 묵직한 짐을 들어 올렸다. 삶은 늘 그 무게의 형태로만 자신을 드러냈다.

도시의 중심에서, 한 노인은 시장 골목을 따라 천천히 걸었다. 그는 오래된 손수레를 끌며 바른 자세로 앞으로 나아갔다. 손수레의 바퀴는 앙상한 쇳소리를 냈고, 그 소리는 마치 오래된 시계가 마지막 시간을 세는 듯했다. 노인은 눈을 가늘게 뜬 채, 삶의 남은 부분을 그 바퀴소리에 던져 넣고 있었다. 세월은 그의 얼굴에 작은 골짜기를 만들었고, 그 골짜기에는 보이지 않는 날들이 조용히 쌓여 있었다. (중략)

말도 안 되지 않는가. 튀지 않는 비유, 적당한 길이의 문장. 세월과 골짜기의 절묘한 조합.

심지어, 챗GPT의 놀라운 코멘트가 따라붙는다.

'과도한 모방은 피하고, 김훈 풍의 질감만 재현했습니다'라는 설명까지.

어떤가. 당신이 10년 차 기자라고 치자. 이 문장보다 빼어난 문투로, 기사문을 쓸 수 있겠는가. (시간이 충분하다면 승산이 있겠지만, 짧은 시간 내의 대결이라면 솔직히 전문기자인 나도 자신이 없다.)

초읽기에 몰렸다면 이 승부, 진다. 효율성의 끝판왕 챗GPT 앞에서는 인간이 질 수밖에 없다.

글쓰기 영역의 통제권마저, AI에게 내줄 것인가. 안 된다. 질 수는 없다.

그렇다면 AI의 어떤 '아킬레스건'을 노려야 할까.

글쓰는 속도와 결과물을 내놓는 효율성에선 당연히 질 수밖에 없겠지만, 챗GPT가 절대 흉내낼 수 없는, 인간만의 영역에 집중하는 것이다. 그게 '의외성'이다.

다시 이세돌 9단과 알파고 대결로 돌아가 보자. 인간계 최고의 바둑 고수였던 이세돌 9단이 알파고를 이긴 '신의 한 수', 78수는 패턴 천재인 AI의 약점인 버그 유발(의외성)을 노린 꼼수였다지 않은가.

그리고, 그 의외성이 작동하는 영역에서 글쓰기 대결을 벌이면 된다. 당연히 승산, 80%는 만들 수 있다.

AI를 이길 수 있는 의외성이 작동하는 게임의 판(맵, 지형도), 그게 우뇌적 글쓰기의 영역이다. 우뇌적 글쓰기 영역에선 어떤 글이 터질지, 알고리즘의 신(神)이 어떤 글을 간택할지 아무도 모른다. AI의 글이 터질지, 인간의 글에서 클릭이 폭발할지, 그야말로 의외성과 우연성에 맡겨야 한다.

우리가 할 것? 간단하다.

의외성이 작동하는 우뇌적 영역, 이 지점의 핵심 치트키만 미친 듯 공부하면 된다. 오히려 챗GPT를 가지고 놀 수 있는 게임의 판을 만들 수 있다.

의외성은 '자극점'으로 만들어 낼 수 있다. 이 자극의 영역은, 챗GPT의 패턴적 사고 방식으로는 결코 넘볼 수 없는 인간 고유의 영역이다. 본능적으로 작동하는 심리와 감정의 알고리즘이 지배하는 곳, 그게 '의외성의 생태계'이기 때문이다.

챗GPT를 이기고 싶은가.

그렇다면 볼 것 없다. 의외성(자극점)을 무기로, 당신만의 '78수'를 찾으시라.

PART

2

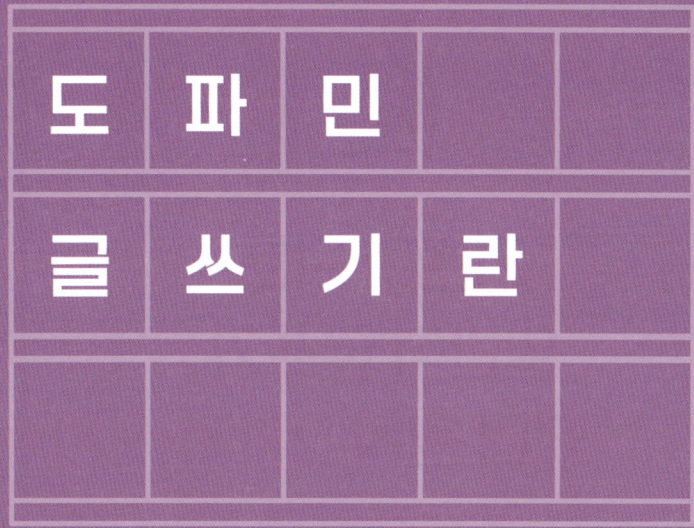

드디어 실전이다. 2초식은 구성력 편이다. 클릭력을 극대화할 수 있는 글의 구성능력을 마스터 한다. 일단 도파민 필력 개념과, 구성을 배우기 전에 한 챕터를 더 넣었다. '일반 글쓰기 절대 원칙 편'이다. 일반 글쓰기 원칙과 구조야, 수십 가지는 되지만, 핵심이 되는 것 딱 2개만 외우고 가자. 유튜브, 블로그, 인스타, 숏폼이 아닌, 진중한 글쓰기를 원하는 분들은 무조건 알아둬야 한다.

CHAPTER

4

기본이 되는
일반적 글쓰기
절대 원칙 2가지

챗GPT를
이기는 글쓰기

'Back to the basic'

'클릭' 간택이 절대적인 도파민 시대지만, 그래도 기본은 하고 가야 한다. 지금부터는 챗GPT가 죽었다 깨어나도 모르는 일반 글쓰기 실전 비법 정복이다. 사실 이 챕터의 내용은 필드(현장)를 뛰는 기자들이 언론진흥재단의 단기 연수 과정에서 배우는 고급 스킬이다. 다소 어려울 수 있다는 점 미리 말씀드린다.

이 책이 나온 시점이 2026년이다. '현대적 글쓰기'에 필수적으로 장착해야 할 두 가지 '실전 원칙'이라 보면 된다.

첫 비법은 요즘 대세를 이룬 '내러티브 글쓰기 공식'이다. 언론계 노벨문학상으로 불리는 퓰리처상을 수상한 대부분 글이 내러티브 글쓰기 형태를 취한다. 국내에선 대기자, 전문기자급 정도 되는 선수들이 주로 활용한다. 〈월스트리트저널〉은 호흡이 긴 대부분 기사글에 이런 뼈대를 구축한다. 편하게 '월스트리트저널 공식(WSJ Formular)'이라 부르기도 한다.

두 번째는 필자가 만든 '쇼트 공식'이다. 챗GPT가 혹시나 이 용어를 쓰고 있다면, 필자의 공식을 '우라까이(우려먹기)'한 것이다. 2019년 출간해 중화권으로 수출까지 된 필자의 저서 《100만 클릭을 부르는 글쓰기》와 2023년 업그레이드판 《100만 클릭 터지는 독한 필살기》에서 연속 소개한, 불변의 '일반적인 글쓰기의 핵심 스킬'이다.

불변의 공식이니, 원칙에 대한 변화는 없다. 이 두 가지 정도면, 웬만한 글 형식은 다 커버가 된다. 이것만 익혀도, 당신, 웬만한 기자들 필력보다 앞선다고 자부해도 된다. 익혀두시라. 외워두시라.

모든 글쓰기의 절대법칙 (1)
WSJ 공식

SBS 〈그것이 알고 싶다〉 전개 방식을 떠올려보시라.

'살인 사건'의 가장 핵심적인 장면 하나가 프로그램 시작과 동시에 등장한다. 그리고 묵직한 진행자 김상중 씨의 이번 스토리 전체에 대한 코멘트. 그러다, "그런데 말입니다." 멘트와 함께 사건은 점점 절정으로 치닫는다.

이 방식이다. 순서를 뜯어보면 이렇다.

에피소딕 리드(상징적인 사건의 장면) → 주제로의 문맥 전환(김상중 스토리 전체에 대한 안내와 이야기 줄거리 암시) → 그런데 말입니다(독자 애태우기) → 세부 디테일 제공(사건의 세부 포인트 짚기) → 마지막 정리(Closing)

전형적인 '내러티브 글쓰기'의 흐름이다.

🔍 월스트리트저널 공식 WSJ FOMULA

1. Episodic Lead(★ 에피소딕 리드) : 가장 상징적인 장면 후 핵심 바로 전개. 쾅 때리기.

2. **Transition to the Theme**: 주제로의 문맥 전환. (전체 기사 5분의 1 지점)

3. **Story Line**: 이야기 줄거리 암시.

4. **Tease The reader**: 독자 애태우기. (알려줄 듯 말 듯)

5. **Provide Details**: 세부 정보제공.

6. **Closing**: 수미쌍관. 리드의 에피소드로 회기.

다큐멘터리의 90% 이상이 이 내러티브 전개 방식을 따른다. 왜일까? 기세 때문이다. 영상이든 텍스트건, 모든 글쓰기는 첫 장면이나 첫 리드문에서 승부가 난다. '한 방'으로 기선을 제압해야 한다. 만약 시선을 끌지 못하면? 버림이다. 바로 다른 채널로, 다른 기사로 돌아가 버린다.

요즘 넷플릭스, 디즈니플러스에서 인기를 끈 시리즈물의 스토리 전개 방식을 떠올려보시라. 과거 '기-승-전-결'의 부드러운 스토리 전개 방식은 사라진 지 오래다. 시리즈 1의 첫 장면, 가장 핵심 위기 장면부터 등장한다. 쾅 치는 거다. 기선 제압용이다. 흥미를 끌지 못하면? 당연히 버려진다. 다른 OTT로 바로 채널 전환, 외면이다.

놀랍게도 텍스트 기반인 글(기사문, 칼럼, 잡지문)에서도 이 형식을 쓴다. 방송처럼 첫 리드문에서 강렬한 한방(에피소딕 리드문)을 터뜨려야 한다. 이것이 내러티브 글쓰기 방식의 전형, 월스트리트저널 공식이다.

모든 글은 '1번 법칙', 즉 에피소딕 리드로 시작한다. 글의 시작인 도입 부분에 아예 가장 강력한 '상징적인 예시문(에피소딕 리드)'부터 바로 들이미는 식이다. 즉 후킹이다.

그 장면(에피소드)을 보여준 뒤, 2번 단계, 어떤 내용이 전개될지 정리해 주는 단계로 접어든다. 왜 이런 예시가 나왔는지에 대한 부연 설명, 즉 '주제로 돌아가기(Transition to the Theme)'다. SBS〈그 것이 알고 싶다〉전개 방식에서 진행자 김상중 씨가 스토리 전체에 대한 코멘트를 하는 것처럼 전체 글에 대한 간략한 정리를 해 준다.

3번부터는 차례차례 스토리를 전개해 가면 된다.

물론 4번도 중요하다. 티싱(Teasing) 기법이다. 강렬한 한 방은 에피소딕 리드로 이미 선보였다. 그다음 사건의 전개는, 한 번에 다 보여주면 안 된다. 이건가, 하면 아닌 듯, 저건가 하면 이건 듯이 글과 영상을 전개해 가야 한다.

물론 티싱은, 글 전개에서는 4번 자리에 들어가지만, 늘, 염두에 둬 야 하는 핵심 항목이다. 당신이 기자 건, 영상제작자 건, 블로거 건, 유튜버 건 상관없다. 어떤 문장에서건 독자를 간지럽힐 장치에 대한 고민을 해야 한다.

그리고 마지막 클로징. 왜 그런 에피소딕 리드가 나왔는지에 대한 설명을 해 주며, 결론을 내린다.

자칫, 지루해 질 수 있는 장문의 인터뷰 같은 글에는 무조건 요즘 이 내러티브 글쓰기 방식을 도입해 쓰고 있다.

여기서 잠깐. 이 내러티브 글쓰기 방식은 디폴트다. 일반 글쓰기뿐 아니라 유튜브, 블로그, 심지어 OTT까지 스토리를 전개하는 모든 플 랫폼들이 이 방식을 채택하고 있다.

김작가 채널, 주언규 PD(구 신사임당)까지 핵심 인플루언서들의 영상을 잘 보시라. 플레이와 동시에 가장 '핵심적인 인터뷰 내용(에피소딕 리드)'부터 나온다. 그다음이 주제로 컴백이다. 인터뷰이가 누군지, 어떤 내용을 다룰지(주제로의 문맥 전환) 비로소 알려준다.

다시 한번 강조하지만 내러티브 글쓰기의 핵심은 '기세' 즉 후킹(에피소딕 리드)이다. 어떤 상징적인 예시를 뽑아내느냐, 그게 승부수다.

아래는 필자가 쓴 인터뷰 기사 중 하나다. 어떤 전개 방식을 택했는지 예문을 보자.

🔍 예시

개그맨 겸 베스트셀러 작가 고명환 <매일경제신문> 인터뷰

'돈서관' 다니세요? 책 3,000권 읽고 '장사의 신' 됐답니다 (2022.11.18)

"길어야 이틀입니다. 그것도 운이 좋으면…" 뼈 수백 군데가 부러졌다. 심장

'돈서관' 다니세요? 전 책 3000권 읽고 '장사의 신' 됐답니다

도 찢겨 나갔다. 그 시절 가장 잘나갔던 최수종·송일국 주연 드라마 '해신'의 핵심 조연. 탄탄대로였던 스타의 앞길. 모든 게 교통사고 한 방에 날아갔다. 다행히 회복은 된다. 기적이었다. 무료한 시간엔 책만 읽었다. 하루하루 쌓인 3,000여 권의 내공. 월 1억 원, 연 매출 12억 원의 메밀국수 가게가 그렇게 탄생했다.

책에서 답을 찾은 스토리는 출간 한 달여 만에 10쇄를 찍는 초베스트셀러가 됐다. 죽음의 문턱에서 돌아온 장사의 신. 그 주인공은 놀랍게도 개그맨 고명환(50)이다.

기자를 보자마자 톡톡 튀는 인사말이 날아든다. "개그맨 겸 영화배우 겸 탤런트 겸 메밀국수와 돼지갈빗집 최고경영자(CEO)겸 베스트셀러 작가 겸 강사를 하고 있는 고명환입니다. 반갑습니다." 역시다. 죽음의 문턱을 밟았고, 장사의 신으로 거듭났어도 개그 본능, 개그 DNA만은 그대로다.

교통사고 얘기를 안 들을 수 없다. 시한부 판정까지 받으셨다고.

잊을 수가 없다. 2005년 2월이다. 50부작의 대작, 드라마 '해신' 18부를 찍고 전남 완도에서 돌아오던 길이었다. 운전하던 매니저가 깜빡 졸았다. 시속 190㎞로 앞 트럭 후미를 그대로 받았다. 뇌출혈에 뼈 수백 군데가 부러졌다. 심장도 찢겼다. 손을 쓸 수 없을 정도였다. 수술을 끝낸 의사가 말했다. "고명환 씨. 길어야 이틀입니다. 그것도 운이 좋으면. 유언하시고, 신변 정리도 하시기 바랍니다." 그런데 기적이 일어났다. 놀랍게 회복이 된 거다. 주변에선 말한다. 지옥 같지 않았냐고. 나는 이렇게 말해준다. 진짜, 이 교통사고에 고맙다고.

(후략)…

에피소딕 리드 만들기

실전 예로 바로 들어가보자. 필자가 쓴 앞의 인터뷰에서 개그맨으로 승승장구하다 교통사고 후 메밀국수집으로 대박을 터뜨리며 인생 2막을 살고 있는 고명환. 당연히 수많은 스토리와 곡절이 있을 수 있다.

🔍 **고명환이 가진 스토리**

(인터뷰 통해 정리)

1. 승승장구: 문천식과 와룡봉추 활동 인기 개그맨. 드라마 해신 출연.

2. 교통사고: 터닝포인트. 뼈가 수백 조각 남. 길어야 이틀 생존.

3. 사업 대박: 가게 '메밀꽃이 피었습니다' 월 1억 매출 대박. 서민갑부 출연.

4. 베스트셀러: 책《이것은 돈 버는 법에 관한 이야기》출간 즉시 10쇄.

인터뷰를 통해 뽑아낸 에피소드가 있는 '4개 장면'들이다. 인터뷰 글이니 특히나 지루할 수 있다는 점을 염두에 둬야 한다. 그래서 4개 에피소드 중 가장 강렬한 장면 하나를 추려야 한다.

어떤 것부터 들이대야 독자들의 관심을 끌까? 당신이라면 4개 장면 중 어떤 것을 찍겠는가. 필자가 찍은 후킹(에피소딕 리드)은 교통사고 당시의 생생한 장면이다. 죽음만큼이나 강렬한 한 방은 없을 터. 바로 '2번 픽(Pick)'이다. (나머지 1번, 3번, 4번 에피소드들은 2번 에피소딕 리드를 먼저 소개한 뒤, 차례로 후반부에 나열하면 된다. 이게 피라미드식 기사 전개 방식이다.)

에피소딕 리드를 쓸 땐, 가능한 한 현장감을 살려야 한다. 필자는 그 현장감을 위해, 의사의 말, 리드문을 그대로 옮기는 방식을 택했다.

"길어야 이틀입니다. 그것도 운이 좋으면…" 의사의 말, 다 직접 인용문이다. 살벌한 사고 후의 느낌을 한 방에 전달하기 위한 장치로 인용문을 택한 것이다. 독자 입장에선 당연히 궁금증이 든다. 얼마나 다쳤길래 '길어야 이틀'? 다음은 시선을 더 끌어오기 위해, '단문'으로 끊어쳤다. 다음에 나올 '쇼트의 법칙' 응용이다.

'뼈 수백 군데가 부러졌다. 심장도 찢겨 나갔다….'

무슨 말이 더 필요한가. 뼈가 부러져 조각난 게 수백 군데. 심장까지 찢겨나가버렸는데.

자, 여기까지가 리드다. 그런데 이상한 게 있다. 눈치 빠른 분들은 짐작하셨겠지만, 주어가 없다. 뼈 수백 군데가 부러졌고, 심장도 찢긴, 이 분, 도대체 누구야. 궁금증이 폭발한다.

사실은 이것 역시 필자의 장치다. WSJ 공식의 4번 독자 애태우기(Tease The reader) 신공이다.

여기서 잠깐, 중요한 조건이 있다. 에피소딕 리드는 길면 안 된다. '인지 밀림 현상(집중력 방해)'으로 오히려 독자들의 반감을 불러일으킬 수 있어서다.

에피소딕 리드 장치 삽입 작업이 끝나면, 가장 어려운 단계는 뛰어넘었다고 보면 된다. 다음부터는 차례로, 2번-3번-4번-클로징까지 구성만 해 주면 된다.

죽음 장면인 에피소딕 리드 뒤에는 WSJ 공식 2번 단계인 주제로의 문맥 전환(Transition to the Theme)으로 점프. 아래 글을 보면 된다.

"그 시절 가장 잘나갔던 최수종·송일국 주연 드라마 〈해신〉의 핵심 조연. 탄탄대로였던 스타의 앞길. 모든 게 교통사고 한 방에 날아갔다. 다행히 회복은 된다. 기적이었다. 무료한 시간엔 책만 읽었다. 하루하루 쌓인 3,000여 권의 내공. 월 1억 원, 연 매출 12억 원의 메밀국수 가게가 그렇게 탄생했다. 책에서 답을 찾은 스토리는 출간 한 달여 만에 10쇄를 찍는 초베스트셀러가 됐다. 죽음의 문턱에서 돌아온 장사의 신. 그 주인공은 놀랍게도 개그맨 고명환(50)이다."

이 지점에서 독자들의 의문이 비로소 풀린다. 아, 고명환 얘기구나. 빨려들기 시작이다.

실전 2 │ 에피소딕 리드의 진화

에피소딕 리드의 임팩트가 얼마나 중요할까. 강렬하다. 이게 다라고 해도 될 정도다.

자극 위주의 도파민 시대로 진화하다 보니, 요즘 숏폼 중에는 아예 이 '에피소딕 리드'만 뽑아서 '채널'을 만들기도 한다. 그런데 그게 터진다. 인스타그램, 유튜브 할 것 없다. 만들면 먹히니까. 그게 사실 에피소딕 리드의 힘이다.

대표적인 게 1타 강사. '에피소딕 리드'의 연결이다. 수능 1타 강사 정승제, 이지영 쌤 영상 짤들을 보시라. 이들이 교과 강의만 할까. 아니다. 강의 중간중간 짤막한 인생 조언을 늘어놓는다. 그런데 이게 먹힌다. 터진다. 당연히 이들의 공식 채널이 있고, 이 짤만 모은 아류들도 판을 친다.

필자가 좋아하는 인스타그램 채널 'couldbeok'이 있다. 정승제 쌤의 1분짜리 인생 조언만 모아서, 1만 팔로워를 기록 중이다. 채널은 진짜 별게 없다. 승제 쌤의 인생조언 에피소딕 리드들만 뽑아놓은 거다.

실패가 두려운 당신에게 전하는 말

여러분이 실패하잖아요. 나중에, 생각하면, '그때, 실패 안 했으면 어쩔 뻔했어' 이럴 때가 온다니깐 분명히. 그러니깐 그 실패 하나가 조각일 뿐이라니깐. 여러분 인생에 행동 하나하나가 다 의미 있는 조각이라니깐. 쓸데없는 조각들이 하나도 없어요. 실패를 했다고 그래도, 와 스펙터클한 걸 이러면 돼요, 나중에 어떤 일이 펼

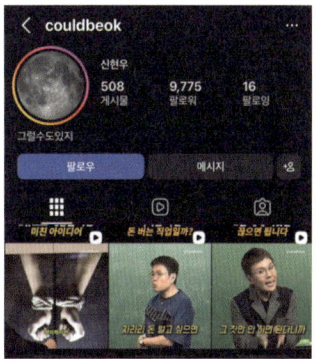

쳐지려고 이런 실패를 한 거지. 재수를 해도 그래. 아, 20대 때 내가 실패를 했지. 그런데 그게 나중에 어떤 영향으로 돌아올지 모르는 거야. 함부로 속단할 필요가 없다고. 판이 계속 달라지는 거라고. 어떻게 될지 모른다니깐. 끝나봐야 아는 거야. 그래서 인생이 재미있는 거라고.

이런 짤들만 모아둔 건데, 1분 멘탈력을 다지기엔 딱이다. 사실 채널의 핵심은 콘텐츠의 무한성이다. 제작을 고민할 필요도 없다. 그저 1타 강사들의 조언, 한 곳에 핵심 짤만 모아두면 된다.

유튜브에선 티핑포인트란 채널이 '에피소딕 리드'만 모은 유형의 전형이다. 대신 이 에피소딕 리드의 멘트 주인공들은 1명이 아니라, 여러 명이다. 그것도 억만장자의 것만 모았다. 그런데 구독자 수만 30만 명이 넘는다.

[억만장자 멘토링] 리세션을 이겨낸 마인드..“중산층은.. XX이야..”

중산층은 세계에서 가장 깊은 최면에 빠져있어. 가장 위험한 건 '안전을 느끼는 사람들'이거든. 난, 25살 때 내가 망한 것처럼 다시 파산하는 건 (전혀) 두렵지 않아. 중간에서 안주할까봐, 그게 두려운 거지.

티핑포인트에 등장하는 억만장자 그랜트 카돈의 인터뷰 중 '중산층으로 살지 말라'는 내용의 영상이다. 영상 내내 수십 가지 뼈 때리는 내용들이 등장하지만, 이 채널이 '결정적 한방'으로 뽑은 에피소딕 리드는 영상 시작부터 28초 사이에 다 담겨 있다.

중산층으로 살 것인가. 부자로 살 것인가. 안정을 느끼며 그저 직장 생활에 안주하려 한 것은 아닌가.

뇌가 '쾅' 하고 울리는 거다. 이게 기세다. 영상의 강렬한 한 방이다. 기선 제압을 당한 구독자들의 뇌는, 바로 '구독, 좋아요'로 이어진다. 에피소딕 리드 뒤는 다른 영상과 편집이 같다. 25세 파산 후 억만장자가 된 그랜트 카돈의 스토리 소개다. 하지만 어떤가. 에피소딕 리드 한 방에 독자들은 무장해제다. 클릭이다.

모든 글쓰기의 절대법칙 (2)
SHORT의 법칙

세상에 존재하는 모든 글쓰기에 먹히는 절대 법칙이 있다. 국룰, 'SHORT' 법칙이다. 짧게, 더 짧게 문장을 끊어 치라는 의미다. 하지만 여기에 세밀하게 녹아 있는 '세부 스킬'이 있다. 이 세부 스킬을 아느냐, 모르느냐, 이게 또 한끝차이다. 그래서 필자가 만든 공식이 이 쇼트의 법칙이다. 글을 쓴다? 블로그를 제작한다? 유튜브 대본을 만든다? 쇼핑몰 상세 페이지에 멋진 글로 고객을 유혹하고 싶다? 그렇다면 볼 것 없다. 필살기(Death Blow)처럼 강력한, 이 쇼트의 법칙을 장착하시라.

🔍 글쓰기 SHORT 필살기

모든 글쓰기의 국룰 = 쇼트(SHORT·끊어 치기)의 법칙

1계명 S의 법칙: Short 숏, 끊어 쳐라

2계명 R의 법칙1: Rhythm 리듬을 타라

3계명 R의 법칙2: Don't Repeat 반복을 경계하라

4계명 T의 법칙: pareTo's law 파레토의 법칙, 재미와 정보의 황금비율은 2대8

영상이든 텍스트건 마찬가지다. 목숨걸고 지켜야하는 글쓰기 4계명, 쇼트의 법칙이다.

너무 중요해서 한 번 더 강조한다.

'끊어 치기, 리듬 타기, 반복 금지, 황금비율(재미와 정보를 2:8)'

지금부터 이 4계명을 '쇼트의 법칙'이라 명명한다. 암기법은 SHORT다. 자, 한번 따라 해보시라. "쇼트." 좋다. 알파벳 앞 글자를 연결해, 연상법으로 'SHORT'라 외워두면 된다.

영상을 통해 글을 읽어주든, 블로그, 신문, 칼럼글을 쓰건, 마찬가지다. 모든 글쓰기 패턴의 핵심이다.

그래서 필요한 게 끊어 치기다. 끊어 치면, 흐름이 보인다. 호흡이 느껴진다. 한 문장, 한 문장 이어가다보면 길도 보인다.

이렇게 생각하자. 긴 문장은 거대한 살덩어리라고. 기름기부터 걸어내야 한다. 짧게(SHO: SHORT), 문장을 마디마디 절단하시라. 거기에 '리듬(R: Rhythm)'도 담아야 한다. 리듬을 만들 때 중요한 것이 반복금지(R: Don't Repeat). 여기에 파레토(T : 파레토의 'T'/파레토 법칙 2대8의 Two)법칙까지 곁들이면 완성이다.

여기서 잠깐. 분명 이런 분들 있을 거다. '소설가 이문열처럼 유려한 만연체 문장으로, 감성을 울리는 글을 쓰고 싶은데' 하는 분들. 이런 분들은 이 책 덮으시라. 소설가 이문열도 철저히 외면받을 수 있는 게 플랫폼 세계다. 수려하고 유려한, 감각적인 문체는 천재들의 영역으로 남겨두시라. 괜히 어줍잖게 이런 글 흉내 내다간, 기나긴 글 속에서 길을 잃는다. 죽도 밥도 안 된다.

필자는 글을 쓰는 일을 차를 몰고 가는 것에 비유한다. 가만히 보면, 드라이빙(차 운전)과 비슷하다. 글을 차(Car)라고 생각해 보자. 글을 쓰는 이는 운전자다. 핸들 잡고, 운전자(글 쓰는 자신)가 끌고 가는 느낌이 들어야지, 반대로 차(글)가 자신을 끌고 가는 느낌이 들면 안 된다.

노트북을 켜고 시동을 걸었다면? 핸들 잡고, 바로 악셀 밟고 출발(짧게 끊어치기)해야 한다. 공회전(만연체 고민) 붕붕 오래 하다간, 매연만 심해진다.

일단, 키보드를 치기 시작하면, 글이 풀린다. 끊어 치는 Short의 법칙은 그러니, 차를 끌고 가는 운전의 시작점이다.

글을 끊어 치다 보면 놀랍게도 리듬이 만들어진다. 운율이나 라임 같은 개념이다. 3-4-3-4, 혹은 2-5-2-5 같은 단어들이 절묘하게 버무려 진다. 이게 핸들링이다. 운전할 때를 생각해보시라. 원하는 대로 핸들링이 되면, 승차감이 부드러워진다. 부드러운 승차감, 이게 글의 리듬이다. 핸들링이 부드러울수록, 리듬도 부드러워진다. 핸들링에 익숙해지면 때론, 강렬하게, 때론 긴박하게, 리듬을 만들어내는, 극강의 단계에도 이를 수 있다.

리듬이, 보이기 시작하면 '글을 가지고 노는 단계'에 접어들었다, 봐도 된다. 비로소 문장에 지문이 새겨진다. 그, 리듬만 봐도 누구의 글인지, 단박에 알 수 있게 되는 경지다.

최후의 계명은 황금비율 만들기다. 정보(팩트)와 재미를 어떻게 버무려야 가장 절묘한 양념이 나올까. 고민할 것 없다. 정보 8 재미 2다. 이걸 필자는 '문장의 파레토 법칙'이라 부른다. 자, 하나하나 뜯어 보자.

Short 짧게 끊어 쳐라

짧게, 끊어 쳐라. 글 쓰는 기본이다. 요즘은 이를 모르는 사람이 없다. 끊어 치기에서 중요한 건 '정도'다. 도대체 어디까지 끊어 쳐야 하는 건가, 이게 늘 고민이다.

끊어 치라고 하면, 누구나 이렇게 생각한다. '아하, 주어+동사 형태의 1형식을 여러 개 만들면 되겠구나'하고. '끊어 치기의 1계명'을 대부분 '1형식(주어 동사)' 나열로 받아들인다.

물론 좋다. 여기까지만 해도 대단한 수준이다. 단, 고수의 영역은 이 단계를 뛰어넘는다. 아예 문장을 '인수분해'한다. 주어? 아예 없앤다. 서술어만 나열해, 속도감을 높인다. 감탄사. 의태어. 의성어. 하나, 하나 끊는다. 그런데, 묘하다. 이 끊김에서, 탄력이 붙는다. 리듬이 일고, 속도가 난다. 예문을 보시라.

끊어치기 강의 때 늘 보여주는 필자의 여행기다. 일본 아오모리현의 명물, 400년 묵은 남녀혼탕의 체험기다.

🔍 '설탕' 투어

은밀하게 화끈하게 '설탕' 투어(2014-01-24)

벗었다. 홀라당. 아니다. 수건으로 중요 부위는 가렸다. "괜찮겠어요?" 같이 온 기자가 다짐하듯 묻는다. "뭐, 어때요." 애써, 담담한 척이다. 맞다. 이럴 땐 방법이 없다. 뻔뻔해져야 한

다. 심호흡. 드르륵. 문을 연다. 무려 40년. 그 기간 학수고대하며 기다려왔던 판도라 상자, '남녀혼탕'의 문. 그게 열린다. 아뿔싸. 그런데, 이게 뭐야. 뿌옇다. 탕 안도, 물 속도.

🔍 아오모리 온천 '쓰카유'

350년 역사의 남녀혼탕 쓰카유. 아오모리현의 명물이다.

세상에. 속았다. 이건, 아니다. 얼마를 기다렸는데. 어떻게 왔는데. 순간, 왔던 길이 스쳐 간다. 일본, 하고도 북도호쿠 지역 삼총사 현 중 으뜸인 아오모리. 그 중심에 있는 휴화산 하코다산 중턱을 넘어 해발 1,000m 넘는 곳까지 한달음에 왔다. 촉수는 오직 한 곳에만 쏠렸다. 남녀혼탕 스카유. 게다가, 역사, 무려 350년이다.

당연히, 보이는 게 없었다. 20만 년 전 화산 분화에 의해 만들어졌다는 해발 약 400m에 위치한 도와다호도 그냥 스쳐 갔고, 지류로 14㎞를 뻗은 계곡, 오이라세 계류 앞에서는 "사진 좀 찍자"는 동료 기자들에게 "더, 멋진 게 있다. 날 믿으라"는 협박 반, 감언이설 반 회유책으로 통과했다.

"아" 하는 탄성이, 모두의 입에서 터져나온 건, 불만이 소형 버스 안을 가득 채울 무렵. 도로변, 앙증맞은 우윳빛 연못에서 김이 모락모락 피어나오는 거였다. '지옥의 늪(지고쿠누마)'. 화산 열기에 자연스럽게 데워져, 생명이 살 수 없는 뜨거운 온천으로 변한 곳이다.

잠깐 하차. 다들, 신기한 듯 술렁거린다. 그럴 만도 하다. 온양, 도고 온천 같은 탕이야 많이 봤겠지. 하지만 실제 온천수가 모인 늪은 처음인 게다.

지옥의 늪을 지나 5분쯤 더 가면 나오는 곳이 스카유다. 역사만 350년. 아오모리현에서 최고로 치는 남녀혼탕이다. (중략)

작정하고 끊어 치기 실험을 위해 도전해 본 여행기다.

차근차근, 리드를 해부해보자.

첫 문장을 보자. 주어? 없다. '벗었다'로 끝. 다음 문장, '홀라당'이다. 의태어가 한 문장인 셈. 세 번째 문장에도 누가 가렸는지, 도통 알 수가 없다. 그저 '수건으로 중요 부위는 가렸다'로 끝이다. 사실, 이게 다 의도적이다. 끊어 치며, 속도감을 높인 뒤, 궁금증을 유발하는 문장의 장치다.

"괜찮겠어요?"의 4번째 문장을 지나, 5번째 문장에 가서야 주어 하나(같이 온 기자)가 비로소 등장한다. 그, 다음 또 주어가 없다. '애써, 담담한 척이다. 맞다.'까지.

그리고 다음 문장들은 더 심하게 끊어져 있다. 심호흡(명사). 드르륵(의성어). 명사 하나가, 의성어 하나가 한 문장을 이룬다.

끊어 치기에 숨 가쁘게 끌려온 독자들은, '…남녀 혼탕의 문. 그게 열린다'에서 쾅 한 대 맞는다. 아, 남녀혼탕 여행기구나, 마침내 느낀다.

여기서 멈추면 안 된다. 반전으로 또 한번 쐐기를 박는다. 남녀혼탕이면 누구나 맑을 물을 떠올릴 터. 천만에다. '아뿔싸. 그런데, 이거 뭐야. 뿌옇다. 탕안도. 물속도.' 마지막 문장 역시 끊어치기 향연이다.

느낌이 오는가. 내친김에 '끊어 치기 신공 세부 스킬'까지 외고 가자. 최신판 '끊어 치기 세부 스킬 3계명'이다.

🔍 끊어 치기 세부 스킬 3가지

1. 기계적으로, 끊어라

2. 1형식도 자른다

3. 숲의 흐름은 놓치지 말 것

세부 스킬 1(기계적으로, 끊어라.)과 2(1형식도 자른다)는 앞서 익혀 둔 대로 가면 된다.

중요한 건 1형식도 자를 수 있다는 것. 핵심은 이거다. 끊어 치는 마디는 정하기 나름이라는 것. 1형식(주어+동사)에 얽매이지 마라. 주어? 날려도 된다. 동사? 그 자체로 한 문장이 된다. 그저 끊어보시라. '아' 하는 감탄사 한 글자, '맞다'는 맞장구 단어까지, 모든 게 끊어질 수 있다. 다시, 기자가 쓴 남녀혼탕 예를 한 번 더 보고 가자.

🔍 **예시**

맞다. 이럴 땐 방법이 없다. 뻔뻔해져야 한다. 심호흡. 드르륵. 문을 연다. 무려 40년. 그 기간 학수고대하며 기다려왔던 판도라 상자, '남녀혼탕'의 문. 그게 열린다. 아뿔싸. 그런데, 이게 뭐야. 뿌옇다. 탕 안도, 물속도.

이런 식이다. 서술어·의성어·감탄사가 한 문장이다. '주어 + 동사'의 1형식이 보이는가. 없다. 형식도 던져버려라. 나누고 나누는 인수분해를 떠올려라. 끊어 치다 보면 느낀다. 턱턱 끊기면서 문장이 막히는 게 아니라, 그제야 뻥 뚫리는 흐름을.

단, 눈여겨봐야 할 게 있다. 3번 스킬 '숲의 흐름은 놓치지 말 것'이라는 항목이다.

끊어 치기의 태생적 한계가 있다. 너무 끊어 치다 보면 글 전체의 전개가 엉망이 될 수 있다는 것. 그러니, 끊어 치면서도 숲(글 전체) 전체의 흐름만큼은 놓치지 말아야 한다. 전체 글의 흐름, 즉 숲의 형태는 무조건 잊지 마실 것.

2계명 R Rhythm 리듬을 타라

끊어 치다 보면 자연스럽게 나오는 게 있다. 리듬이다. 필자는 이 리듬을 '문장의 지문'이라 부른다. 선수들(글쟁이)끼리는 척 보면 안 다. 문장 2~3개만 봐도 누구의 글인지, 금방 알아차린다. 이게 다 리듬 덕이다.

🔍 문장 리듬 넣기 세부 스킬

리듬 만들기 공식: 1-1-3-4-2 법칙

* 리듬 연마법: 의식적으로 느껴라(되뇌이며 글을 써라)

리듬의 정석 1-1-3-4-2 법칙을 보자.

'짧게-짧게-조금 길게-길게-짧게'

음악 시간으로 돌아가 볼까. 물리도록 외웠던 '강-약-중강-약 같은 리듬이 글에도 있다. 이, 리듬을 심어야, 글이 맛있어진다. 리듬은 맛소금이다. 톡톡, 털어 넣어야 맛있는 글이 된다.

가장 교과서적 리듬은 이렇다. '짧게-짧게-조금 길게-길게-다시 짧게'.

앞선 필자의 저서 '100만 클릭 터지는 독한 필살기'에선 '짤짤이 (짧게-짧게) 법칙'으로 외운 건데, 필요 없다. 그냥, 숫자로 직관화해서 기억(의식적으로 느끼는 리듬 연마법)하면 된다.

'1(짧게)-1(짧게)-3(조금 길게)-4(길게)-2(다시 짧게)'다.

의식적으로 한번 느껴보시라. 리듬의 핵심은 앞쪽이다. 앞에서 짧게, 짧게 문장을 끊어 치면, 즉 리듬(1-1)을 만들면, 나머지(3-4-2)는 저절로 따라온다. 아래 예문을 보자. 글의 리듬을 설명할 때 필자가 늘 예로 드는 안수찬 기자의 글이다.

🔍 예시

'쫄지 마! 실전 매뉴얼이 여기 있잖아 - 불심검문 대처법/안수찬 기자'

늦었다. 뛰어간다. "신분증 좀 봅시다". 경찰이 막는다. 없다. 급하게 나오느라 주민등록증을 빠뜨렸다. 촛불집회가 열린단다. 나는 거기 안간다.

글자 수를 '의식적으로' 세어보시라. 3-4의 흐름이다. 어, '1-1이 아닌데?' 할 필요가 없다. '짧게-짧게'의 리듬만 의식적으로 느끼면 된다. 직관적으로 이해하기 쉽게 '글자 수'로 구분해 드린다.

3(늦었다)-4(뛰어간다)-7(신분증 좀 봅시다)-6(경찰이 막는다)-2(없다).

어떤가. 리듬만 가미한 건데, 마치, 글을 가지고 노는 듯한 느낌이 들지 않으시는가.

글을 쓸 때도 마찬가지다. 의식적으로 끊어 치며, '마음속으로' 리듬의 숫자를 읽어가시라. 아래 글처럼.

어떤가(1). 느껴지는가(1). 100만 클릭 고지가 눈앞이다.(3) 10일간, 미친 듯이, 외우시면, 누구나 점령 가능하다.(4) 심장이 뛰지 않으시는가.(2)

이런 식이다. 남의 글을 볼 때도, 나의 글을 쓸 때도, 의식적으로 리듬을 타면 된다. 처음엔 힘들다. 뇌에, 달라붙지 않는다. 하지만 익숙해 진다. 끊어 치고, (리듬에 따라) 어느 문장은 길게 이어가다보면, 어느 순간 리듬이 생긴다. 글이 나를 끌고 가는 게 아니라 마침내 내가 글을 밀고 가는 느낌이 든다. 그 순간이다. 이게 되면 끝. 리듬편, 정복이다.

3계명 R don't Repeat 반복을 피해라

리듬과 함께 익혀둬야 할 또 하나의 R 법칙, 반복 피하기다.

반복(Repeat)은 잉여다. 지뢰다. 살덩어리다. 무조건 제거해야 한다. 이 지뢰, 꽤나 심각하다. 종류까지 많다. '명사의 반복, 조사의 반복, 목적어 부사의 반복, 서술어 반복까지'.

어떤가. 반복이 계속 반복되다 보니 짜증이 슬슬 올라오지 않으시는가. '반복'이라는 단어만 눈에 띄어도 미칠 것 같다.

단, 유념할 게 있다. 반복이 나쁘다는 의미는 아니다. 당연히, 틀린 것도 아니다. 그저, 거슬린다는 거다. 거슬린다는 건, 아마추어스럽다는 말이다.

반복이 가장 '촌스럽게' 눈에 띄는 곳이 있다. 서술어다. 그래서, 쇼트(SHORT)의 3계명 반복 금지는 가장 치명적인 게 '서술어 반복'을 피하라는 계명이다. 이건, 발목 지뢰다. 밟는 순간 터진다. 목숨 걸고 제거하시라.

1. 반복 픽하는 법: '서술어'만 째려봐라

2. 반복 피하기 기술: 서술어를 변주하라

1. 서술어만 째려봐라

서술어 반복 솎아내는 법, 간단하다. 글 전체를 딱 놓고 '서술어'만 째려보면 된다. 언론사 데스크들이 후배 기자들이 보내온 기사를 데스킹(문장 수정, 오탈자 교정) 할 때 이 방법을 쓴다. 딴 건 안 본다. 무조건 서술어만 본다. 아래, 2026년 2월 기사 예문을 보자.

Q **예시**

전국 민간 아파트 분양가 5개월 만에 소폭 내렸다… 서울 국평은 19억 아래로 (이하린 기자)

전국 민간 아파트 분양가가 1월 분양 비수기 시즌을 맞아 5개월 만에 소폭 **하락했다.** 특히 서울 국민평형(84㎡) 분양가는 한 달 만에 다시 19억 아래로 **떨어졌다.**

5일 부동산 분양평가 전문회사 리얼하우스가 청약홈 자료를 집계한 결과, 지난달 전국 민간아파트 전용면적당 평균 분양가는 ㎡당 843만 원으로 5개월 만에 **하락 전환했다.** 지난해 동기간에 비해서는 10.55% 오른 **수준이다.**

민간 아파트 분양가의 월별 흐름을 살펴보면 지난해 하반기 이어졌던 상승세가 1월 들어 멈춘 **모습이다.**

전국 ㎡당 평균 분양가는 지난해 9월 778만 원에서 11월에는 800만 원을 **넘어섰다.** 12월에도 상승 흐름이 이어졌으나, 올 1월에는 전월 대비 0.01% 하락하며 5개월 만에 상승 흐름을 **멈췄다.**

전용 84㎡ 분양가 역시 유사한 움직임을 **보였다.** 지난달 전국 전용 84㎡ 평균 분양가는 7억 770만 원으로 **집계됐다.** 이는 2025년 9월 이후 5개월 만의 **하락 전환이다.**

　위 기사 서술어만 째려보시라. 그렇게 서술어만 솎아내면 아래와 같다.

- 하락했다/떨어졌다/하락 전환했다/수준이다/모습이다/넘어섰다/멈췄다/보였다/집계됐다/하락 전환이다

여기서의 핵심은 서술어 중복을 피한 변주다. '하락한다'라는 서술어로 단 한번의 반복 없이 변주를 한다.

- 하락했다의 변주 = 1. 하락 전환했다 - 2. 멈춘 모습이다 - 3. (상승 흐름을) 멈췄다 - 4. (유사한 움직임을) 보였다 - 5. 하락 전환이다

'하락했다'는 서술어 하나로, 중복을 피하기 위해 기자가 공을 들인 흔적을 엿볼 수 있다.

　무려 5가지의 변환이다. 결론적으로는 '반복 피하기'다. 한층 세련된 느낌이다.

2. 서술어를 변주하라

위 예에서 살펴본 것처럼 변주는 쉽다. 서술어만 본 뒤, '반복'지뢰를 제거하고, 변주를 하면 된다. 필자는 '서술어의 변주'라 부른다. 기사문에 가장 많이 등장하는 서술어 "말했다"를 변주하는 연습을 해보자. 기자들이 가장 많이 쓰는, 서술어다.

- '말했다'의 변주 = 말했다/전했다/강조했다/귀띔했다/볼멘소리를 냈다/털어놨다/내뱉었다/밝혔다/공식화했다

말했다, 하나로도 이렇게 다양한 변주가 가능하다. 글쓰기에 익숙해 지면 스스로 반복을 알아챈다. 자신의 몸에 살덩어리가 잡히는 게 느껴지는 것과 같은 이치다. 글을 탈고(다시 훑어보기)할 때도 마찬가지다. 서술어 반복만 체크해도, 글이 세련돼 보인다. 어? 이미 이 책에서도 서술어 반복을 보고 계신다고? 그렇다면 인정. 글쓰기 고수의 반열에 올랐음, 인정이다.

> **4계명 T** ## pareTo 재미2 대 정보8의 황금비율

'정보 : 재미'

영상이든, 포스트 블로그건 마찬가지다. 위의 두 가지 재료가 버무려져 진다. 메인 요리는 정보. 재미는 양념이다. 이게 글의 '맛'으로 이어진다. 글이 맛이 있냐 없냐는 이 '배합'의 황금비율에 달려있다.

헷갈린다. 그래서 딱 정해드린다. 8대2의 법칙, 파레토의 법칙을

가져온 거다. 메인 요리인 정보는 8, 양념인 재미는 2로 기억해두면 된다. (예능의 경우는 반대다.)

1. 파레토 법칙(정보 8 : 재미 2)을 기억하라
2. 재미 전달의 2계명(웃기려면 웃기지 마라/담담하게/유행어를 구사하라)

1. 글쓰기 파레토의 법칙

챗GPT도 이 비율 모른다. 고민 끝에 필자가 만들어낸, '글쓰기 파레토 법칙' 8대2다. 8과 2로 이어진 파레토 법칙에서 끌어온 것이다. 파레토 법칙은 경제학에서 통용되는 황금비다. 경제용어사전의 정의를 보자.

🔍 **파레토 법칙**

소득분포에 관한 통계적법칙으로서, 파레토가 유럽제국의 조사에서 얻은 경험적 법칙으로 요즘 유행하는 '80:20 법칙'과 같은 말이다. 즉, 상위 20% 사람들이 전체 부(富)의 80%를 가지고 있다거나, 상위 20% 고객이 매출의 80%를 창출한다든가 하는 의미로 쓰이지만, 80과 20은 숫자 자체를 반드시 의미하는 것은 아니다. 전체 성과의 대부분(80)이 몇 가지 소수의 요소(20)에 의존한다는 의미이다.

세상사가 마찬가지다. 대부분 8과 2의 비율로 맞아떨어진다. 내 월급의 80%는, 집중해서 일하는 20%에서 나온다. 영업에서도 결국 매출 80%를 차지하는 건, 상위 20%의 고객이다.

'글 틀의 파레토 법칙'은 8(정보)과 2(재미)다.

재미가 없으면 글이 무미건조해진다. 정보가 없으면, 싱겁다. 맛깔스러운 글을 만들고 싶은가. 그렇다면, 파레토 법칙을 기억하시라.

2. 챗GPT는 모른다…. 재미 전달 2계명

정보를 나열하는 건 쉽다. 팩트, 확인 작업만 거치면 된다. 그러니 건드릴 게 없다. 그대로 두면 된다. 결국 핵심이 되는 건 '재미 만들기'다. 클릭을 부르는 양념도 재미다. 100만 클릭을 부르기 위해 핵심역량을 집중해야 할 포인트는 역시 재미 영역이다. 재미 전달, 이게 쉬운 작업이 아니다. 개그맨들의 푸념, 알고 있지 않은가. '웃기는 게 가장 힘들다'고.

그래서 외워둬야 한다. 필자가 만든 '재미 전달의 2계명'이다. 수많은 기자들이 필드를 뛰며 경험에서 찾은 공식이다. 당연히, 챗GPT는 모른다. 새겨두시라.

🔍 재미 전달 2계명

1. 웃기려면? 웃기지 마라(= 담담하게 보여줘라)

2. 유행어를 구사하라

'웃기려면 웃기지 마라'.

재미 전달 1계명이다. 진짜, 웃긴 개그맨들을 떠올려 보시라. 웃기면서, 웃는가. 아니다. 오히려, 차분하다. 담담하다. 글의 재미를 전달할 때, 가장 경계해야하는 게 '흥분'이다. 살짝 틀어볼까. 반대로 말하면 '(심금을) 울리려면, 울리지 말라'도 된다.

한겨레 안수찬 기자의 《나는 어떻게 쓰는가》(13인 공저)의 기사쓰기 원칙에서 철칙으로 강조한 것도 '처음부터 끝까지 담담하게 쓸 것'이다.

여기서 1계명이 나온다. '웃기려면, 웃기지 말 것/울리려면, 울리지 말 것'. 안 기자는 이를 이렇게 설명한다. '글을 쓰는 저자가 먼저 감정을 드러내거나 감정이입을 부추기는 글을 의도적으로 쓰면, 독자는 울고 싶다가도 눈물을 거두고, 웃고 싶다가도 미소를 짓는다'고.

🔍 예시

내 이름은 김순악, 일제에 짓밟힌 소나무 한 그루/한겨레21 제794호

내 이름은 김순악. 그런데 일본 군인들은 자꾸 다른 이름을 불렀다. 사다코, 데루코, 요시코, 또는 마쓰다케라고 불렀다. 요 한 장을 깔면 방이 꽉 찼다. 방문에 작은 구멍이 있었다. 주먹밥 서너 개를 넣어줬다. 틈틈이 먹으며 하루 종일 일본 군인을 상대했다. 내 나이 열여섯이었다. 나중엔 몸이 아팠다. 일본 군인들은 옷을 벗지 않고 지퍼만 내렸다. 허리에 매달린 칼집이 내 뱃살을 찔렀다. 생리 때도 상대했다. 가제나 솜을 구해 아래를 닦았다.

- 《나는 어떻게 쓰는가》(안수찬) 중에서

어떤가. 표현도 특별할 게 없다. 담담하게 보여주는데, 꽂힌다. 천벌을 받을 놈들. 슬슬, 열도 받는다. 1계명의 강렬함이다.

또 하나 기억할 게 '담담하게 보여줄 것'이다. 위, 예문 김순악 스토리로 돌아가 보자. '천인공노할, 천벌을 받을 (일본)' 같은 형용사가 있는가. 천만에다. 없다. 그저 상황을 담담하게 보여줄 뿐이다. 그런데 어떤가? 속에서 천불이 나지 않으시는가. 열 받는다. 제대로 욱한다. 이런 식이다. 신문사에서도 수많은 글을 데스킹한다. 가장 오글거리는 서술어가 '아름답다. 황홀하다'류다. 왜, 군이 독자의 감정을 자극하려 드는가. 이런 식이면 안 된다. 그게 '아름답고 황홀한 장면'이면, 그대로 보여주는 것에서 끝내야 한다.

아래 예문을 보자.

🔍 예시

- **해 질 녘, 노을이 아름답다(X)**
  - '아름답다'는 표현이 강요로 비칠 수 있다. 이게 슬퍼 보이는 이들도 있을 텐데. 그저, 보여주면 누구나 자기 감정대로 느낄 수 있다.
- **수정 → 감홍씨가 터진 듯, 오렌지빛으로 물들었다(O)**
  - 그저, 담담하게 보여줄 뿐이다. 어라. 그런데 느낌, 좋다. 공감력 상승이다.

'기쁘다/슬프다'는 표현도 버릴 것. '그는 슬펐다' 대신 '(그의) 눈에 눈물이 글썽였다'로 수정해 볼 것. 의식적으로 '보여주려' 노력해야 한다.

유행어를 구사하라. 2계명이다.

현장감, 증폭법이다. 특히 유행어 효과는 쏠쏠하다. 어? 하며 바로 자극으로 이어진다. 다만 주의사항이 있다. 시의성이다. 유행하던 그

때 바로 써먹어야 한다. 아끼면 X된다. 유행어 활용 세부 스킬은 두 가지다. 아예 대놓고 제목에 쾅 박아넣는 법. '클릭' 직접 효과를 노린 장치다. 두 번째는 내용에 슬쩍슬쩍 녹이는 법. 간접효과를 기대하는 것이다. 단, 주의사항. 유행어는 조미료 같다. 너무 많이 먹으면 몸 상하니깐, 적당히 넣으시길.

🔍 유행어·사투리 구사 세부 스킬

1. 제목 박아 넣기(클릭 직접 효과)
2. 내용 흘리기(클릭 간접 효과)

* 주의사항 = 유행어, 사투리는 '조미료'다. 과용하면, 역효과다.

우선, 제목에 박아 넣어 보자.

2025년께부터 유행한 '에겐/테토'는 제목에 넣으면 거의 터진다

고 봐도 된다. 아래 캡처를 보시라. 768만 클릭이 터진 '에겐/테토 주
문할 때 차이' 같이 뭔가 상황극을 설정한 뒤, 영상을 만들면 대박이
다. 다음 캡처는 '에겐/테토' 유행어 예시다.

다음엔 내용에 홀리는 방법이다.

쉽다. 그냥, 내용에 적당히 배합해 쓰면 된다. 단, 과용하면 역효과
다. 글을 쓸 때, 리드문 정도에만 양념처럼 섞어라. 에겐/테토를 제목
과 내용에 적절히 섞어 쓴 기사들 예시를 보자.

천지일보 · 2025.09.30.   ⋮

[대중문화칼럼] 에겐남·테토녀 신드롬 과연?
물론 에겐남을 넘어 테토녀 그리고 **에겐-테토**, 테토-에겐이라는 워딩까지
나온 상황이다. 단어가 확장이 돼도 본질은 크게 달라지진 않을 것이다.
좀 더 관계의 좋은 진전을 위한 바람이 이런 단어들의 확장을 낳는 것은...

스포츠조선 · 2025.09.21. · 네이버뉴스   ⋮

'10월 결혼' 은지원 "♥9세 연하 예비신부, 테토녀…강한 여성에…
우리 남편도 **에겐**남인데 음식은 못한다"며 "**에겐**은 **테토**에게 끌리고, **테토**
는 **에겐**한테 끌린다고 하더라. 반대 성향끼리 끌린다고 한다"고 했다. 이
에 은지원은 아내의 성향을 묻는 질문에 "아내는 강하다. 나는 강한 여성…

'9살 연하♥' 은지원, 재혼 발표 세 달 만에…"강한 여자에… **텐아시아** · 2025.09.21. · 네이버뉴스
'재혼' 은지원 "예비신부는 **테토**녀, 난 충직한 애견남" 매일경제 · 2025.09.21. · 네이버뉴스

헤럴드뮤즈 · 2025.10.22. · 네이버뉴스   ⋮

장원영 솔직 고백 "두꺼운 화장 안 하고 싶을 때도…내추럴한 모…
테토녀 장원영은 어떤 모습일까. 99% **에겐**, 1% **테토**라고 언급했던 것과
관련 장원영은 "**테토**는 일할 때의 원영 같다. 확실하게 결단 내리거나 아
닌건 아닌거라서 그럴 때 **테토**인 것 같고, 제가 진짜 믿고 좋아하는 사람…

챗GPT를 이기는 글쓰기

CHAPTER

5

도파민 필력의
개념

챗GPT를
이기는 글쓰기

1 도파민 필력의 핵심
클릭력

1. 핵심: 클릭력

- 클릭력 원리 = 'FOMO 심리'를 자극하라(세부 스킬: 자간도 공식 - 자극

   하라, 간지럽혀라, 도발하라)

2. 클릭력의 구성

= 클릭을 부르는 '도파민 키워드(썸네일 + 파워 제목)'

= 클릭을 부르는 '도파민 버디(본문 = 도파민 글쓰기 5형식)'

3. 클릭력의 응용

= 도파민 키워드 + 도파민 글쓰기 5형식 → 채널화

　위 표를 잠깐 보자. 도파민 필력, 즉 클릭력에 대한 핵심 내용, 즉 개념도라 보면 된다. 클릭력에 대한 중요성에 대해서는 이 책 첫머리에서 강조한 바 있다. 다시 한번 아래 그래픽으로 보여드린다.

플랫폼 글쓰기 생태계에서 가장 중요한 건, 내용을 구성하는 어휘력, 문장력, 필력이 아니다. 하루에도 수십, 수백만 콘텐츠가 쏟아지는 아사리 판에선 일단 '클릭 간택'을 받아야 내용을 보여줄 기회라도 얻는다.

클릭력은 그래서 가장 우선순위에 랭크된다. 이 클릭력을 만들어내는 글쓰기 기술이 '도파민 필력'이다. 그리고, 도파민 필력의 핵심은 '클릭력'이 된다.

그렇다면, '클릭력'은 어떻게 작동할까.

방법은 의외로 간단하다. 클릭력이 작동하려면 구독자, 팔로워들의 평온한 뇌에 'FOMO(Fear Of Missing Out)심리'를 자극하면 된다. '너만 모른다, 너만 소외돼 있다'는 심리를 주입하면, 일단 '어?' 하며 클릭하게 된다. 이 'FOMO 심리 자극'은 절대 변하지 않는 불변의 원칙이라고 보면 된다.

여기서 잠깐. 그렇다면 이 'FOMO 심리 자극 장치'는 어떻게 만들어낼까. 어디서 '클릭' 엑기스를 뽑아낼까. How와 Where에 대한 답은 딱 두 가지다.

첫 번째 클릭력 뽑아먹을 곳은 키워드다. 묘하게 클릭이 폭발하는 '도파민 키워드'가 있다. 이 도파민 키워드만 '썸네일과 제목'에 넣으면 그냥 클릭이 터진다.

두 번째는 클릭이 터지는 '도파민 글쓰기' 형식이 있다. 딱 5개다. 이 키워드와 이 형식만 달달 외울 수 있다면, 당신, 클릭을 가지고 놀 수 있는 클릭 만렙의 단계에 오를 수 있다.

클릭 9단, 최고의 경지에 다다랐다면? 볼 것 없다. 그걸로 딱 1분 만에 당신만의 '채널'을 만들 수 있는 노하우를 알려드린다.

어떤가. 가슴이 쿵쾅쿵쾅 뛰는 게 느껴지시는가.

자, 그럼 바로 출발한다.

2 클릭력 터지는
글쓰기 자극점 공식, 자간도

아직도, 소설가들처럼 멋진 스토리(주제 잡기)를 찾고, 스토리의 근거들을 쌓아가고, 위기 절정 구조를 넘어 결론에 다다른다는 종전 글쓰기의 서사를 꿈꾸시는가?

다 필요 없다. 하루 수십, 수백만 콘텐츠가 쏟아지는 플랫폼 글쓰기 생태계에선, 다시 한번 강조하지만 핵심이 '클릭력'이다. 클릭을 받지 못하면? 나의 콘텐츠(내용, 스토리)를 보여줄 기회조차 없으니깐.

지금부터는 오직 한 가지에만 집중한다. 도파민 필력을 위한 핵심, 클릭력의 '스윗 스폿' 즉 '자극점 찾기' 스킬에만 집중한다. 즉각적인 반응(클릭, 터치)을 이끌어내는 '자극점(Hooking Point)'은 도파민 과잉 시대, 도파민에 중독된 뇌를 공략하는 치트키다. '자극'을 받은 독자는? '움찔'한다. 이게 곧 '반응'이다. 플랫폼 세계에서 이 반응의 양태는 '클릭, 터치, 스크롤의 멈춤(화면 STOP)'으로 나타나게 된다.

이게 공식이 있다. 이름하여 '도파민 글쓰기 자극점 공식'이다. 챗GPT는 감히 짐작도 못 하는 포인트다. 외워두시라.

- **자** - (자)극하라

- **간** - (간)지럽혀라

- **도** - (도)발하라

　　쉬운 암기법이 있다. 섬 이름 '자간도'를 되뇌이시면 된다.

　　자간도 공식은 도파민 필력을 구성하는 파워 키워드(썸네일, 파워 제목), 도파민 글쓰기 형식(5형식) 모두에 적용된다.

　　키워드의 DNA도 '자간도'요, 기본 5형식 뼈대 속을 흐르는 골수 역시 '자간도'다.

　　자간도의 1계명은 '자', '자극하기'다. 유튜브, 숏폼, 블로그에서 그 페이지에 '클릭'을 일으키는 자극점이다. 당연히, 인간만의 '감정'을 자극해야 한다.

　　도파민 시대 '프로 클릭유발자'가 되기로 하셨다면 무조건 가슴에 새겨둬야 할 1계명이다. 이성이 아니다. 여기서 중요한 건 자극대상이 '감정'이라는 점이다. 이성(생각)이 아니라는 게 핵심이다.

　　아래 유튜브 영상 제목을 보자.

🔍 **예시**

당신만 모르는(감정의 영역)/겨울철 꼭 가봐야 할 서대문 직장인 맛집 톱5 (이성의 영역)

'겨울철 꼭 가봐야 할 서대문 직장인 맛집 톱5'만 있다면 어떨까. 물론 이성 (생각)의 영역을 자극하는 제목이다. '아, 서대문 인근에 직장인들이 좋아하

는 맛집이 5곳이 있구나. 여긴 꼭 가봐야 하는구나' 생각하게 된다. 물론 클릭
도 어느 정도는 나온다.

그렇다면 이 문구 앞에 '당신만 모르는(감정의 영역)'이라는 수식
어를 붙여보면 어떨까.

합쳐진 제목을 보는 순간, 시청자는 '욱' 한다. "뭐야, 나만 모르는
거야?"하며, 감정부터 움찔한다. 이 영상 내용이 뭔지, 생각할 겨를
조차 없다. 그냥, FOMO(나만 소외, Fear Of Missing Out) 심리가
발동하면서 손가락부터 움직인다. '클릭'이다.

위 숏폼 영상을 보자.

왼쪽은 '저도 당했습니다'가 쾅 보인다. 무엇에 대한 설명인지는,
아래에 작게 나와 있지만 일단 눈에 띄지 않는다. 우측은 '설탕보다

10배 더 치명적인 음식 4가지'에 대한 영상이다.

왼쪽은 감정 자극, 오른쪽은 이성 자극의 전형적인 예시다. 어떤 쪽부터 클릭하고 싶은가. 왼쪽이다. 뭔지 모르지만, 저도 당했다는데, 일단 누르고 본다. 설탕보다 치명적인 음식 영상은 물론 누르긴 한다. 하지만 왼쪽보다는 나중이다. 이성적으로 "아, 설탕은 나쁜 거구나" 생각이 먼저 든 뒤, "어? 설탕보다 나쁜 게 있네. 그것도 4가지나 되네. 뭘까" 하며 비로소 누르게 된다. 이게 감정 자극과 이성 자극의 극명한 차이다. 도파민 과잉 시대, '도파민 뇌'는 무조건 왼쪽부터 클릭하게 된다.

자간도의 2계명, '간'은 '간지럽혀라'다. 글자 그대로 티싱(Teasing) 스킬이다.

🔍 예시

BTS 뷔가 밤에 잘 때 꼭 하고 잔다는 OOO

어떤가. OOO이 뭔지 궁금하지 않은가? 다 알려줄 필요가 없다. 이런 기법이 티싱이다.

자간도의 3계명, '도'는 '도발하라'다. 자간도의 '자(자극하라)' 영역과도 묘하게 겹친다. 대놓고 도발하면 된다. 이런 제목의 영상이 있다고 치자. 'OOO 재테크 모르니, 당신 아직 월세방 신세지'. OOO의 정체를 모르지만, 본능은 자극된다. 내가 아직, 그걸 몰랐나 하면서 클릭하고 만다.

'자간도' 3계명을 도파민 필력 기본 공식이라고 말씀드렸다. 앞으로 전개될 구성법과 클릭법의 공식들은 모두 '자간도' 기본공식을 두고 변환해서 끄집어낸 것들이다. 그만큼 절대적인 게 자간도 공식이다. 챗GPT를 이기고 싶다고? 그렇다면 볼 것 없다. 구독자와 독자를 끊임없이 자극하고, 간지럽히면서, 도발하시라.

챗GPT를 이기는 글쓰기

CHAPTER

6

도파민 글쓰기의
5형식

챗GPT를
이기는 글쓰기

도파민 필력의 근간이 되는 '클릭력 공부'에는 단계가 있다. 3단계다.

1단계는 형식 공부다. 뼈대부터 알아야, 글이 만들어질 수 있다. 다음 단계는 키워드 공부. 클릭력과 직접적으로 관계를 맺는 '도파민 키워드'를 좔좔 암기하면 극강의 '클릭커'가 될 수 있다. 마지막 3단계가 채널화다. 도파민 키워드, 도파민 형식으로 딱 1분 만에 자신만의 '채널'을 뚝딱 만들어낼 수 있다면 비로소 '마스터' 단계에 오른다.

🔍 도파민 필력(클릭력) 공부 단계

- **1단계** = 클릭을 부르는 '도파민 버디(본문 = 도파민 글쓰기 5형식)' 공부
- **2단계** = 클릭을 부르는 '도파민 키워드(썸네일 + 파워 제목)' 암기
- **3단계** = 클릭력 응용 = 도파민 키워드 + 도파민 글쓰기 5형식 → 채널화

일단 도파민 키워드 공부에 앞서, 도파민 글쓰기 형식부터 쪼갠다. '클릭력'이 쑥쑥 쏟아져 나오는 글의 형식이 있다면 믿어지시는가.

필자는 이를 '도파민 글쓰기 5형식'이라 부른다. 인간의 심리라는 게 묘하다. 가만히 있던 심리도, 이 5형식을 보면 자극을 받는다.

도파민 필력의 핵심인 클릭력을 키우려면 이 5형식만큼은 자유자재로 운용할 수 있어야 한다. 심지어 마음대로 섞어서도 쓸 수도 있

어야 한다.

지금부터는 진검승부다. 클릭이냐 순삭이냐. 동귀어진(같이 죽는다는 필살각오)의 각오, '5형식 필살기'로 단박에 제압해야 한다. 장담한다. 이 5형식만 글의 '본문, 제목'에 편하게 써먹을 수 있다면, '챗GPT 할아버지' 세계에서도 살아남을 수 있다. 무조건 외워두시라.

🔍 도파민 글쓰기 5형식

• 1형식 리스티클(List + Article)

클릭 증폭 키워드 – 킹받는, 최고/최악, BEST/WORST, 역대급, 세계 O대, LV1, LV2….

• 2형식 네가티클(Negative + Article)

클릭 증폭 키워드 = '쓰리(3)'로(의외'로'/함부'로'/절대'로')

• 3형식 스타클(Star + Article)

클릭 증폭 키워드 = 스타클의 확장

- 스타클 확장은 사물에도 활용 ⇒ 예를 들어, 두쭌쿠 등 스타 과자, 삼성전자 등 주주 숫자 많은 스타급 종목, 금, 은, 비트코인 등 스타 자산

• 4형식 미라클(Miracle + Article)

클릭 증폭 키워드 = 황당, 충격, 엽기, 상상초월.

- 미라클 소재는 증폭 소재 ⇒ 예를 들어, 밀폐 공간의 키워드: 비행기, 크루즈, 호텔, 엘리베이터, 화장실

• 5형식 이코노미클(Economy + Article)

클릭 증폭 키워드: 공짜, 무료, 호갱, 줍줍, 뽕뽑는, (핵)가성비(갑)

※ 클릭 증폭 표현법은 멀티클(각 개별 형식을 섞어 써라)

1형식 리스티클
(List + Article)

도파민 글쓰기의 가장 기본형, 1형식. 리스티클이다. 리스트(List)와 문장(article)을 합친 조어다. 한마디로 나열식이다. 가장 기본형이다. 당장 유튜브 숏폼을 스크롤 해 보시라. 10중 8~9개의 숏폼 제목은 모두 '3가지, 4가지, 레벨1, 레벨2' 등 리스티클 형태다.

다음 이미지는 다양한 리스티클 콘텐츠의 예시다.

리스티클을 '기본형'이라고 정의한 건 이유가 있다. 여기서 나머지

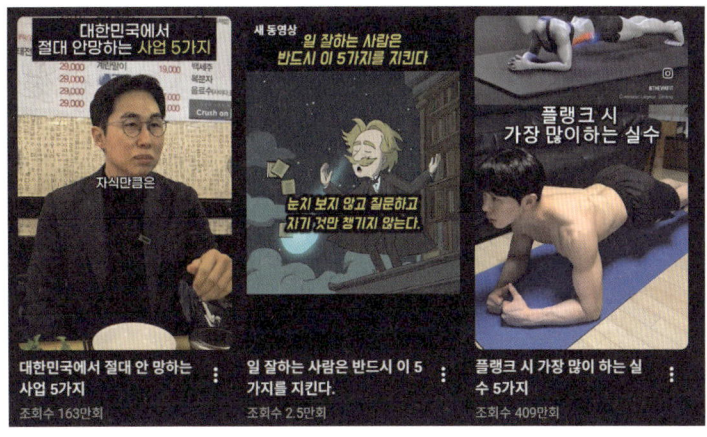

4형식이 파생해서다. 1형식 리스티클을 기본으로, 조금씩 변화를 주면, 2~5형식을 편하게 완성할 수 있다.

2형식 네가티클은 리스티클의 부정형이다. '해야 하는' 대신 '하지 말아야 할 것(Do not)'을 강조한 것이다. 스타클은 유명인을 동원해, 그들의 맛집, 그들이 가는 핫플레이스를 나열식(리스티클)으로 정리한 것이다. 4형식 미라클과 5형식 이코노미클도 마찬가지다. 기록의 콘텐츠를 나열한 게 미라클, 돈과 관련된 것의 핵심을 리스트로 보여주는 게 5형식, 이코노미클이다.

그냥 줄줄 쓰면 되지, 왜 굳이 1번, 2번, 3번 순서대로 써가는 리스티클 형식이 필요할까. 패턴에 열광하는 '인간의 심리' 때문이다. 우리의 심리는 복합한 것, 싫어한다. 질서가 없으면 불안하다. 미스터 마켓이라 불리는 증시에서도 차트의 패턴을 그려내는 게 인간 아닌가.

매사 마찬가지다. 정리된 패턴이 있어야 마음이 편해진다. 받아들인다. 일종의 '패턴 만들기 편향'이다. 물론 나열한 것 외에도 수많은 경우의 수가 있을 수 있다. '일반화의 오류' 위험에도 리스티클은 강렬함을 발휘한다. 한눈에 콱 박힌다.

'톱 5', 'BEST 5', '핵심 5가지' 같은 유형이 대표적이다. 다른 경우의 수도 패턴에 묻힌다. 나열식에 빠진다. 구독자들도 말려들고 만다. 패턴을 바라고 정리를 바라는 심리, '아, 이게 핵심 5가지구나', 핵심 10가지구나'하고 기꺼이 받아들이고 만다.

요즘은 일반 글쓰기에서도 '리스티클'을 서서히 차용하는 분위기다. '가야 할 곳 5스폿' '외워야 할 것 4가지'하고 딱딱 정해놓아야, 눈길이 가서다.

스토리 전개의 형식뿐만이 아니다. 제목에서도 리스티클은 훌륭한 클릭 생성 장치다. 일단 제목에서 완벽하게 정리된 '패턴'을 보여주면, 구독자들이 확 문다.

두쫀쿠에 대해 당신이 모르는 5가지

어떤가. 요즘 유행하는 두바이쫀득쿠키, 내가 모르는 5가지가 있다고? '뭐지'하며 클릭 쏟아낸다.

최고/최악, BEST/WORST, 역대급, 세계 O대, 무조건(모든 형식에 적용되는 범용 증폭 키워드)

리스티클 효과가 밋밋하다면? 이때 써먹는 클릭 증폭용 키워드가 있다. 당연히, 필자가 필드를 뛰며 찾은 생생한 '활어(키워드)'같은 단어들이다.

고민할 것도 없다. 당신이 만든 플랫폼 글쓰기 제목에 이 '단어'만 삽입해 넣으면 된다. 넣고 안 넣고의 차이, 극과 극이다. '클릭 조미료'라고 보면 된다. 원래 콘텐츠 대비 클릭이 5만~10만 이상 늘어난다. 무조건 외워두시라.

대표적인 리스티클 제목 넛지 키워드, '킹받는/최악/최고,

BSET(최고의)/WORST(최악의)/세계 O대….'다. 그냥 'OOOO 5
가지'로 가면 재미가 없다. 'OOOO 최악 5가지'는 어떤가. 그저 최
악 단어만 넣었을 뿐인데 어라, 손끝이 움직인다. 'OOOO 5가지' 느
낌은? 역시나 밋밋하다. 'OOOO BEST(톱) 5가지'라면? 한층 더 강
렬하다. 광클의 손가락 꿈틀거림. 느껴지지 않는가.

다음 세계 7대 불가사의 톱7 영상을 보자.

973만 회가 터진 유튜브 영상이다. 전형적인 리스티클이다. 내용
은 별것 아니다. 세계 7대 불가사의일 뿐이다. 그런데? '세계 O대'라
는 증폭 키워드와 함께 리스티클로 전개했는데 클릭이 터진다. 이런
게 리스티클의 힘이다.

2형식 네가티클
(Negative + Article)

2

질문 하나.

1. 이번 여름 꼭 가봐야 할 최고의 여행지 3곳

2. 이번 여름 절대 가면 안 되는 최악의 여행지 3곳

1번과 2번 콘텐츠가 있다. 어떤 콘텐츠에 스크롤을 멈추겠는가. 볼 것 없다. 2번이다.

2형식, 네가티클이다. 부정적인 의미의 네가티브와 문장 아티클을 합성한 말이다. '하지 말아야 할 것'의 나열식 콘텐츠다.

심리란 게 이렇다. '꼭 해야 할 것'보다 '절대 하지 말아야 할 것'에 눈길이 더 쏠리는 법이다. 챗GPT의 글을 이기고 싶은가? 그렇다면 반드시, 네가티클 형식까지 알아둬야 한다.

만약, 챗GPT가 '미국 샌프란시스코에서 1시간 이내에 가볼 만한 곳 톱4'라는 콘텐츠를 생산했다면? 당신은 휘파람 불며, "오 그래?" 웃어주시면서, 여유롭게 '미국 샌프란시스코에서 절대 가면 안 되는 4 곳'이라는 콘텐츠로 받아치면 된다.

왜 네가티클에 클릭이 쏠릴까. 하지 말라는 데 왜 더 자극을 받게 되는 걸까.

심리학에선 이를 '칼리굴라 효과(금지할수록 더 하고 싶어 하는 심리)'라고 한다. 1979년 미국 보스턴에서 칼리굴라 황제의 생애를 그린 영화인 '칼리굴라'에 대해 잔혹한 장면과 성적인 묘사가 많다는 이유로 상영을 금지시키자, 오히려 시민들이 폭발적으로 관심을 보였다는 데서 따온 효과다.

제목에서도 네가티클 효과는 초강력이다. 아래는 2026년 2월 21일 현재, 이 책을 쓰면서 '의외로' 키워드를 검색한 결과다. 제목엔 거의 필수재처럼 들어간다.

3형식 스타클
(Star + Article)

또 퀴즈. 어떤 것에 눈이 가는가.

1. 기본 30분 웨이팅…. 미슐랭 맛집 가봤습니다

2. BTS도 30분 줄 서는…. 미슐랭 맛집 가봤습니다

볼 것도 없다. 2번에 클릭 몰표다. 스타클. 스타를 동원한 리스티클이라는 의미다. 앞선 레벨에서도 귀에 못이 박히도록 듣지 않았는가. 스타를 끌어온 콘텐츠는 무조건 먹힌다. 인스타건, 유튜브건, 일반 신문 기사글이든 상관없다. '스타 OOO이 찍은 곳/먹은 것/들고 다니는 것/입은 것'이라고 제목만 뽑으면 무조건 클릭 폭발이다.

죽었다 깨나도 챗GPT만 써가지고 흉내낼 수 없는 게 영향력이다. 챗GPT가 제아무리 탁월해도 팬덤을 만들고, 자신의 굿즈를 팔 수는 없다.

반면 스타들은 다르다. 왜 사우디 프로구단에서 크리스티아누 호날두에게 연봉 3,000억 원을 투자하겠는가. 결국 영향력 때문이다.

어떤 수식어보다 강렬한 키워드가 '스타'다. 스타가 다녀간 곳? 스

타가 샀던 아이템? 스타만 아는 카페? 볼 것 없다. 무조건 그 스타를 제목에 뽑으시라. 무조건 그 스타를 내용에 넣으시라. 죽은 채널도 살리는, 스타클의 마법이다.

스타클이 파워풀한 것 역시 '영향력의 법칙' 때문이다. 호날두의 연봉은 3,000억 원이 넘는다. 전후반 90, 필드를 뛸 뿐인데 왜? 간단하다. 영향력의 법칙이 작용해서다. 호날두가 슛을 터뜨릴 때마다 전 세계 수백, 수천만 관중들이 열광한다. 수백, 수천만 관중을 즐겁게 해 주는 대신 수백만 달러를 벌어들이는 셈이다.

'스타클'은 이런 '영향력의 법칙'을 빌어오는 전략이다.

영향력은 일반적인 이성을 마비시킨다. '엇? 호날두가?' 하는 순간 이성이 스며들 여지 없이 바로 클릭(반응)이 터져나온다.

아래 캡처를 잠깐 보시라. 1,940만 회가 터진 영상물, '전여친 만난 호날두'가 핵심이다. 이 글을 읽는 독자들이 전여친 만난 영상을

만든다면, 클릭 잠잠하겠지만 스타 호날두는 다르다.

'40살 호날두를 노인네 취급하면 벌어지는 일' 영상도 96만 회가 터졌다.

호날두가 마신다는 콤부차? 그 순간 바로 온라인 몰에선 콤부차 상품을 클릭하고 만다.

최근 폭발적인 인기를 끈 과자계 역대급 스타 '두쫀쿠' 역시 마찬가지다. '두쫀쿠'라는 키워드가 붙는 순간, 오픈런이요, 완판이다. 우리가 할 일? 끌어다 쓰면 된다. '묻어가기 신공'이다.

아래 숏츠 영상을 보시라.

맨 왼쪽 영상은 그저 '왜, 두쫀쿠가 끊길까' 간단한 내용을 다룬다. 그런데 200만 회가 넘는 조회수다. 860만 회가 터진 가운데 영상은 더하다. 원조가 누굴까에 대한 내용인데 미친 클릭이다. '스타클'을 절묘하게 활용한 콘텐츠들이다.

지금부터는 스타클 제목에서 클릭을 증폭시키는 핵심 키워드 리스트들이다.

🔍 스타클 제목 클릭 증폭 키워드

1. 핫플레이스 = OOO…. 다녀간/방문한/열광한

2. 맛집 = OOO도…. 줄 서는/모르는 (vs OOO만 아는)

3. 상품 = OOO도 쓰는/줄 서서 사는

4. (진짜 스타 상품, 스타 종목) 두쫀쿠, 삼성전자, SK하이닉스, 금, 은, 비트코인

절대 원칙이 있다. 스타클은 제목 서두에 무조건 스타의 이름을 노출시킬 것. 일단 후킹부터다. 스타클 효과를 배가시키는 꿀팁도 있다. 네가티클과 섞어버리는 방식이다.

'BTS가 다녀간 서울 맛집 톱5'라는 유튜브 콘텐츠가 있다고 치자. 교과서적인 '스타클'이다. 세계적으로 핫한 BTS 덕에 이 스타클은, 당연히 클릭 터진다. 여기에 조금 더 '클릭 증폭' 양념을 치고 싶다면? 3형식(스타클)과 2형식(네가티클)을 결합하면 된다. 예컨대 이런 식이다. 삼성 이재용 회장의 경우를 보자. 입고 있는 하나하나, 마시고 먹는 음식 하나하나가 '완판'으로 이어진다. 그만큼 영향력이 크다는 의미다. 아래 캡처를 보자. 이재용 회장의 차 안에서 언뜻 비친, '코코넛워터'가 대박 예감이라는 기사문들이다. 스타클의 전형이다.

영업비밀 하나를 더 까 드린다. '스타클의 확장'이다. '스타클'에서의 스타가 꼭 사람(인간)이 아니어도 된다. 재테크 채널의 경우는 '주식 종목'의 스타를 동원하면 된다. 매경닷컴 온라인 뉴스팀에서의 매

지드래곤 '호두과자'·**이재용** '코코넛워터'...두쫀쿠 열풍 바통 잇나
이 회장이 그간 착용한 제품들이 품절되면서 '**완판**남'이란 별명이 붙기도 했다. 지난해 젠슨 황 엔비디아 CEO, 정의선 현대차그룹 회장과의 '치맥 회동' 당시 착용한 아우터는 하루 만에 품절됐고, 2016년 국정조사 ...

이재용 출국길에 포착된 음료수...또 하나의 **완판** 아이템 될까?
이재용 삼성전자 회장이 미국 워싱턴에서 열리는 '이건희 컬렉션' 전시 기념 갈라 행사 참석을 위해 출국하는 과정에서 차량 안에 놓인 음료가... 이 회장은 평소 착용하거나 사용한 제품이 잇따라 품절되며 '**완판**남'이라...

'**완판**남' **이재용** 출국 때 손에 든 'OOO 워터'..."3000원짜리... 뉴스1 PiCK · 2주 전 · 네이버뉴스
"또 품절되겠네" **이재용** 회장 차에서 포착된 음료..."... 머니투데이 PiCK · 2주 전 · 네이버뉴스

[특징주] 젠슨 황 치맥**회동** 테마株, 급등 이후 조정세(종합)
회장의 '치맥**회동**' 이튿날인 "31일 테마주로 거론된 종목들이 **급등**락한 모습을 보여 눈길을 끈다"고 2일 밝혔다. 이날 유가증권시장에서... 아시아태평양경제협력체(APEC) CEO 서밋 참석차 방한한 황 CEO는 전날 서울 강...

젠슨 황·**이재용**·정의선 '치맥 회동'에...개장 직후 '**치킨주**' 급등
젠슨 황 엔비디아 최고경영자(CEO)와 **이재용** 삼성전자 회장, 정의선 현대자동차그룹 회장의 **치킨** 회동 다음 날인 31일 **치킨**·육계 관련주가 개장 직후 **급등**했다. 한국거래소에 따르면 국내 **치킨** 프랜차이즈인 교촌에프앤...

뉴얼 한 가지를 살짝 알려드린다. 종목 뉴스를 쓸 때, 주주가 많은 종목 뉴스만 픽해서 쓴다. 삼성전자 이재용 회장만큼이나 클릭 폭발이다. 당연히 수십, 수백만 명의 개미들이 클릭하게 된다.

아래는 영향력이 큰 '스타클'과 개미들이 보유한 주가 관련 종목을

'멀티클'로 엮어 가사문으로 보도한 것이다. 당연히 클릭 폭발이다. '엔비디아' 하면 떠오르는 젠슨 황. 거기에 테마주 기사를 엮은 것이니 개미들 열광한다. 게다가 한국에서 치맥 회동을 한 뒤, 치킨 관련 테마주가 또 급등했다는 소식이니, 또 클릭 폭발이다. 스타클의 힘이다.

4형식 미라클
(Miracle + Article)

4형식 미라클이다. 글자 그대로 기적 같은, 믿기지 않는 스토리를 담은 구성이다. 당연히 쉽다. 언빌리버블한 콘텐츠만 보여주면 된다. 미라클 제목 구성도 마찬가지다. '믿기지 않는 제목'이면 다 된다. '기네스북' 같은 키워드는 무조건 터진다. 중요한 건 미라클 확장이다. '미라클 = 기적' 정도로는 안 된다. '황당, 충격, 엽기'적인 미라클, 상

상초월 미라클 같은 '극강의 기적' 스토리와 '극강의 제목'만 먹힌다. 특히 이런 기적 같은 스토리가, 관음증의 심리를 자극하는 밀폐된 공간과 만나면 클릭, 그냥 터진다. 비행기, 호텔이나 엘리베이터 내의 엽기적인 상황도, 클릭 바로 빨아먹는 장소들이다.

- 미라클 제목 클릭 증폭 키워드 = 황당, 충격, 엽기, 상상초월.
- 미라클 증폭 장소 = 밀폐 공간 : 비행기, 크루즈, 호텔, 엘리베이터, 주차장

맨 우측 ytn의 숏츠 영상을 보시라. 제목도 별게 없다. 그저, '엘리베이터 문이 열리자.'다. 그런데? 클릭은 400만 이상 폭발이다.

5형식 이코노미클
(Economy + Article)

5형식, 이코노미클도 요긴하다. 싸다는데 안 끌릴 리 없다. 만병통치약이다. 어떤 상황에서건, 어떤 형식의 미디어에서건 먹힌다. 여기서 잠깐. 챗GPT는 절대 만들어질 수 없는 이코노미클 포인트가 있다. '짠내'가 터지는 건 당연할 텐데, 놀랍게 정반대인 '초고가, 럭셔리 콘텐츠'도 함께 터진다는 점이다. 왜일까. 초저가는 바로 써먹는 '실용' 차원, 반대로 초고가는 '대리만족' 심리 때문이다.

🔍 이코노미클 제목 클릭 증폭 키워드

1. 초고가/초저가 = 대놓고 보여주기

2. 가격비교(가격차이) = 왜 A와 B 판매가가 다를까

3. 먹히는 키워드 = 공짜, 무료, 호갱, 뒤통수치는, 뽕뽑는, (핵)가성비(갑), 킹받는

1번 스킬은 보여주기. 초저가, 초고가의 가격을 그대로 보여주는 거다. 여기에 주의사항. 무조건, 극강을 보여주라는 거다. 예컨대 이런 식이다. 아래 캡처 영상을 보자. 126만이 터진 숏폼 '1억에서 10

억가기' 같은 형식이다. 뭐 10억? 클릭도 억대로 터진다. 플렉스다.

가격 비교, 가격 차이. 이것도 터진다. 이때 중요한 게 있다. 같은 상품인데, 다르게 팔리는 곳의 가격 비교(가격 차이)다. 아래 영상을 보시라. 요즘 난리인 금값. 스타클처럼 자산계 최고의 스타 금(Gold)를 가져다 놓고 서울과 지방의 가격 차이를 숏폼으로 구성한 것이다. 클릭 772만 회. 미쳤다.

먹히는 키워드도 외워두시라.

5형식 심화,
멀티클을 활용하라

도파민 글쓰기 5형식은 알겠다. 문제는 실전에 써먹기다. 5형식을 써먹을 때 핵심이 '멀티클(multicle·융합(multi)+아티클)'이다.

'멀티클'은 각 개별 형식들을 융합해서 '멀티'로 쓰라는 뜻이다.

물론 초보 클릭러라면 일단 1형식, 2형식, 형식별로 하나씩 구사하는 연습부터 해야 한다.

내가, 5형식 좀 알겠다, 도파민 클릭력에 대해 이해가 깊어졌다는 중수 이상의 분들은 무조건 '멀티클'에 도전하면 된다. 각 개별 형식들을 자유자재로 섞어보는 작업이다.

5형식 응용의 최고 단계는 사실 '멀티클'이다. 클릭이 폭발하는 개별 형식들을 섞으면 당연히 자극-반응의 효과는 증폭된다.

각 개별 형식을 가지고 노는 '하이브리드(짬뽕)' 단계에 접어들면, 10만 정도의 클릭 효과는, 멀티클로 가뿐히 만들어낼 수 있다.

멀티클 신공⋯. 믹스(MIX)법

방법은 쉽다. 1형식에 3형식을 버무리고, 2형식과 5형식을 결합하는 식이다. 심지어 1~5형식 모두를 사용해도 된다. 어떤 형식을 섞건, 섞는 건 자유다.

묘하게 형식의 믹스(MIX)는 클릭의 증폭 효과를 만들어낸다. 덮어쓰고, 뭉쳐쓰는 만큼 클릭은 제곱근으로 늘어난다.

멀티클 중에 유독 잘 먹히는 것도 있다. 대표적인 게 리스티클의 네거티클 변환이다. 예컨대, '꼭 봐야할 것 3가지'를 '(절대/강조) 보면 안 되는 3가지'로 변환해주는 식이다.

5형식 네거티클 편에서 '칼리굴라 효과(금지할수록 더 하고 싶어

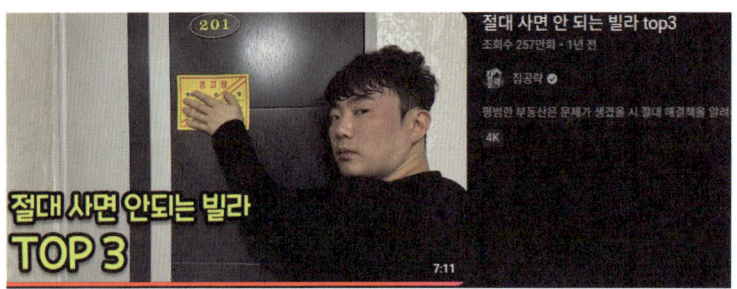

하는 심리)'를 언급드린 적이 있다. 꼭 하지 말라면, 더 클릭하고 싶어진다. 네거티클의 결합형 멀티클은 꼭 터진다.

위 영상을 보시라. 조회수만 257만 회. 영상은 별게 없다. '절대 사면 안 되는 빌라 3가지'가 주제다. '무조건 사야 하는 빌라 3가지'였다면 적당히 클릭이 나왔을 리스티클을 네거티클로 변환한 형태다.

'절대 사면 안 되는'으로 갔더니 더 클릭이 폭발한다.

아래 캡처본 가운데 영상을 보자.

비교급도 클릭 심리를 자극한다. 코스트코라는 가격 끝판왕(마트 계의 스타) 영상. 마트 스타 코스트코를 끌어온 '스타클' 형식이다. 여기에 멀티로 이코노미클의 '가격 비교'를 믹스한 형태다. 섞으면 터진다. 멋진 멀티클. 80만 회 가까운 클릭, 폭발이다. 이게 멀티클의 힘이다. 멀티클의 정답은 없다. 본능적으로 느끼시라. 그저 섞으시라.

◀ **CHAPTER** ▶

7

터지는 채널
1분 만에 만들기

챗GPT를
이기는 글쓰기

클릭력이 폭발하는 5형식 공부를 마쳤다. 여기서 끝나면 안 된다. 한 단계 더 전진해야 한다. 그게 5형식의 응용편, '채널화(채널 생성법)'다.

도파민 필력이 극에 달하면 어떻게 될까. '클릭력'이 폭발하는 형식이나 단어로 채널을 만드는 경지에 이를 수 있다.

딱 60초. 뚝딱 고민하고 '채널' 하나를 만들 수 있다면 어떤가. 말도 안 된다고? 아니다. 된다. 심지어, 챗GPT보다 빠르게 제작할 수도

매일경제 PiCK · 3주 전 · 네이버뉴스

영상 500만뷰, 설악산 유리다리 찾아갔는데, 알고봤더니... [여프
여행 서프라이즈, **여프라이즈** 이번 편은 요즘 핫한, 가짜 여행지 영상편이다. 클릭수는 '억'소리 나는데, 아, 이거 후유증 크다. ◇ 설악산 유리다리의 진실 '설악산 유리다리 어디야?' 난리가 났다. 500만뷰에 달하는 영상에...

매일경제 PiCK · 2025.12.27. · 네이버뉴스

연말되면 슬그머니 치솟는 호텔 뷔페값...'무자비 인상' 끝판왕은...
여행 서프라이즈, **여프라이즈**, 이번 편은 호캉스 플렉스 편이다. 뭐든 연말 최고만 모았다. 끌리시는가. 그럼, 달려가시라. 1. 말이돼? 1박 40시간짜리... 투숙객 만을 위해 문을 연 4D 씨어터에서 영화 관람. 미니랜드 및...

매일경제 PiCK · 2025.12.06. · 네이버뉴스

너 같으면 사겠니?...비트코인 150개 줘야 하는 200억 짜리 크리...
여행 서프라이즈, **여프라이즈**. 이번 편은 크리스마스 트리 랭킹입니다. 잘 만든 크리스마스 트리 하나가 여행 포인트가 되는 게 또 연말이지요. 개인적으로 가장 훈훈한 트리는 매년 광화문 광장을 장식하는 '사랑의 온도'...

있다. 인간의 위대함을 느끼는 채널 생성법, 지금부터 알려드린다. 어떻게? 어려울 것 없다. 앞서 배운 '도파민 글쓰기 5형식'만 응용, 확장하면 된다. 예컨대 이런 식이다. 각 형식을 모아서 채널화 하는 것이다.

만약 1형식 리스티클을 응용해 채널을 만든다면? 이 '리스티클' 형태의 글 형식만 모아서 채널 하나를 만들면 된다. 본 기자가 매일 경제 로그인 연재물로 노출하고 있는 '여프라이즈(여행 서프라이즈)' 같은 방식이다.

이 연재물은 여행과 관련한 놀랄만한 '랭킹'만 소개한다. 랭킹을 소개할 때도 철저히 1형식 리스티클 방식에 따라 '1위, 2위, 3위' 이런 식으로 넘버링해 준다. 이렇게만 해도 꽤 그럴싸한 채널 하나가 완성될 수 있다.

어떤가. 당신도 할 수 있을 것 같지 않은가. 자, 지금부터는 세부 스킬이다. 심호흡 한 번 하고, 따라오시라.

일관성과 계속성이 중요하다

채널 제작 땐 두 가지를 염두에 둬야 한다. 말하자면 '절대 원칙'이다. 이 원칙 두 가지는 자전거로 치면 두 바퀴다. 하나라도 없으면 무너진다.

그 두 원칙이 '일관성'과 '계속성'이다.

일관성은 채널의 '정체성(identity)'이다.

도파민 글쓰기 마인드 셋 편 'FIRE 계명' 중 I 계명과 같다. 그 채널의 콘텐츠를 보면 바로 그 채널의 특성이 튀어나와야 한다. 구독자 206만 명인 개그맨 신동엽의 짠한 형 채널을 보시라. '짠'에서 직관적으로 알 수 있듯, 술잔 '짠'하고 한잔하면서 연예인들과 수다 떠는 채널이다.

구독자 64만 명의 미자네 주막 역시 개그우먼 미자(미대 나온 여자)가 술 한잔하며, 스토리를 이어간다. 물론 영향력 있는 스타들이 운영하는 채널이기도 하지만, 나름 다 일관성이 있다. '술'이다.

일관성만큼 중요한 건 '계속성'이다.

그 일관성 있는 콘텐츠가 '지속적'으로 '계속' 나와야 한다. 끊어지면 안 된다. 짠한형, 미자네 주막의 콘텐츠 업로드 주기를 보시라. 1주일 1회씩은 업로드가 필히 되고 있다. 지속성이다. 아이템 고갈로 지속성이 보장되지 않는다면? 애초 채널을 잘못 만든 것이 된다. 바로 엎어진다.

콘텐츠는 일관성 있게 만들 것. 계속해서 생산할 것. 이 두 가지는 잊어서는 안 되는 채널 제작의 절대 원칙이다.

2

채널을 자유자재로 만드는
생성의 비밀

절대 원칙을 배웠으니 다음은 실전 응용법. 도파민 글쓰기 5형식의 채널 생성법(변환법)이다. 장담한다. 이 5형식의 변환법만 자유자재로 구사할 수 있다면 당신, 이미 파워 유튜버가 된 것이나 다름없다. 아이템으로 머리 싸맬 필요도 없다. 응용만 하면 바로 콘텐츠 하나씩이 뚝딱 생성된다. 얼마나 좋은가.

1형식 리스티클의 채널화

리스티클로 어떻게 채널을 만들 수 있을까. 리스티클 콘텐츠를 '일관성' 있게, '계속적'으로 생산하는 '연결' 고리만 있으면 된다. 그 고리로 엮어주면 끝이다.

대표적인 리스티클 연결고리가 랭킹이다. 1위, 2위를 적고 나열만하면 끝이다. 얼마나 편한가. 어떤 분야가 있다? 그러면, 그 분야의 랭킹만 적어주면 된다. 대표적인 게 본 기자의 여프라이즈(여행 서프라이즈) 로그인 연재물이다. 물론 유튜브 영상물은 아니다. 텍스트로, 매일경제 홈페이지에 매주 수요일 연재하고 있다. 여행 분야의 랭킹, 떠오르는 것만 검색한 뒤, 리스트 업 하면 끝이다. 채널의 일관성, 지속성 두 가지 절대 원칙도 충족한다.

구독자 100만 명을 찍은 유튜브 랭킹스쿨도 리스티클 변환의 대표적인 케이스다. 아래 영상 캡처 '프로야구 최악의 장면', '악마의 마구 3가지'를 보시라. 어디선가 다 나와 있는 콘텐츠를 취합하고, 리스트업한 뒤, 보기 좋게 재가공했을 뿐이다. 그런데 영상, 터진다. 40만 클릭쯤은 기본이다.

그렇다면 랭킹스쿨을 그냥 베껴버릴까. 요즘 이렇게 걸리는 채널 많다. 베끼면 바로 법적 분쟁에 휘말린다. 살짝 비틀어야 한다.

살짝 비틀어 우려먹고 싶다면? 랭킹을 세분화하면 된다. 이미 구독자 3,000~4,000명 수준의 '랭킹 아류'들도 많다. 랭킹 세분화는 생각하기 나름이다. 이 책을 쓰며 잠깐 고민한 랭킹 변환, 이런 식이다. '삼삼(33)한 랭킹(뭐든 3위까지만 보여주는 랭킹', 혹은 '1분 랭킹(1

분간 랭킹만 보여주는 콘텐츠)' 등으로 구체화하는 거다. 반대로 폭망한 랭킹만 모아도 된다. 도전해보시라.

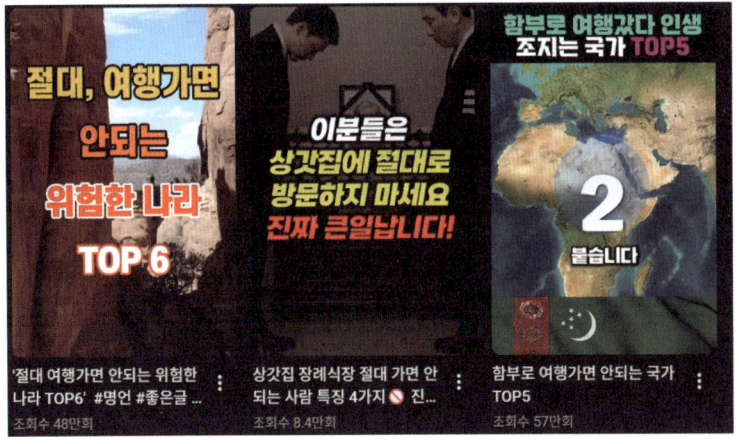

리스티클 채널화 = 랭킹 콘텐츠 → 랭킹의 세분화
ex) 폭망한 랭킹(폭망한 것만 소개하는 랭킹), 여자만 관심있는 랭킹, 초딩 관심 랭킹, 유튜브 채널 랭킹.

2형식   **네가티클의 채널화**

리스티클에 부정적인 내용만, 골라 집어넣으면 끝이다. 채널명? 어려울 것 없다. 위의 랭킹왕을 본따 '폭망왕' '폐업왕', 혹은 '살려주십시오' 같은 문패를 달아도 된다.

네가티클은 개별 채널에서 가끔 양념 형태로 쓰면 된다. 가장 잘 터지는 콘텐츠 유형이 '챌린지'다. 네가티클 자체가 부정적 심통을 자극하는데, 거기에 챌린지까지 가세하면 도전 의식까지 더블로 자극한다. 예컨대, 이런 심리다. '야, 너는 이런 거 못 하지, 이게 되겠니?'하며 심통을 자극하는 것이다.

대부분 이런 식이다. '절대 OOO 하지 마세요(챌린지)' 이런 제목을 달고 있다. 영상을 보면서 "…/웃으면 안 됩니다/절대 위를 보면 안 됩니다/'으'소리를 내면 안 됩니다"는 식으로 클릭을 자극한다.

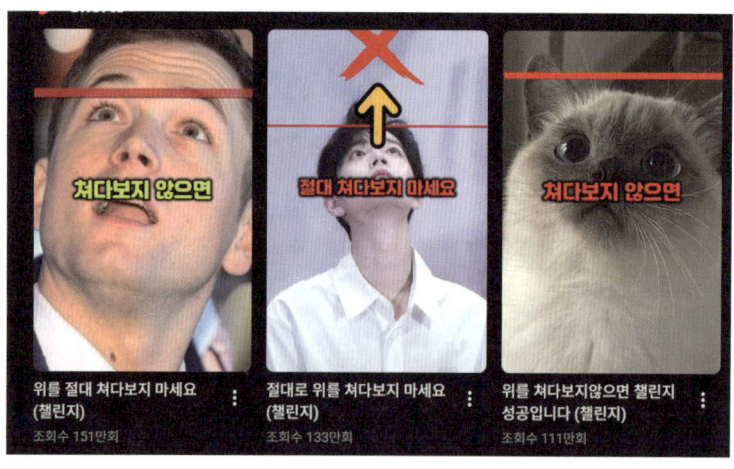

아래 캡처를 보자.

'위를 절대 쳐다보지 마세요(챌린지)'라며 썸네일에 위를 쳐다보는 사진 한 장 넣을 을 뿐인데, 150만 회가 넘게 터졌다.

- **네가티클 채널화 =** 주변 망한 것만 랭킹으로 구성.
  ex) 폭망 랭킹, 살려주십시오 등
- **네가티클 + 챌린지 =** 이 영상을 보면서, 절대 OO 하지마세요(챌린지) 형식

3형식 스타클의 채널화

2가지 유형이다. 간접적인 스타클과 직접적인 스타클이다.

첫 번째는 간접적 스타클. 셀럽들의 동향만 골라, 소개한다. 영향력의 법칙에 가장 충실한 써먹기다. 왕년의 스타들, 근황을 소개하는 유튜브 '근황올림픽'이 대표적이다. 구독자 78만 명을 찍었다. 이건, 사실 필자도 써먹은 적이 있다. 매일경제 공식유튜브 채널 매경 5F에 한때 등장했던 '근황이 알고 싶다'(역시나, 그것이 알고 싶다의 제목을 비튼 것)코너다. 근황올림픽과 똑같은 형태인데, 텍스트 위주와 유튜브 영상 대담 위주로 구성한 것만 다르다. 터진 채널, 살짝만 비틀면 된다.

직접적 스타클은 아예 셀럽이나 스타들이 직접 채널을 운영하는 경우다. 개그우먼 미자(장윤희)가 운영하는 먹방 채널 미자네 주막

이나, 개그맨 김대희 씨가 꾸려가는 꼰대희, 김구라 씨의 구라철 같은 유형이다. 이건, 협찬까지 은밀하게 이어지니, 효과 부러울 뿐이다.

숏츠 전문 '소리질러' 채널이다. 6만 명 남짓한 구독자. 별것 없어 보이는데, '스타클'을 절묘하게 생산해 내며 승승장구 중이다. 맨 윗라인 숏츠 3개의 클릭 수를 보면 깜짝 놀란다. 1,350만, 1,214만, 838만 회 씩이다. 스타 가수들이 깜짝 놀란 곡이나, 주변 스토리를 그저 짧은 영상물로 소개한 건데, 터진다.

구독자 수 1만 명 정도에 불과한 '웃음지옥' 숏츠 채널 역시 별게

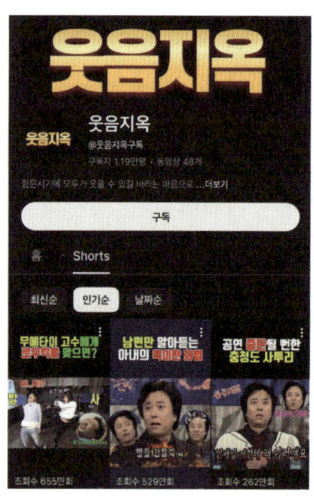

없다. 예능 프로그램에서 결정적인 장면만 골라 소개하는 정도. 그런데 클릭 수를 보면 경이적이다. 655만 회, 529만 회, 262만 회 씩이다. 스타의 영향력에 묻어가는 '스타클'의 힘이다.

이런 '스타클' 숏츠 채널들이 많은 이유는 뭘까. 간단하다. 콘텐츠 생산의 일관성과 계속성을 아주 손쉽게 만들 수 있기 때문이다. '소리

질러'는 스타 가수들의 스토리 한 가지만, '웃음 지옥'에선 터진 장면 한 가지만, 파고든다. 당연히 쉽게 만들 수 있고 일관성 있는 정체성도 확보할 수 있다.

'스타클' 형식에서 배운 것처럼 스타 사물을 활용해도 된다. 먹방 채널일 경우 오픈런 하는 과자, 음식 등을 직접 먹는 장면을 보여주는 건 기본 중의 기본이다. 3년 전 서울에 첫 오픈한 고든램지 버거의 경우 버거 하나가 3만 원이 넘는다는 얘기로 폭발적인 인기를 끈 적이 있는데, 당시 램지 버거 먹방 콘텐츠만 만들면 기본 몇십만 클릭은 터졌다. 이런 식이다.

재테크 채널일 경우는 스타 종목인 삼성전자, SK하이닉스를 주제로 분석 콘텐츠를 만들면, 스타 종목의 영향력에 묻어갈 수 있다.

- **간접적 스타클 채널** = 셀럽 동향 소개. ex) 근황올림픽
- **직접적 스타클 채널** = 연예인이 직접 채널 운영 ex) 미자네 주막. 꼰대회. 구라철. 홍인규 골프TV.
  * 넓은 범주의 직접 스타클에는 언론사(영향력) 운영 채널 포함.

4형식 미라클의 채널화

1형식 리스티클의 응용으로 보면 된다. 리스트 형태로 나열하되, 눈길 끄는 '기록'적인 내용만 추가하면 된다.

채널명으로 만든다면 '기네스 랭킹'이나 '최강 랭킹' 정도면 된다.

네가티클을 응용해 정반대인 '워스트 랭킹'으로 가도 된다. 증폭 효과, 이미 아실 듯하다.

미라클 채널은 뜯어보면 은근히 많다. 먹방 채널도 대부분 미라클 응용의 형태다. 이런 채널을 보면 대부분 콘텐츠 제목에 '기록'이 들어가 있다. 먹방 채널을 만든 뒤, 콘텐츠를 노출할 때마다 제목을 '기록(하루에 3,000개 파는 호떡, 일매출 '억' 찍는 곰탕집)'으로 가져가는 식이다.

TV 프로그램은 대부분 미라클의 응용편이다. '생활의 달인' 같은 프로그램뿐 아니라, 대부분 TV 속 맛집 프로그램은 미라클 형식을 차용한다.

매경에서 만든 영상 중에도 한국콘텐츠진흥원 영상물 대상을 받은 놀라운 콘텐츠가 있다. '이렇게 만들죠' 시리즈인데, 역시나 미라클을 응용한 방식이다. 기록적인 과자, 음료, 물건, 제품 등의 제작과

정을 1~3분 사이로 그냥 보여주는 연재 영상물이었다고 보면 된다. 이런 건 예기치 않은 '선물'까지 간혹 떨어질 때가 있다. 협찬이다. 이거, 잘만 하다 보면, 협찬 쏟아진다.

5형식 이코노미클의 채널화

돈으로 하는 건 뭐든지 먹히는 공간이 플랫폼이다. 짠내든, 비싼 거든, 다 된다. 사실, 돈과 관련이 없는 콘텐츠라는 건 있을 수 없다.

거의 모든 채널에는 이코노미클이 섞여 있다. 경제 채널을 싹쓸이 해버린 삼프로가 가장 성공작이다. 언론사들이 운영하는 부릿지, 자이앤트TV, 매부리 등 다양한 채널이 전부 이코노미클이라 보면 된다.

멀티클의 채널화

1형식부터 5형식까지 개별 형식을 응용해도 되지만, 극강의 단계는 역시나 멀티클이다. 1~5형식을 자유자재로 구사하며, 하이브리드로 섞는 채널을 만들면, 클릭 증폭 효과, 더해진다. 1형식 리스티클 채널화에 소개한 '랭킹' 리스티클 역시 가만히 놓고 보면 '미라클'의 응용이다. 특히 증폭효과가 큰 게 미라클과 스타클의 결합이다.

예컨대 스타가 줄 서는 맛집, 스타들도 줄 서서 가는 여행지 같은 채널을 만들면 무조건 터진다. BTS가 줄 서서 들어가는 맛집인데, 얼마나 기적적인가. 심지어 랭킹까지 줄줄이 있다면? 그리고 당신이 아미팬이라면 무조건 1번부터 5번까지 하나씩 성지처럼 방문하고야 말 터.

3

채널 속성
변환 공식 TVPR

지금부터는 채널 생성 실전 심화 과정. 이왕 채널을 만들 거면 프로답게 만들어야 한다. 그래서 아예 채널 변환과 관련한 진짜 '영업 기밀' 하나를 까드린다.

쉽게 말해 '채널 속성 변환 공식(TVPR)'이다.

앞선 도파민 글쓰기 5형식의 채널화 과정을 가만히 살펴보시라. 묘하게 공통점이 있다.

이것만 외워둬도, 이 책값의 본전 10배는 뽑는다. 심지어 쉽다. 단 60초, 아니 30초 만에, 채널 하나 뚝딱 만들 수 있다.

당연히 챗GPT는 절대 모르는, '채널 속성 변환법'이다.

여기서 잠깐. 속성 변환법이라는 그럴싸한 용어를 쓰니, 뭐 큰 건가 싶지만 아니다.

쉽게 말하자면 '베끼는 기법'이다. 단 법적인 문제 없이, 교묘하게 묻어가는 방식이다.

기자들끼리 쓰는 용어로는 '우라까이 기법' 정도로 표현할 수 있겠다. 저급해 보이지 않냐고? 뭐, 어떤가. 우리의 목적은 '클릭 뽑아 먹기'다.

그러니, 외워두시라. 써먹으시라. 노력, 성실, 정도를 걷는 것뿐 아니라, 꼼수신공까지 써야 살아남을 수 있는 도파민 시대니깐 말이다.

방식은 이렇다. 순서를 알면 된다.

🔍 채널 속성 변환 순서

1. 벤치마킹 대상 채널을 고른다(구독자 50만 명 정도)

2. 변환 시스템 적용(TVPR공식 적용)

3. 새 채널 탄생

일단 잘나가는 채널 하나를 픽한다. 벤치마킹 대상이다. 구독자 50만 명 이상 정도면 된다. 그 다음 할 것? 이 변환법으로 슬며시 바꿔놓으면 된다. 그러면? 당연히, 새 채널처럼 멋지게 보인다.

다시 한번 강조하지만 하늘 아래 새로운 채널, 새로운 콘텐츠는 없다. 누군가 다 써먹은 것들이다. 우리가 할 것? 새롭게 보이게 하면 되는 것이다. 이걸 전문용어로는 '낯설게 하기'라고 한다.

'재미학'으로 일가를 이룬 김정운 교수는 아예 '에디톨로지(Editology)'라고 표현한다. '편집'을 창조의 근간으로 해석하는 논리다. '창조'라는 건 결국 원래 있던 것들을 멋지게, 낯설게, 다르게 편집할 뿐이라는 의미다.

여기서의 핵심, 채널 변환 공식은 'TVPR'이다.

- **T** - Time, 시간 변환(1분 미만)
- **V** - Variation, 형식 변환(숏폼)
- **P** - Power, 영향력 묻어가기 기법. 정승제 사생팬 vs 정승제 공식 채널
- **R** - Ranking, 랭킹 구성

연상법으로 외우기 쉽게, TVPR 앞 글자를 끌어왔다. "당신 채널인 'TV'를 'PR'한다"고 외워두시라. 좀, 간지러우면 어떤가. 당신 채널의 성패가 달렸는데.

T Time, 시간

당신이 '생활정보 채널'을 만들고 싶다고 가정해보자. 생활 속 정보는 널려 있다. 자동차 딱지를 뗐을 때, 지하철에서 도난을 당했을 때, 난감할 때 등 모든 정보들은 검색하면 다 나온다. 각종 생활 법적 분쟁에 대한 내용도 검색만 하면 다 있다. 이런 일반적인 정보로 채널을 만드는데, 이게 먹힐까 걱정부터 든다.

천만에. 이걸 터지게 만드는 게 '시간 변환'이다. 널려 있는 일상 속 정보를 딱 정해진 시간 안에만 떠먹여주는 방식이다.

이 책을 산 독자라면, 누구나 구독하고 있을, 유튜브 채널 '1분 미만' '1분만' 등이 대표적이다. 널려 있는 정보, 이걸 딱 1분 안에 정리해 준다. 1분 넘어가면 그냥 끊어버린다. 얼마나 요긴한가. 화장실 갈

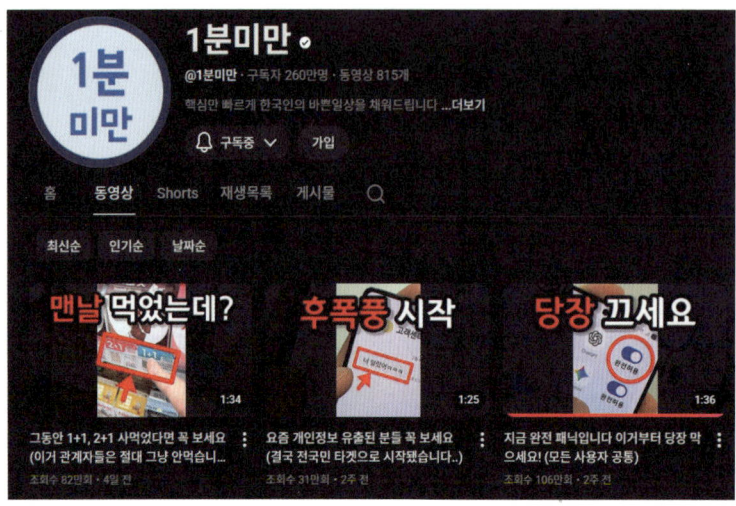

때도, 부장한테 깨지고 나서도, 1분짜리 영상을 돌려보며, 마음의 위안을 찾으면 된다.

심지어 음악을 짧고 굵게, '경제적'으로 듣는 채널도 있다. 1분만 딱 음악을 듣는(네이버 뮤직에선 1분까지가 무료다), 구독자 10만 수준의 '1분 음악(1mm)'이다. 아예 숏츠로 구성해, 몰입도를 높인다.

'1분'이란 키워드 다 선점당해 있는 것 아니냐고? 걱정할 것 없다. '60초'로 채널명만 바꾸면 된다. 아, 이것도 누가 운영한다고? 그렇다면 45초로 줄여보시라. 뭐, 어떤가. 시간 변환, 당신 마음인데.

시간 변환의 강점은 또 있다. 일관성과 계속성, 두 마리 토끼를 다 잡을 수 있다. 누가 10분짜리 영상에 멋진 정보를 담았다고? 그렇다면 볼 것 없다. 이 10분짜리 영상, 그냥 1분 정도로 줄여서 당신이 만들면 되니깐.

⟨ V ⟩ Variation, 형식 변환

형식 변환이다. 어려울 것 없다. 긴 호흡의 영상, 숏폼으로 줄이기
만 하면 된다. 콘텐츠 내용은 같아도 상관없다. 결국은 시간 변환법과
유사하다.

단, 숏폼인 만큼 숏폼에 어울리는 제목 구성과 썸네일 구성만 채
택하면 된다. 구체적인 방법은 다음 장, 썸네일 편에서 자세히 설명
해드린다.

⟨ P ⟩ Power, 영향력 묻어가기

영향력은 절대 챗GPT가 만들어낼 수 없는 영역이다. 챗GPT가
세계적인 셀럽이 될 수는 없으니깐.

당연히, 영향력을 가지고 있는 셀럽에 묻어가는 전략은 강력하다.

먹힌다. 그야말로 장난 아니다. 예컨대 이런 식. 일타강사 정승제
쌤이 운영하는 공식 채널이 있다. 멋지다. 인생 멘탈력을 15분~20분
정도에 자세히 알려주고 주입해준다. 여기에 P 변환 시스템을 거치

게 만들면? 진짜, 핵심 한마디를 할 때, 그 한마디만 짧게, 숏폼 형태로 딱 따오는 식이다. 영향력(power)이 있는 스타들의 '영향력에 묻어가는' 방식이다. 이 P 변환시스템은 사업에서도 요긴하게 써먹을 수 있다.

대표적인 분야가 엔터다.

BTS 소속사인 하이브는 상장사다. 하이브가 자회사로 두고 있는 게 위버스라는 기업이다. 이게 재밌다. 이 위버스, 놀랍게도 아미 팬클럽 수익사업을 한다. 아미들에게 수만 원대의 회원비를 받고 BTS의 굿즈를 판매하며 수익을 낸다. 천문학적인 수익이 나온다. 하이브의 BTS가 원청인 영향력, 아래에 있는 위버스가 P변환 시스템을 거친, 영향력 묻어가기 기업인 셈이다.

다시 콘텐츠로 돌아와 보자. 아래 캡처를 보시라.

정승제 쌤의 공식채널 승제튜브다. 승제쌤이 강의 중간 구사하는

멘탈력 강화 영상만 소개한다. 단, 길이가 길다. 3분짜리, 5분짜리, 10분에 가까운 것도 있다. 구독자 33만 명 수준에, 영상들은 일반적으로 1만 회에서 5만 회 정도씩이 터진다.

다음은 P 변환시스템을 거친 정승제 사생팬 채널이다. 이 채널은 거의 숏츠 일색이다. 그 숏츠가 승제쌤의 핵심 한마디다. 앞서 승제튜브에 나온 3, 5, 10분짜리 영상의 핵심만 딱 10초, 20초에 보여주고, 숏츠로 구성해 클릭을 유발한다. 승제튜브와 거의 맞먹는 33만 명의 구독자를 보유하고 있다.

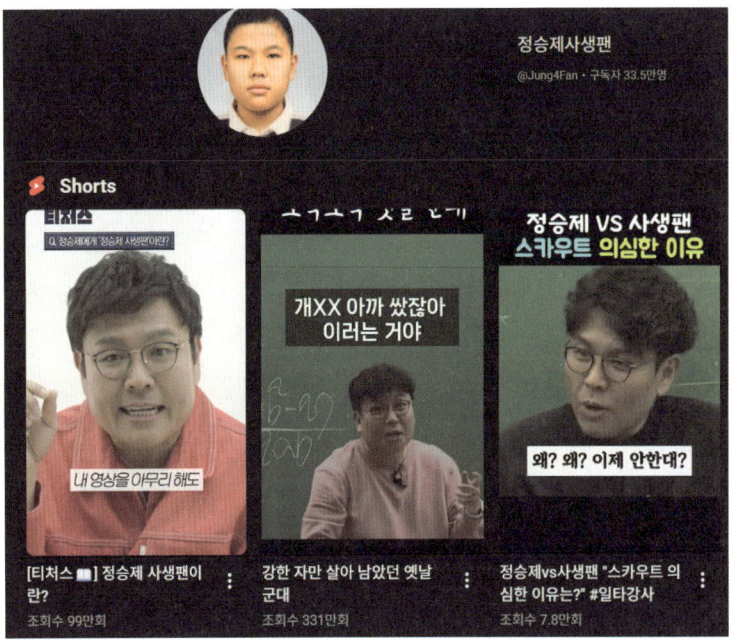

P 변환법에 빠질 수 없는게, 스타들의 채널이다. BTS의 먹방만 모

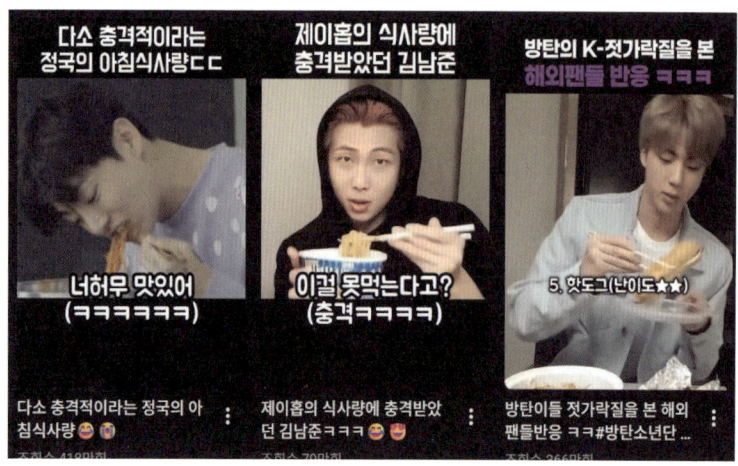

아서 소개하면 어떨까? 이런 채널이라면, 당연히 클릭 터진다. 전세계 아미들이 클릭 한 번씩만 찍어도, 몇십몇백만은 될 터. 아래 숏츠 영상 3가지를 보자. 공통점은 BTS다.

BTS 정국의 아침 식사량을 소개했을 뿐인데, 무려 418만 회가 찍혔다. 제이홉의 식사량에 충격을 받은 RM 영상은 79만 회, K-젓가락질에 얽힌 영상은 366만 회가 터졌다.

모두 P(스타 파워)변환 시스템을 거친, 스타클의 채널화 사례다.

Ⓡ Ranking, 랭킹 구성

나열식, 리스티클에 양념을 치는 변환법이다. 리스티클도 하나씩 길게 설명하면 버림받는다. 딱 핵심만, 정리하고 다시 초 단위로 쪼갠 뒤, 리스트업을 한다. 랭킹식이다. 구독자들은 이 랭킹을 보고, 대충 순서를 안 뒤, 자세한 정보는 찾아서 따로 들어간다.

이게 의외로 쉽다. 널려 있는 정보들, 랭킹만 정해주면 된다. 그리고, 그럴싸하게 편집만 하면 끝. 그냥 터진다.

아래를 보자. 구독자 10만 명 수준밖에 안 되는 랭킹 끝판왕 채널이다.

그런데? 영상마다 터진 클릭 수를 보시라. 100만 클릭쯤은 기본으로 깔고 간다. 콘텐츠 내용은 별게 없다. 500만 회 가까이 터진 '역대급 웃긴 다이빙 5가지'는, 그냥 다이빙 영상을 보다, 흥미로운 것 5가지를 픽한 것이다. 그런데, 터진다. '랭킹'으로 패턴화 하면 뇌가 바로 그 패턴을 찾아간다. 이런 게 랭킹 변환법의 힘이다.

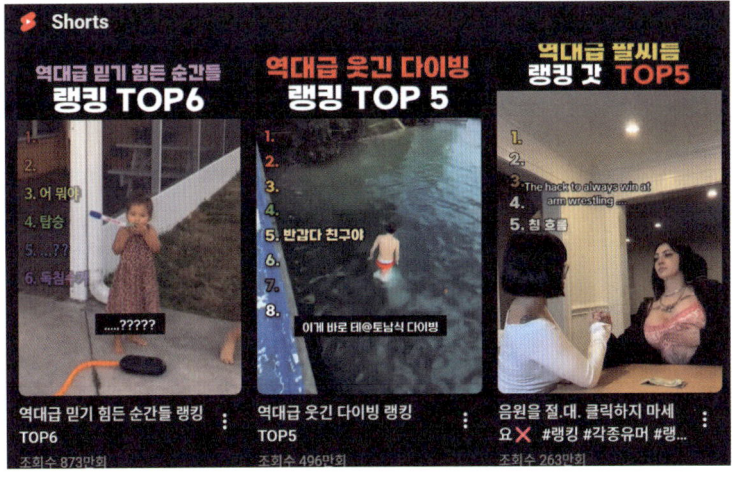

지피지기 백전불태 2
챗GPT를 이기는 건 다름의 경쟁

남과 실력을 견주는 경쟁의 세계는 두 가지 판이 있다. 'Better의 경쟁'과 '다름(Different)의 경쟁'이다.

더 나아야 살아남는 'Better의 경쟁'은 소위, 우리가 아는 경쟁의 영역이다.

서바이벌하려면 '수단적 가치'로 노력, 최선, 성실이 뒷받침돼야 한다.

예컨대 이런 식이다. 내가 운영하는 유튜브 채널의 주제가 '투자'라고 치자. 그리고 영상 콘텐츠를 하루 1개씩 업로드하고 있다. 경쟁자 경제 유튜버 A가 하루 2개씩 올리며, 구독자를 흡수하고 있다면? 그냥 둘 순 없다. 경쟁이다.

이때 'Better의 경쟁'이라면 선택지는 하나다. 더 나아야 한다. A를 이기려면 나는 하루 3개씩, 피똥을 싸며, 영상을 만든 뒤, 업로드하면 된다. A 씨가 주말에 업로드를 안 한다? 그렇다면 나는 주말에 쉬지 않고 영상 하나를 더 만들면 된다.

만약 다름의 경쟁이라면? 상황을 180도 다르게 이끌 수 있다. Better의 경쟁, 해봐야, 피똥만 싸고, 경쟁의 결과물도 시원찮을 텐데. 이럴 땐, 다름의 경쟁을 펼치면 된다. 경제 콘텐츠에 슬며시 '다른 점'을 가미하는 거다. 예컨대 이런 식. 경쟁자 경제유튜버 A가 매일 주식, 코인, 선물옵션 시황에 집중해, 시장 분석 중심으로 간다면? 나는 투자와 관련한 '귀재들의 꿀팁'만 하루 1개씩 평소와 다름없이 올리는 거다. '투자의 귀재'들이 등장하니, 관심도도 높다. 귀재들이 쓴 책을 참고하면 되니, 오히려 영상 제작에 투입되는 리소스는 더 적다. 경쟁의 방향을 다름으로 살짝 틀었을 뿐인데, 힘은 덜 들이면서, 생산성이 높아지는 결과가 나온 셈이다.

지금은 돌아가신 이어령 선생의 멋진 비유가 있다. 100m 달리기를 한다. 360명이 뛴다. 모두가 미친 듯 골인지점, 한 곳만 보고 뛰어야 한다. 힘은 힘대로 든다. 결과는? 골인 순서대로 1등부터 360등까지 쫙, 등수가 나열된다. 아, 내가 350등이라면? 다음번엔 숨을 참고 더 뛰어야 한다. 죽을 듯, 앞만 보고 달려야 한다.

이런 게 'Better'의 경쟁이다. 서로 더 빨리 뛰려니, 피똥싼다.

이런 경우라면 어떨까. 반대로 360명 모두가 다른 방향으로 뛴다면? 한 곳의 골인 지점이 아니라, 모두가 다른 방향의 지점을 향해 달린다면? 모두가 1등을 할 수 있다.

이게 '다름의 경쟁', 핵심이다.

🔍 **두 가지 경쟁 : Better vs Different**

• **Better 경쟁의 수단적 가치:** 성실, 최선, 노력, 부지런함.

• **다름 경쟁의 수단적 가치:** 다름에 대한 고민, 실행력, 꼼수.

필자가 강연 때 마다 비유로 드는 게, 백종원 씨와의 경쟁이다.

당신이 떡볶이집을 오픈한다고 치자. 하필이면 경쟁자가 백종원씨다. 흑백요리사 심사위원 백종원씨 보다 더 맛나는 떡볶이를 만들 수 있을까. 절대 없다. 그렇다면 이건 어떨까.

백종원 씨가 빨간 떡볶이를 만들 때 당신은 '초록' 떡볶이를 만들면 된다. 빨강과는 '다른' 초록 떡볶이. 초록의 상징, 유기농과 건강식도 톡톡 털어 넣는다. 다름의 경쟁이다.

결과는? 물론 밀릴 수는 있다. 하지만, 추월의 가능성은 만들 수 있다. Better의 경쟁이라면 꿈도 못 꾸던 일이다.

챗GPT와의 경쟁 역시 마찬가지다. 글쓰기 영역을 포함, 어떤 직군에서도 마찬가지다.

챗GPT의 '효율성의 대마왕'이다. 어떤 질문이건, 방대한 정보량을 바탕으로, 패턴을 분석해, 최단 시간에 최적의 결과물을 만들어낸다. Better의 경쟁으로는 절대 이길 수 없다.

승산이 있는 경쟁을 하려면? 다른 것을 고민하면 된다. 글쓰기의 영역이라면, 그게 지금부터 실전 비법을 잘근잘근 씹어먹으며 장착해야 할, '도파민 필력'이다.

 챗GPT를 이기는 글쓰기

PART

3

도파민 필력 3초식

도파민 필력을 극강으로 끌어올리는 클릭력

클릭을 부르는 5형식을 마스터 한 다음 단계는 '도파민 필력' 내공을 극강으로 끌어올리는 '도파민 키워드' 공부다. 도파민 키워드는 다시 두 가지로 구분한다. '썸네일 키워드'와 '파워 제목 키워드'다.

먼저 '기본 근력 운동'에 해당하는 '썸네일의 기술'부터 정복하고 가자. '클릭 선수'들 끼리는 '클릭'하게 하는 장치를 '스크롤-스토퍼'라고 표현한다. 이걸 마스터해야 도파민 필력 고수의 경지에 이를 수 있다. 심호흡 한번 하시고, 스타트.

◀ **CHAPTER** ▶

8

클릭을 부르는
도파민 썸네일의 기술

챗GPT를
이기는 글쓰기

스크롤을 멈추는 힘,
스크롤–스토퍼 썸네일

질문 하나. 휴대폰 영상을 보면서 당신이 '자극'받는 가장 첫 단계는? 썸네일이다. 유튜브건, 블로그, 인스타그램이건, 숏폼이건 상관없다. 신문으로 치면 '제목'과 같은 역할을 하는 게 플랫폼에선 썸네일이다.

도파민 필력의 '클릭 초식'편에서도 가장 집중해야 하는 영역, 썸네일이다. 왜냐고? 구독자 팔로워의 클릭을 빨아먹는 '클릭력'의 시작점이니까.

썸네일 단에선 클릭(조회)이 어떻게 일어날까. '스톱'이다. 클릭 고수들은 숏폼을 쭉 훑어보다, 스크롤을 딱 멈추게 하는 자극점, 썸네일의 그 지점을 '스크롤–스토퍼(Scroll-Stopper)'라 부른다.

우선 썸네일의 구성요소 3가지부터 알아보자.

🔍 **썸네일 3요소**

- **색(컬러, 전체의 이미지):** 뇌 간접 자극

- **사진(이미지):** 뇌 직접 자극

- **제목(텍스트):** 뇌 직접 자극

여기서 잠깐. 인플루언서를 꿈꾸는 이들이 하는 치명적인 오해가 있다. 썸네일 제목만 잘 뽑으면 된다는 착각이다.

천만에. 놀랍게도, 썸네일 스크롤-스토퍼의 핵심 자극점은 컬러와 사진이다. 손끝으로 스크롤을 하다보면 썸네일의 제목보다 '색상, 이미지'가 먼저 뇌에 박힌다.

100만 클릭 터지는 썸네일을 만들려면, 당연히, 색과 이미지에 스크롤-스토퍼 장치를 심어야 한다.

2

썸네일 컬러 전략,
빨노파초

'손은 눈보다 빠르다'

영화 타짜에 등장하는 대사. 또 한 번 응용하자면 썸네일에선 '컬러(색상)와 이미지(사진)가 제목보다 빠르다'고 쓸 수 있다.

컬러와 이미지로 총알처럼 스쳐 가는 스크롤을 멈추게(스톱) 할 수 없다면 소설가 한강도, 이문열도, 노벨문학상 할아버지가 와도, 버려진다.

🔍 색상 자극점

1. 무조건 터진다: 클릭 유발 4색 '빨노파초'

2. 채널별 '시그니처 컬러(브랜드 컬러)'를 적용하라

3. 색상 절대 원칙: '3색'을 넘지마라

먼저 '100만 클릭'을 부르는 '4대 컬러'부터 외워둬야 한다. '3원색'으로 암기하고 있는 빨노파에 '그린(초록)'만 더하면 된다. 숏폼, 유튜브에서 아무 제목 없이 썸네일에 이 색만 넣어도 클릭이 터질 정

도다. 유튜브 전체 카테고리에서 클릭률(CTR)이 높게 나오는 대표 색깔들이다.

① 빨강(Red)

'긴급함', '강렬함'의 아이콘.

뉴스, 이슈, '반전 콘텐츠'에 잘 먹힌다.

TV조선 채널의 '이슈 플레이' 코너. 뉴스 중 이슈가 되는 콘텐츠만 따로 소개하는데, 썸네일에 빨강과 노랑을 섞어, 긴급성을 부각하고 있다.

② 노랑(Yellow)

시선 집중 최고의 색상, 노랑이다. 라바라는 애니메이션을 떠올려 보시라. 레드는 강렬한 장난끼로 승부한다. 반면 레드는 따뜻하면서도 시선을 집중시킨다.

요리, 여행, 일상 브이로그라면 적극 노랑 컬러를 활용하실 것.

③ 파랑(Blue)

신뢰와 깔끔한 느낌의 상징이다.

교육, 정보 콘텐츠에 자주 활용되는 색이다.

④ 초록(Green)

초록 하면 떠오르는 이미지는 시력에 좋다는 것. 마찬가지다. 심리적으로도 '안정감'을 주고, '신선함'을 선사한다.

자연, 건강, 재테크 채널이면 초록색을 쓰실 것.

그렇다면 이 색상을 어떻게 써야 할까. 내친김에 '색상 사용법'까지 진격해 보자. 물론 호흡이 짧은 숏폼은 썸네일에 하나만 떡칠을 해도 먹힌다. 하지만 제대로 이용하는 법은 대비(Contrast)다.

심리란 게 묘하다. 극명하게 극과 극, 대비를 이룰 수록, 누른다. 멈춘다. 클릭하고 만다.

도파민 뇌를 사로잡으려면, 핵심은 대비다. 멀리서도 단번에 보이는 색 조합을 만들라는 의미다.

100만 구독자 이상의 인플루언서들만 쓰는 색조합 대비 조합도 이참에 알아두자.

① 노랑 + 검정

실패가 없는 조합이다. 한마디로 강렬함을 주고싶을 때 쓴다. 경고등처럼 직관적으로 꽂힌다. 시선 집중 자극을 통해 클릭을 끌어낸다.

② 빨강 + 흰색

긴급성의 조합이다. 이 색만 보면 이상하게 마음이 급해진다. 클릭 터진다. 스크롤, 폭발이다.

③ 파랑 + 노랑

'정보성', '실용성'에 딱인 색조합이다. 신뢰감을 준다. 공부가 되는 듯한 느낌. 그러니, 클릭이다.

④ 검정 + 형광(노랑 초록 핑크)

가독성을 노린다면 무조건 이 조합을 쓰실 것. 멀리서도 눈에 띈다.

* 정리: 대비의 절대 원칙도 대비. 배경이 밝다면 글자색은 어둡게, 배경이 어둡다면 글자 색은 밝게다.

두 번째는 채널별 시그니처 컬러 암기다. 놀랍게, 영상 고수들은 자신들의 영상 글쓰기에, 이 컬러 조합을 쓰고 있다. 알고나면 깜짝 놀란다. 전문용어로는 '브랜드 컬러'라고 한다. 무의식 중에 채널의 정체성을 컬러로 주입하는 식이다. (마인드 셋편 FIRE의 I(Identity) 를 색으로 만드는 방식). 브랜드 컬러를 계속 반복하면 구독자는 마치 '파블로프의 개'처럼 반응한다. 스크롤 중 0.1초 만에 색상만 인지 한 뒤, "어? 이 채널이네" 하면서 멈춘다. 절묘한 스크롤-스토퍼다.

① 여행 = 파랑 + 노랑

따뜻함과 시선집중의 노랑 컬러에 신뢰감까지 주는 파랑의 조합이다. 잔잔한 여행 채널이라면 이 조합이 딱이다.

② 요리 = 노랑 + 빨강

말보다 음식의 색이 핵심이 되는 요리 채널. 요리는 무조건 음식으로 시선부터 한방에 사로잡아야 한다. 긴급성의 빨강, 시선집중의 노랑을 투척하면, 반응한다. 특히 요즘 매운 요리 먹방에 가장 많이 활용되는 게, 빨강이다. '매운맛 = 빨강' 그 자체다.

프리한 19, 매운 음식편의 썸네일. 빨강을 활용한 먹방 콘텐츠의 예다.

③ 자기계발 = 파랑 + 흰색

정보성과 실용성에 딱 맞는 파랑을 민다. 간혹 흰색으로 깔끔한 느낌을 준다. 자기계발 채널이라면 파랑 흰색 조합이다. 요즘은 반대의 조합도 있다. 자기계발의 채널을 까는, '성공신화 포르노' 콘텐츠를 미는 채널이다. 자기계발의 대척점에 서는 정반대 조합일 때는 빨강과 검정을 활용하면 된다.

왜그럴까 유튜브 채널. '강의팔이' 고발 콘텐츠를 만들며, 검정 빨

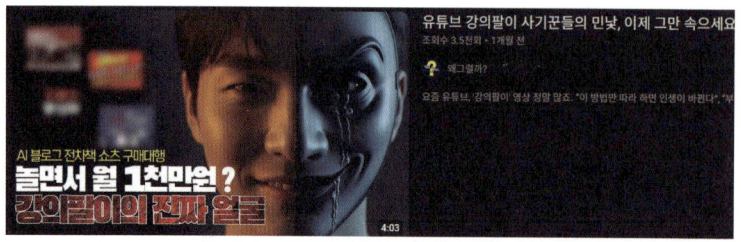

강 조합을 활용한 사례다.

④ 엔터테인먼트 = 핫핑크 + 블랙

핫핑크는 심장을 뛰게 만드는 색이다. 약간의 음침함을 상징하는 블랙 조합이면, 딱이다. 엄밀히 따지자면 19금 색상.

세 번째, 가장 핵심 원칙도 잊지 마실 것. '3색'까지만 활용하라는 것이다.

색은 많아지는 순간 직관성이 떨어지고 클릭률이 떨어진다. '화려함'의 역습이다. 최대 3색으로 외워두면 된다. 예컨대 이런 식.

> **배경(1색) + 글자(1색) + 강조(1색) = 최대 3색**

제목도 마찬가지고, 부제도 마찬가지다. 컬러를 섞어 쓰되, 3색까지만 활용하실 것.

3

클릭을 부르는
썸네일 사진 공식, 야반도주

썸네일에서 색상이 간접 자극점이라면, 직접 자극점은 한 장의 이미지, 사진이다.

때로는 수천자의 글보다 한 장의 사진이 강렬함을 주는 법이다. 보는 순간, 뇌를 자극해 손끝에 '급브레이크'를 걸고 싶다면. '사진 신공'만큼은 무조건 외워둬야 한다.

무조건 먹히는, 썸네일 파워 스크롤-스토퍼 이미지(사진) 공식, 이름하여 '야반도주'다.

이 공식, 책값만큼은 가치가 있다고 단언한다. 본 기자, 과거 네이버 모바일판 여행플러스와 매일경제 공식 유튜브 채널 영상 콘텐츠 총괄팀장을 4년 이상 거치며, 뇌즙을 짜낸 덕에 만든, '이미지(스틸 사진) 스크롤-스토퍼' 공식이니까.

🔍 야반도주, 썸네일 마법의 사진 공식

- **야** - 야한 이미지/촉감자극 이미지

- **반** - 반전 이미지

- **도** - 돈(머니) + 원초적 이미지(3B Baby Beauty Beast)
- **주** - 스타의 이미지. 주인공처럼 딱 1개만 부각된 이미지 (배경은 블러 처리)

스크롤-스토퍼 '야반도주'는 종합예술이다. 콘텐츠적 요소뿐만이 아니다. 썸네일 등 유튜브 숏폼 초기 화면, 블로그, 인스타그램 초기 화면도 '야반도주'가 담겨야 하는 건 물론이다. 제목을 담은 색상에도 야반도주 요소가, 썸네일 사진에도 야반도주 요소가 담겨야 한다. 다시 한번 강조해드린다. 뭐든, 자극-반응을 이끌어내는 요소엔, 야반도주가 담겨야 한다는 걸.

야 – 야하면서 족감적 요소를 자극하는 이미지

유튜브 콘텐츠를 넘어, 숏츠·네이버TV·틱톡까지. 짧은 영상에서 가장 강렬하게 작동하는 요소는 야반도주의 '야'다.

일단 야한 것. 이건 무조건 먹힌다. 본능적으로 손끝이 멈출 수밖에 없다. 다만, 아킬레스건이 있다. 콘텐츠적으로 19금 요소를 가미하면, 신고가 들어온다. 인증과정도 거쳐야 한다. '장벽'이 있는 셈이다.

썸네일 사진의 '야한' 요소, 썸네일 색상으로 '간접' 주입된다. 대놓고 야함을 드러내는 건 아마추어다. 프로는 이 야함을 '색상'으로 주입해, 당신의 뇌에서 반응(스크롤 스토퍼)을 이끌어낸다.

간접 자극은 색상(컬러)라고 앞선 장에서 강조드린 바 있다. 은

밀한 도파민을 자극하는, 야한 색상, 대표적인 게 레드(red)와 블랙(black)이다. 홍등가가 하면 떠오르는 색상이다. 당연히 '핑크'도 포함이다.

오늘 당신이 숏츠 영상을 스크롤 하다, '멈춘' 콘텐츠의 색상을 한번 째려보시라. 대부분 레드와 블랙의 조합이테니.

아래는 알아두면 좋을, 썸네일 색상 '야함'의 조합이다.

① 레드 + 블랙 (Red + Black)

이거 강렬하다. 섹시함의 대표적 조합이다. 명암 대비가 커서 시선 확 잡는다. 바로 스크롤-스토퍼, 째려봄으로 이어진다.

② 블랙 + 바이올렛 (Black + Violet)

어두우면서 '신비로움'을 자아낸다. 고급스러운 19금의 경지 정도로 보면 된다. 이 조명으로도, 영상에 몽환적인 느낌을 줄 수 있다.

③ 딥블루 + 핫핑크 (Deep Blue + Neon Pink)

블랙과 레드는 아니지만, 딥블루와 핫핑크 조합도 있다. 네온사인 적 분위기라 보는 순간 클릭이다. 색상의 괴리감이 오히려, 손끝을 멈추게 만든다. '차도남적 섹시함' 정도로 보면 된다. 댄스·음악·무드 숏폼이라면 이 색상 무조건 먹힌다. 외워두시라.

'야함'에서 확장되는 의미가, '촉감'이다. 이걸 극대화한 '극단적

품질(Macro ASMR Visual)' 강조 사진과 이미지는 무조건 썸네일 '스토퍼'가 된다. 클릭, 폭발로 이어진다.

🔍 클릭 유발 촉감 이미지

1. 치즈 늘어짐

2. 고기 육즙 터짐

3. 바삭함 폭발하는 빵의 영상

4. 슬라임·젤리·크림의 질감

이게 효과 '직방'이다. 한때 매일경제 유튜브 공식 채널에서 엽기적인 클릭률을 자랑한 영상이 있다. 당시 꼭지 제목은 '이렇게 만듭니다'. 별 어려울 것도 없다. 뭐가 됐든 그냥 만드는 장면만 있다. '불닭볶음면, 이렇게 만듭니다'에선, 삼양 공장을 찾아 영상을 찍고 그냥 틀어만 놓는다. 멘트 하나 없는 이 영상에, 손끝이 반응한다. 100~200만 클릭은 기본이다.

'초코파이, 이렇게 만듭니다'라면 그냥 공장 찾아가 파이 만드는 장면만 담아온다. 2~3분 남짓, 편집. 그냥 틀어두면 끝이다. 100~200만 클릭은 기본 간다.

흔한 남매나 허팝, 슈뻘맨 같은 키즈용 숏폼 유튜브 영상 썸네일에 유독 슬라임이나 치즈 이미지가 많은 것 아시는지. 맞다. 야함과 촉감의 '스크롤-스토퍼' 마법을 활용한 것이다. 잊지 마시라.

반 – 반전은 무조건 먹힌다

반전은 무조건 먹힌다. 색상이든, 제목이든, 스토리든 상관없다. '반전요소' 보이는 순간, 손끝은 즉각 '급브레이크'다.

🔍 **반전을 만드는 빅3 이미지**

1. 표정(강렬한 감정)

2. 찰나(반전이 예고되는 딱 순간)

3. 비정상 이미지(반전 사진)

첫 번째는 강렬한 감정의 표정을 이미지로 심는 거다. 도파민 뇌는 '표정 → 감정 → 의미' 순으로 즉시 움직인다. 대표적인 게 깜짝 놀라는 표정의 이미지다. 손끝, 그냥, 멈춘다. 뭐지? 하며 본능이 먼저 반응한 뒤, 제목-스토리를 보고, "아!"하게 된다.

치즈떡볶이를 입안에서 만들어 먹었습니다.
조회수 173만회

위 영상을 보자. 숏츠 173만 회를 찍은 '한입, 한끼' 콘텐츠다. 표정, 끝내주지 않는가.

황당한 표정, 분노나 충격의 표정, 파안대소(웃음) 등도 훌륭한 스크롤-스토퍼 이미지가 된다.

중요한 것. 자연스러운 표정의 사진은 안 된다. 과장하고 또 과장

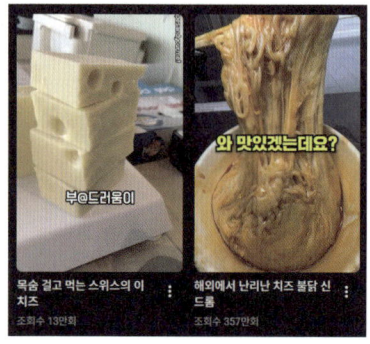

할 것. 과장된 표정일수록 훨씬 강렬한 손끝 브레이크가 걸린다는 것을 명심하시라.

두 번째 찰나의 사진. 그 찰나는 '반전'이 예고되는 딱 그 순간이다.

예컨대, 부풀어 올라, 터지기 직전의 풍선 같은 것. 인플레이션이나, 주식 버블 같은 느낌을 줄 때, 훌륭한 클릭 '장치'가 된다.

음식 사진 역시 마찬가지. 요리 채널에선, '흘러내리는 음식' 사진이 무조건 먹힌다. 앞서 야반도주의 '야' 편에서 촉감 자극 이미지 1번과 2번을 떠올리면 된다. 치즈 흘러내리는 장면, 고기 육즙이 터지는 바로 그 순간의 이미지다.

왜 터질까. 도파민 뇌의 본능은 완성보다는 '미완성' 이미지에 끌린다. 그래서 결말을 궁금해한다. 클릭이다.

세 번째는 글자 그대로 비정상 이미지. 예상 밖의 반전이 있는 사진이다. 기괴하거나 예상 밖의 장면(Unexpected Visual)을 그대로 보여주면 된다.

핵심은 '비정상'이다. 썸네일의 정상 이미지는 클릭까지 안간다.

음식 사진? 비정상적으로 색을 바래게 만들 것. 사람인지 사물인지 '애매'한 것도 된다. 뭐지? 하며 누르니깐. 정상적 각도의 사진, 의도적으로 피하시라. 대신 '비정상적'인 각도로 사진을 틀어두는 게 훨씬 더 많은 클릭을 유발한다. "뭐야 저게" 하며 손끝을 멈추게 만드는 장치다. 비정상일 것. 이게 핵심이다.

도 – 돈은 뇌에 쾅 박힌다

야반도주의 '도'는 '돈'이다. 가장 직관적으로 뇌에 쾅 박히는 요소, 뻔하다. 돈(Money)이다.

돈 썸네일로 본능을 자극하는 설계법, 첫 단계는 뇌 구조의 이해다. '돈'이 뇌에 작동하는 방식을 이해하고 있어야 자유자재로, 이 썸네일을 조작해, 자극(클릭, 반응)을 끌어낼 수 있다.

아래는 뇌과학자들이 공통적으로 지적하는 '인간이 돈에 반응하는 3가지 경우'다.

🔍 돈을 보고 반응하는 빅3

1 손실 공포

2. 즉각적 보상

3. FOMO(Fear Of Missing Out)

첫 번째는 손실 공포. 이익보다 손실에서 느끼는 강도가 '2배' 정도 된다고 뇌과학자들은 추산한다. 즉각적 보상은 당연한 결과다. 즉각적 반응만 바라는 도파민 종목의 뇌는, 1년 뒤, 2년 뒤, 수익을 기다리는 인내가 없다. 포모 심리는 결정적으로 뇌를 자극하는 핵심 요소다. 어? 이웃집 순희네 엄마는 삼성전자로 수천만 원씩 벌었는데,

내 계좌는 손해 일색이라고? 열받는다, 클릭한다.

돈 썸네일은 이중 하나만 자극하면 된다.

다음은 돈 썸네일의 배치법. 어떤 사진을 넣으면 클릭률이 폭발할까.

① 지폐

단, 끝까지 보여주지 말고 자를 것. 더 있을 것 같은 호기심이 클릭 욕망을 자극한다. 앞서 배운 '비정상 이미지'에 끌리는 심리를 자극하는 방식과 유사하다. 지폐의 직접 이미지 대신 간접 이미지를 동원해도 된다. 예컨대, 증시 하락 차트 이미지, 코인 증발 이미지, 텅 빈 금고 이미지 등이다.

② 손과 돈을 조합할 것

돈 단독 이미지는 자극 효과가 '평타' 수준이다. 클릭률을 증폭시키려면 '손'과 '돈'을 조합해야 한다. 인간의 손이 돈을 쥐고 있는 사진에서 가지고 싶은 '욕망'이 더 노골적으로 드러나서다.

여기서 잠깐. 무조건 '꽉 쥐는' 이미지가 좋은 게 아니다. 오히려 '돈을 놓치는 손' 이미지가 더 먹힌다. 이유는 앞서 배운 '손실 공포' 탓이다. 돈을 집는 이미지도 효과적이다. 기회를 포착하는 느낌을 준다.

'놓치는 손' 대신 머리를 쥐는 이미지로 썸네일을 만든 경우다. 손실 공포를 극대화해 클릭률을 높이는 설계다. 클릭, 한 달 새 15만 회가 터졌다.

③ 숫자

딱 하나만 써야 한다. 여러 숫자는 자극을 방해한다. 요즘 가장 잘 먹히는 키워드 '월천(월에 1,000만 원 벌기)'이다. 월천으로 검색하면, 채널명으로 월천을 쓴 곳이 20곳 이상은 보인다.

④ 색 조합

돈의 경우에는 무조건 뇌를 자극하는 3색이 있다. '돈의 3색'이라고 외워두시라. '검노빨'이다. 다른 것 필요 없다. 이 색만 쓰면 된다. 이성보다 감정이 먼저 움직이게 하는 조합이다.

- **돈 썸네일 색조합**: 검정 배경 + 노랑(황금, 돈 의미) + 빨강(경고)
- **검정**: 위험·비밀 자극/**노랑**: 황금, 돈의 본능 자극/**빨강**: 경고

아래, 썸네일을 보라. 검정 배경과 빨강 글자의 대비를 제대로 활용한 케이스다.

⑤ 텍스트 구성법

돈 썸네일에서 절대 잊지 말아야 할 것 한 가지. 텍스트에서 정보를 주는 것보다 위협하는 게 클릭률을 높이는 핵심이라는 점이다. 포모를 자극할 것. 잊지 마시라.

🔍 **예시**

돈 버는 방법(X)

→ 당신, 이거 모르면 평생 가난하게 산다(O)

돈 버는 법, 물론 좋다. 이 문구를 '위협적'으로 살짝 비틀어 '이것 모르면 평생 가난해진다'는 어감은 어떤가. 바로, 클릭이다.

🔍 **예시**

월천 버는 재테크 꿀팁(X)

이것, 모르면 절대 월천 못번다(O)

같은 어감의 두 문구다. 어떤가. 당연히 위협적인 문구에 손이 간다. 클릭이다.

주 – 주인공(Star)을 활용하라

세계적인 스타가 당신 옆을 지나가고 있다. 어떤가. 즉각, 눈이 돌아가지 않는가.

이 지점이다. 썸네일에서 스타의 사진 한 장은 단순한 '이미지'가 아니다. 그 자체로 '뇌를 누르는 버튼'이다.

① 3040 공식을 기억하라

당신이 맛집 채널을 운영한다면? 그래서, 그 유명한 웨이팅 맛집 서울 약수동의 '금돼지 집'을 소개한다고 가정해 보자. 썸네일, 어떻게 만들까. 아래를 보자.

🔍 **예시**

1. 썸네일: 금돼지 집 사진 + 웨이팅 1시간 각오해야 하는 돼지고기 맛집

2. 썸네일: 정용진 부회장 사진 + 정용진 부회장도 줄 서는 돼지고기 맛집

어떤가. 당연히 '예시2'에 손끝이 움직이지 않을까.

스타의 사진을 쓸 때 썸네일의 황금비율 공식이 있다. '3040'의 법칙이다. 전체 썸네일의 30~40%는 스타의 얼굴로 채우라는 의미다.

그래야 한방에 뇌를 자극할 수 있다.

② 스타를 망가뜨려라

여기서 잠깐. 스타 썸네일을 좀 더 자극적으로 만드는 클릭 증폭법이 있다. '대비' 기법이다.

인간의 심리는 묘하다. 잘나가던 스타가 망가질 때, 더 강렬하게 반응한다. 꾸준히 강조하는 '비정상적인 상황(비정상적인 이미지)'을 설계하는 식이다. 이름하여, 스타의 대비 공식이다.

🔍 **스타 대비 공식**

1. 권력 vs 몰락 - 권력을 쥔 정치인 vs 몰락

2. 부자 vs 빈손 - 잘나가던 워런 버핏 vs 텅 빈 지갑

3. 완벽함 vs 실수 - 스타의 완벽 이미지 vs 머리 쥔 이미지

이런 썸네일을 보는 순간, '어? 잘나가던 이 분이 왜?'하며 클릭을 하게 된다. 클릭, 떡상각이다.

③ 텍스트, '의문'만 던져라(티싱 = Teasing)

앞서 배운 간지럽히기 기법, 여기서 써먹으면 된다. 설명을 하지 말 것, 의문만 던질 것.

스타 썸네일의 텍스트는 짧고, 불완전해야 먹힌다.

아래, 2개월 새 54만 회, 조회수를 기록한 유튜브 썸네일을 보자.

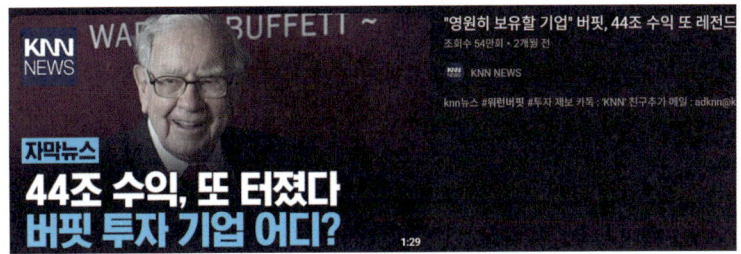

　투자의 귀재 워런 버핏의 썸네일 이미지. 여기에 텍스트를 보자. '44조 수익, 또 터졌다/버핏 투자 기업 어디?' 버핏 투자 기업 'A사'라고 구체적인 기업명이 나왔다면, 아 그랬구나 하며 클릭을 하지 않고 그냥 넘어간다. 그런데 '어디?'라니. 투자 대상이 없다. 투자 대상을 감춘 티싱 기법이다. 그러니 안 누를 재간이 있나. 클릭 폭발이다.

4

썸네일 제목 사용법, 3-7룰과 5형식

'썸네일 텍스트는 읽히는 문장이 아니다. 보이는 무기다'

당연히, 썸네일 텍스트의 '제목달기(타이틀)'는 기타 플랫폼 유튜브, 블로그, 인스타그램과는 다를 수밖에 없다. 규칙은 딱 한 가지다.

'티싱(Teasing)'

썸네일에서 먹히는 텍스트, 이성적인 게 아니다. 논리, 이해, 설득 같은 일반 제목달기 공식 따위 집어치워라. 무조건 한 가지만 기억하라. 티싱. '본능과 시선' 간지럽히기다. 이 차이를 모르면 백날, 머리싸매고, 색상 사진 배치해 봐야, 무용지물이다. 외워두자. 아래는 썸네일에 들어갈 '텍스트'의 절대 법칙이다.

설명하지 마라

'멋진 설명을 요약해 넣어야지'

이 따위, 상식부터 쓰레기통에 던지시라. 다시 한번 강조해 드린다. 썸네일 텍스트는 용도 자체가 다르다. 독자를 이해시키고, 설득시키려는, 잃혀지는 문장이 아니다. 그저, 시선을 끄는 '보이기용 장치'일 뿐이다.

그러니 절대 원칙 0순위, '설명하지 말라'다.

그렇다면 어떻게 해야 하나. 절대 '설명하지 말고', 반응하게 만들어야 한다. 본문 요약 따위는 필요 없다. 감정, 호기심을 자극해, 뇌(본능)의 가장 약한 부위를 한방에 쿡 찔러넣어야 한다. 설명을 하지 말 것. 썸네일은 뇌를 때리는 장치다. 내용은? 이어지는 영상이 설명해 준다.

'3-7룰'을 기억하라

글자 수, 길면 안 된다. 한눈에 박히는, 다시 말해 '본능이 반응'하는 글자수 원칙이 있다. 그 룰이 '3-7룰'이다.

이렇게 외워두자.

"3글자면 멈추고, 5글자면 이해하고, 7글자면 떠난다"

아래를 보자. 묘하게 썸네일 텍스트 전부 7글자 이내로 끊었다. 불완전 문장인데, 이상하게 누르고 싶다.

왜일까? 답은 간단하다.

도파민 뇌는 단어를 덩어리(청크, Chunk)로 인식한다. 언어학자들은 모바일 플랫폼에서 한 번에 처리 가능한 '글자의 묶음'은 최대 5자라고 규정한다. 그 이상은? 5자를 벗어나면 뇌는 '단어'가 아닌 '문

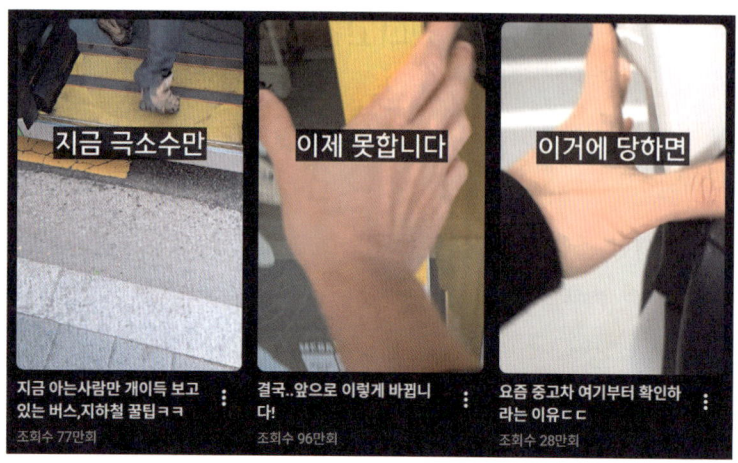

장'으로 받아들인다. 뇌가 귀찮아하게 된다.

읽히기 전에 그냥 스크롤 하고 지나가게 되는 위험구간, 레드라인은 8글자 이상이다. 8글자는 절대 넘어서면 안 된다. '8=썸네일 역할 상실'로 암기해 두자. 아래 8글자 썸네일 타이틀 같은 경우다. 클리커블하게 수정하자면 5글자, '월천 미쳤다/이게 실화?' 정도.

🔍 예시

'이렇게만 하세요, 평생 돈 법니다'

→ 클리커블 수정: 월천, 미쳤다/이게 실화?/버핏도 몰랐다?

썸네일에도 5형식이 있다고?

영어문장처럼 썸네일에도 5형식이 있다. 외워두시라.

① 1형식: 충격형 = 직접 본능 공략

충격형이다. 머뭇거림 따위 없다. 단 일합. 바로 본능을 찔러버린다. 뇌에게 즉각적인 긴장감을 준다. '위험 또는 기회'로 착각을 유도하는 장치다.

* 핵심 키워드: 올킬, 미쳤다. 충격. 실화? 뽕뽑는

② 2형식: 금기형 = 은밀함 자극

'금지된 정보'라는 인식을 쾅 박아버린다. 본능 요소 중 관음증을 자극하는 식이다. 보면 안 되는 걸, 당신만 보게 된다는 느낌이다.

* 핵심 키워드: OOO, XXX, (여행 고수들도) 숨기는, (절대) 하면 안 되는 (5가지), 이젠 못합니다

③ 3형식: 스포형

선공개는 늘 설렌다. 3형식 스포형이다. 스포일러를 선공개하는 것처럼 자극을 주는 방식이다. 그렇다면 과정은? 결과는 봤는데, 과정이 궁금해진다. 그래서, 클릭이다.

* 핵심 키워드: 마침내 OO, 반전 있음, 충격, 결과는…., 이게 된다고?

④ 4형식: 넘버

숫자만큼 압축적인 장치도 없다. 한 방에 숫자를 통해 신뢰감을 쾅 박아 넣을 수 있다. 보는 사람 입장에선? 한눈에 이 콘텐츠의 효과를 숫자로 인식할 수 있으니, 신뢰감 증폭이다.

* 핵심 키워드: 단 1개. 90% 이상이 모르는, 월 천, 10만 전자(삼성전자 10만 원), 80만 닉스(SK하이닉스 80만 원)

⑤ 5형식: FOMO(Fear Of Missing Out) 자극(감정 자극)

포모 감정을 자극하는 건 무조건 먹힌다. 당신만 소외된다는 느낌을 쾅 박아준다. 감정 자극도 핵심이다. 독자에게 빙의를 하라. '내 얘기잖아'는 느낌이 들면 성공. 다들 맞다고 해서, 이거 했는데, 알고봤더니, 결과가 180도 달라진다는 '반대 감정'을 자극하는 게 더 효과적이다.

* 핵심 키워드: OO했는데…., 나만 바보?, (다들)속았다, 이게 현실, 남들 다 했는데..

 챗GPT를 이기는 글쓰기

CHAPTER

9

클릭을 설계하는
도파민 파워 제목

챗GPT를
이기는 글쓰기

훌륭하다. 기본 근력 운동 '썸네일' 과정은 무난히 끝이 났다. 숨이 차는가. 그래도 멈추면 안 된다. 땀이 식기 전에 또 뛰어야 한다. 이번에는 클릭력 유산소 운동, '파워 제목' 편이다.

썸네일만 그럴싸 하면 뭐하겠는가. 결국 콘텐츠의 핵심은 내용(스토리)이다.

내용의 시작점은 '제목'이다. 썸네일로 후킹을 했다면, 제목에서 '쾅'하고 마지막 방점을 찍어줘야, 제대로 된 클릭(재방문 클릭)이 쏟아질 수 있다.

판매로 이어지는 강렬한 카피를 '캐치 카피'라고 칭하는 것처럼, 클릭이 유발되는 제목을 '파워 제목'이라 부른다.

'클릭력 만렙'의 파워 제목에는 '불변의 절대 원칙'이 숨어 있다. 지금부터 하나하나 알려드린다.

1 뇌에 신호를 보내는 FOMO 절대 원칙, 자간도

'제목을 가지고 노는 자, 클릭의 세계를 지배한다'

필자의 명언(?)이다. 단언컨대, '제목 필살기'는 간결하면서도 강렬한 효과를 낸다. 그야말로 일격필살이다.

KBS 개그콘서트 전설의 꼭지 '깐죽거리 잔혹사'의 개그맨 조윤호 유행어를 기억하시는가. "빡~ 끝". 이런 원리다. 제목으로 '빡'치면, 클릭으로 '끝'이다.

당연히 도파민 필력엔 당연히 원톱으로 요구되는 게, 클릭 유발 제목의 스킬이다.

챗GPT를 이기는, 그래서 챗GPT를 손바닥 위에 올려놓고 가지고 놀려면, 무조건 뇌에 장착해야 할 게, 파워 제목 '절대 원칙'이다.

이건, 불변이다. 챗GPT뿐 아니다. 요즘 유행처럼 번지고 있는 제미나이를 포함 AI군단이 몰려와도 이 원칙은 무조건 먹힌다.

카피, 간판, 브랜딩 등 다양한 분야에 응용도 가능한, '마법의 공식', 바로 'FOMO 심리' 자극이다. '도파민 글쓰기 5형식'에서도 잠깐 언급한 바 있다.

클릭력 극대화를 위한 도파민 글쓰기의 5형식의 근간이 FOMO 심리 자극과 형식의 필살기 '자간도(자극하라, 간지럽혀라, 도발하라)'인 것처럼, 파워 제목 역시 마찬가지다. 여기선 보다 형식 보다 '키워드'에 맞춰 설명을 좀 더 자세히 드린다. 말하자면 '형식 필살기' 자간도가 아닌, '키워드 필살기' 자간도인 셈. 자극하는 키워드, 간지럽히는 키워드, 도발하는 키워드 정리다. 외우시라. 써먹으시라.

클릭을 부르는 파워 제목 절대 원칙
포모 심리, 두려움을 자극하라, FOMO(Fear Of Missing Out)

숏폼 채널을 운영하건, 유튜브, 블로그를 하건, 당신이 모든 콘텐츠에 제목(타이틀)을 단다면, 죽을 때까지 장착하고 있어야 할 절대 원칙이다.

세부 스킬의 키워드는 조금씩 달라질 수 있다. 트렌드를 탄다. 변한다. 단, 절대 원칙은 영원불변이다. 외워둬야 한다.

포모 심리를 자극하되, 중요한 건 대놓고다. 제목에서 '대놓고' FOMO 심리를 자극해야 클릭이 폭발한다.

포모 심리의 뜻은 이렇다. 잘 아시겠지만 FOMO는 'Fear Of Missing Out'의 약자다. 풀이하자면 이렇다. '이거, 나만 소외되는거야'는 느낌. 도파민 뇌에게 '당신만 모른다/외면당하고 있다(당신만 왕따다)'는 심리를 주입해주는 것이다.

그 순간 독자는 욱한다. '어라, 이거 뭐 나만 모르는거야?' 그 다음은? 클릭이다. 파파팟, 누른다.

포모 심리가 극강으로 창궐하는 곳이 주식시장이다. 5만전자(주가 5만 원 삼성전자), 3만닉스(주가 3만 원 하이닉스) 때는 쳐다도 안 보던 주식시장이 20만전자, 100만닉스가 되면 포모 심리가 동한다. 어라? 이거 나만 못버는 거야? 욱한다. 고점에 산다. 그것도 묻고 떠블로 간다.

100만 클릭 터지는 제목의 스킬, 도파민 뇌를 자극하는 제목의 기술, 간단하다. FOMO 심리만 제목에 심으면 끝. 그렇다면 어떻게. 이때 필요한 게 '세부 스킬'이다.

FOMO 심리를 자극하는데 필요한 세부 스킬, 그게 '자간도'다. 기억나시는가. 앞서 배운 도파민 필력의 절대 원칙 '자간도'. 피타고라스 정리처럼 외워두라고 했다. 바로 여기서도 등장한다. 자간도.

한 번 더 머릿속에 박고 가자. 자극을 위한 섬, 클릭이 쏟아지는 섬, 그 이름은 '자간도'.

🔍 파워 제목 필살기

자간도 키워드 리스트

자 - 자극하는 키워드

* 증폭 키워드 = 단독, 속보, 충격, 뜨악, 경악, 발칵

* 증폭 도구 = 쿼트(인용문), 숫자

간 - 간지럽(Teasing)히는 키워드

* 증폭 키워드 = 까닭. 이유. 정체. ···. (말줄임표). OOO

도 - 도발하는 키워드

* 증폭 키워드 = 나만 모르는/너만 모르는

어떤가. 뭔가 좀 와닿는 게 있는가.

너무 중요하니, 아래 도표를 보며 한 번 더 암기. 외우시라. 제발.

- 클릭 불변의 절대 원칙 - 포모 심리를 자극하라
- 클릭 절대 원칙 세부스킬 - 자간도(자극하라/간지럽혀라/도발하라)

자 - 자극하는 키워드

클릭을 부르는 제목 글쓰기, 쉽다. 자극하면 된다.

제목 글쓰기 자극법에는 두 가지가 있다. 직접적 자극과 간접적 자극이다.

🔍 파워 제목 자극법

1. **직접적 자극**: 자극 키워드 삽입 + 쿼트(싱글 쿼트, 더블 쿼트) 삽입

   ex) 단독 속보 충격 뜨악 경악 발칵

2. **간접적 자극**: 숫자(Number)

   ex) 남들 '월천' 벌 때, 넌 뭐했니… /놀면서 '월천'버는 자동화 시스템 알려
   드립니다.

직접적 자극은 아예 대놓고 '자극 키워드(Stop Word)'를 삽입하는 방식이다. 효과 역시 직방. 다만 부작용이 있다. 과하면 거부감이 들 수 있다는 점이다.

한때는 어그로 끈다며 '제목에 절대 쓰면 안 되는 키워드'로 선정된 것들이 이 영역 키워드로 꼽힌다. 지금은, 그냥 편하게 쓴다. 심지어 '싱글쿼트'로 강조까지 한다. '뜨악'할 만한 뉴노멀이다. 아래는 빈출, 직접 자극 키워드다.

* 직접 자극 키워드 = 단독 속보 충격 뜨악 경악 발칵

제목 글쓰기 '직접 자극'에서 효과가 훨씬 나은 건, 쿼트 삽입이다. 싱글이나 더블 쿼트로, '쾅' 한번 더 뇌를 자극하는 방식이다.

최근 네이버 모바일판의 매일경제 신문 '픽' 뉴스들이다. 전체 6개 메인 뉴스 중 6개 전부에 '쿼트'가 삽입돼 있다. '쿼트'의 파괴력을 언론사 편집자들이 절감하고 있는 예다. 대부분 40~50만 페이지뷰가 나온다.

두 번째는 간접 자극법, '숫자' 삽입이다.

자극에 익숙한 도파민 뇌에 '숫자'를 쾅 하고 심는 것만큼 효과적인 방법은 없다. 텍스트에만 익숙한 인간의 눈에, '숫자'는 그 자체로 클릭 촉매제가 된다. 숫자의 자극 효과를 간파한 칩 히스는 '넘버스스틱'이라는 책을 통해 '숫자의 파워풀한 효과'를 강조한다.

너무 중요해서, 아예 숫자활용 세부 스킬법을 따로 정리해 놓았다. 지난 3년간, 네이버 메인페이지에 노출된 매일경제신문 기사 중 상위 톱10만 추려, 클릭을 자극한 '숫자 노출'의 범주를 추려낸 것이다. 이 책 직전에 나온 '100만 클릭 터지는 독한 필살기'에 일부 공개된

내용인데, 여기에 옮겨 싣는다. 그만큼 효과, 짱이다. 믿고 써먹으시면 된다.

🔍 제목 클릭 증폭 숫자 키워드: 모드(MOD)

- **M(Money)**: 돈은 무조건 노출하라(cf) 손실회피 심리 : 손실이 더 클릭이 높다
- **O(Old)**: 연령대를 확정하라 - 20대, 30대, 40대 등
- **D(DeadLine)**: 마감시한을 정하라 - 3개월 OOO버는, '월'천 버는, '월'억 트레이더

아래 클릭 랭킹(매일경제신문) 표를 보자. 2위에 오른 신수현 기자의 기사 '1조 매출', 6위와 7위에 오른 기사의 키워드 '월 350만 원'과 '비트코인 150개 줘야 하는 200억짜리 트리'가 모두 넘버링(숫자)로 이뤄져 있다. 모드 필살기 'M(머니)'에 해당한다.

15위에 오른 '31만 원 뚫은 현대차, 2가지 무기가 더 있다는데' 기사도 제목 점수 만점급이다.

31만 원으로 주가의 고점(모드의 D, 데드라인)을 한정하면서 무기 개수도 '2개'로, 숫자를 활용한다. 잘 단 제목이다.

	네이버 PV 순위	25.12.6	편집국
	기사 제목	기자명	조회수
1	"엄마, 이순신 모자 사주세요"…요즘 아이들 필수코스 된 이곳 어디길래	정유정	308,375
2	신발 하나로 1조 매출…야재운동화 이미지 벗고 MZ필수템 된 '뉴발란스' 성공비결은 [남돈…	신수현	292,584
3	"우린 언제쯤 잠자리 할 수 있을까요"…아내의 절친까지 건드린 '저항'의 아이콘 [사색(史色)…	강영운	288,838
4	"학원 안 보내고 헬스도 솔도 끊습니다"…뭐든 안해야 버티는 고물 시대 [나기자의 데이터…	나현준	249,519
5	"월드컵 조 한국과 바꾸고 싶다"…죽음의 조에 속한 일본 또 다시 좌절	문일호	131,408
6	월 350만씩 연금 준다는데 '시큰둥'…서울 사람들은 망설이는 주택연금제도 [부동산 이기…	이희수	95,672
7	너 같으면 사겠니?…비트코인 150개 줘야 하는 200억 짜리 크리스마스 트리, 정체가 [여프…	신익수	64,078
8	[단독] "실손보험료 누가 올리나 했더니"…'병원단골' 5%가 5조 챙겼다	박창영	59,512
9	갑자기 애국보수 선언한 미녀…주가 폭등하고 대통령도 응원 [오찬종의 매일뉴욕]	오찬종	47,911
10	해운 재벌 만나고 사라진 피겨여왕…조용한 해변에 거물들을 불러모았다 [슬기로운 미술여…	김슬기	43,069
11	한국, 월드컵 A조 3경기는 멕시코서…죽음의 조 피했다	조효성	42,555
12	연말 산타랠리 예고편 나왔다…외국인 폭풍 매수한 레거시 삼총사	문일호	32,492
13	한국 축구, 멕시코·남아공·유럽PO D조와 A조	조효성	30,632
14	"비트코인 제쳤다"…국경간 송금·결제에선 이미 대세된 테더·서클	안갑성	29,727
15	"깐부즈 막내 출격"…31만원 돌은 현대차, 2가지 무기 더 있다는데	김제림	29,365
16	중도 해지만 조심하면 '연 8%'…고수익률 연금보험, 가입 조건은?	박창영	24,440
17	AI와 코인 판도 흔들린다…엔비디아와 비트코인의 대항마로 고른 고속성장주는	문일호	22,757
18	3년 동고동락한 캐디도 동행…"팀 황유민" LPGA 정복 나서	임정우	19,112
19	코스닥 좋았는데 대장주가 찬물을…그래도 개미들 "저가매수 줍자"	남준우	18,317
20	두번 부도 딛고 도전DNA로 질주…정의선 "위대한 100년 나아가자"	김정환	17,189

간 – 간지럽히는 (Teasing) 키워드

티싱 기법은 '약방의 감초'다. 간지럽히기는 '미완성, 불완전함'을 먹고 자란다. 앞서도 '썸네일 이미지'에서 스크롤-스토퍼 요소로, 불완전한 각도의 사진, 이미지 예를 든 적이 있다. 완벽한 구도라면 뇌도, 손끝도, 반응조차 하지 않는다. 삐뚤삐뚤하며, 불완전하니, '어? 뭐지?'하며 일단 반응한다.

당연히 숨기기 기술도 티싱에 포함된다. 핵심 단어는 제목에서 슬그머니, 감추는 식이다. 그래야, '뭐지?' 하며 뇌가, 손끝이, 반응한다. 클릭이다.

지난 2년간 네이버 메인페이지 일일 랭킹에 나간, 톱20의 '빈출 티싱 단어'를 조사한 빅데이터를 공개해 드린다. 총 1만 4,600개의 기사제목 중에서, 추린 것이다. 이것만 챙겨둬도, 책값 10배는 뽑는다.

*빈출 티싱 클릭 증폭 키워드 = 까닭. 이유. 정체. 이것·이건(대명사). 왜. ….(말줄임표). OOO. XXX

특히, 신기한 쓰리콤보가 있다. '말줄임표(…), OOO, XXX'이다. 저게 뭘까, 하며 손끝을 자극하는, 티싱 장치다. 에이, 설마 저런 걸 제목에 다냐고? 아래 숏츠 영상 왼쪽을 보자. OOO 숨기기 티싱 장치가 있으니, '뭐지?'하며 클릭한다. 저 자리에 정답이 있다면 어떨까.

Q 예시

1. 생각보다 저렴한 노르웨이 OOO (티싱 O)

2. 생각보다 저렴한 노르웨이 바버샵 (티싱 X)

아! 노르웨이 바버샵은 생각보다 저렴하다고 하며 영상은 안보고, '클릭'도 없이, 이해하고 그냥 넘어가고 만다. 우측 숏츠 영상도 마찬가지다. 정답이 있는 것과 없는 것을 비교해보자.

Q 예시

1. 노르웨이 휴게소는 OOO이 유료다 (티싱 O)

2. 노르웨이 휴게소는 화장실이 유료다 (티싱 X)

어떤가. OOO 숨기기 티싱 장치가 있는 것과 없는 것의 차이가 확 느껴지는가. 우리의 목적은 정보 습득이 아니다. 그렇다면 뭐라고? OO이다. OO이 뭐라고? '자극'이라고!

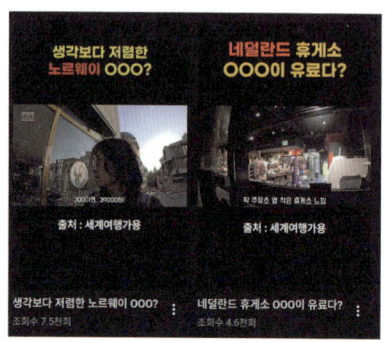

도 – 도발하는 키워드

자, 다시 제목 글쓰기 자극의 원론으로 돌아가 보자. 불면의 절대 원칙? 맞다. 포모 심리 자극이다. 자간도의 '도' 도발하기 기법은 가장 구사하기가 쉽다. 포모 심리 자극 수식어만 붙이면 된다.

파워 제목 '도발' 키워드 = 당신만 모르는/나만 모르는

포모 심리가 들면 어떻게 될까. '욱'한다. '욱'하는 순간, '뇌 자극 → 손끝 꿈틀 = 클릭'이다.

다시 한번 강조하지만, 클릭이 쏟아지게 하는 법, 간단하다. 툭툭, 심통, 즉 포모 심리만 건드리면 된다. 희한하게, 자극받은 심통, 손끝으로 이어진다. 클릭 폭발이다.

예시를 보자.

1. 1년에 1억 버는 재테크 고수들의 저축법

2. (당신만 모르는) 1년에 1억 버는 재테크 고수들의 저축법

위의, 예1과 예2를 비교해보시라. 볼 것 없이, 예2가 터진다. 나만 모른다고? '욱' 할 수밖에 없으니까.

제목을 망치는
악성 키워드 5가지 유형

'과유불급'이란 말이 있다. 과한 게 부족함보다 못하다는 의미다. 뭐든 지나치면 반감을 가져온다. 아무리 자극에 민감한 도파민 뇌라도 거부감을 느끼는 키워드가 있다. 그래서 이참에 정리해 드린다. 클릭력을 떨어뜨리는 '악성 키워드' 리스트다.

평범한 단어: 자극율 제로

평범한 단어, 안 된다. 뇌가 클릭할 이유를 못 찾고 지나친다. 자극률 제로다. 한때는 먹혔지만, 요즘은 자극조차 안 되는 일상 언어들, 다음과 같은 키워드다. 주의할 점 한가지. 만약, 콘텐츠 제작자인 당신이 영향력 막강한 스타급이라면 이런 일상 언어들도 먹힌다. 단, 당신이 구독자 1만 미만의 평범한 범인이라면 이런 키워드, 과감히 제거하시라.

* 자극 제로 키워드: 일상/브이로그/기록/영상/하루/이야기/평범한 하루 기록

* 대처법: 구체적으로 표현해 줄 것

🔍 **예시**

1. **제주도 일상 브이로그 기록** → 제주도에서 10만 원 쓰고 살아남기

2. **호텔 직원의 평범한 일상** → 호텔 직원이 절대 말 안 하는 비밀

때 지난 어감의 키워드

도파민 뇌는 '자극'을 좋아한다. 그것도 '활어'처럼 갓 잡아 힘 좋은 자극에 열광한다. 이미 때가 지난 느낌을 주는 키워드라면. 반응할 리 없다.

* 생생함 떨어지는 키워드: 후기/정리/리뷰해 봤습니다/다녀왔습니다/알려드립니다

* 대응법: 현장감과 긴장감을 심어주는 구체적 사례의 끌어올 것.

🔍 예시

1. 아이폰 리뷰해 봤습니다 → 아이폰 3개월 쓰고 깜짝 놀란 장점 3가지

2. 일본 여행 후기 → 요즘 일본에서 절대 하면 안 되는 행동 3가지

위 숏츠 영상을 보시라. 어떤가. '절대 하면 안 되는 행동 3가지(4가지)'으로 구체화한 뒤 폭발하는 클릭의 위력을 실감하겠는가.

작성자 중심 키워드(구독자 팔로워와 무관)

영상이나 콘텐츠를 제작할 때 가장 기본적이면서 핵심이 돼야 할 인식 한가지. 모든 콘텐츠의 중심은 'I'가 아니라 'You'라는 점이다.

내가 좋아하는 콘텐츠를 제작할 게 아니라, 모든 대중들이 열광하는 콘텐츠를 만들어야 한다는 뜻이다.

당연히 구독자나 시청자, 팔로워와 무관한 키워드, 버림받는다. 도파민 뇌를 장착한 호모 도파민스들은 당신의 소소한 관심사까지 '클릭'을 해줄 정도의 여유가 없다. 그저, 그들의 관심사만 클릭이다. 다시한번 강조드리지만 그들은, 당신에게 No 관심이다. YOU의 관심사, YOU가 열광하는 키워드를 늘 고민해야 한다.

* 지극히 사적인 키워드 나만 아는/개인적인/(내가) 느낀점/나의 여행이야기

* 대처법: 구독자는 너의 스토리에 관심이 없다. 그들(YOU))이 '얻을 것'에만, 그들(YOU)의 관심사에만 클릭을 한다. 나의 관심사가 아니라, 그들(YOU)의 관심사를 심어줄 것. '비밀', '히든카드'같은 그들에게만 알려줄 것 같은 키워드를 쓸 것.

1. 직접 가본 반얀트리호텔 스위트룸 느낀 점 → 반얀트리 호텔 7호 라인의 비밀

2. SRT 특실에서 느낀 점 → 일반실보다 먼저 마감되는 SRT 특실의 비밀

신뢰 급강하 키워드

　제목은 첫인상이다. 그래서 기세가 중요하다. 기세. 제목에 기세가 느껴지면, 움찔하며 독자는 손끝을 움직인다. 반대로 신뢰가 떨어진다면? '굳이 안 봐도 되는군. 흥' 하며 지나가 버린다. 당연히 신뢰도 넘치는 키워드를 동원해야 한다. 만약 신뢰가 떨어지는 느낌이 든다면? 폭망이다.

* 신뢰 급강하 키워드: 솔직히/소소한/별거 없는/그냥(한번 해봤습니다)

* 대처법: 별것 '있는' 구체적 예시를 들어줄 것.

길이가 긴 설명적 서술어

　구독자 팔로워들은 인내력이 없다. 지루한 건 못 참는다. 긴 설명적 서술어를 제목에 쓰는 건 자살행위다. 읽지 말아 달라는 요청이나 다름없다.

* 설명적 서술어: (~에 대해) 설명드립니다/(~에 대해) 알아봅니다/(~을) 소개합니다

* 대처법: 짧고 굵은 구체적 키워드 한방.

제주도 여행에 대해 알아보겠습니다 → 제주도 가면 90% 당하는 바가지 3종류.

추상어 키워드

유튜버 자청이 '추상어의 저주'라고 비추한 제목 키워드다. 뭔가 구체적인 한방 없이 두루뭉술한 통합성 정보 키워드도 요즘은 버림받는다. 무조건 구체성이 있을 것. 제목 키워드의 핵심이다.

* 추상어 키워드: 꿀팁/정보/노하우/방법(단독으로 쓰면 효과 급감)

* 대처법: 방법, 노하우 중 가장 강력한 한방을 노출할 것.(이 한방과 함께 추상어를 쓰면 효과 반대로 급등)

1. 여행 경비 줄이는 노하우 → 여행 경비 60% 싸지는 꿀팁 3가지

2. 호텔 제대로 이용하는 노하우 → 호텔에서 무료 업그레이드 받는 꿀팁

 챗GPT를 이기는 글쓰기

CHAPTER

10

채널별 핵심
도파민 키워드

챗GPT를
이기는 글쓰기

플랫폼 글쓰기 생태계는 종잡을 수 없다. 숏츠에 터지는 키워드가, 블로그에선 무용지물이다. 인스타에선 클릭을 부르는데, 유튜브에선 또 반응이 없다.

그래서, 이 챕터를 만들었다. 이름하여 채널별 '파워 키워드' 편이다.

유튜브, 숏츠, 블로그, 인스타그램까지 플랫폼별로 '클릭력 파워 키워드'를 나눠서 학습하는 단계다.

당연히, 클릭력 초보들에겐 이 챕터가 어려울 수 있다. 권하지 않는다. 다만, 당신이 '클릭력 9단 이상'의 유단자라면 이 챕터, 제대로 한번 파고들어 보시라. 다만, 최소 2~3회독은 해야 한다는 것도 기억해 두실 것.

물론, 이런 '미세한 차이'는 프로들만 안다. 이런 게 프로와 아마추어를 가르는 한 끗 차이다. 그 한 끗 차이, 그게 '100만 클릭'을 좌우한다.

유튜브 숏폼
필수 키워드 전략, 3U

호흡, 짧다. 숏폼, 유튜브 숏츠, 인스타그램까지 다 길어야 1분 이내의 콘텐츠들이다. 짧은 건 10~15초에도 끝난다. 당연히 제목의 호흡도 빨라져야 한다. 이들 플랫폼에서 스크롤을 멈추게 만드는 '스톱 워드(Stop Word)'는 당연히 공통적인 DNA를 가지고 있다.

'파워 제목' 핵심 요소는 아래 세 가지다. U(You)튜브의 U를 차용해, 연상법으로 외워두자.

🔍 3U

1. **U - Urgent:** 긴급성, 즉각성(즉각적 가치, 즉각적 보상 vs 즉각적 손실), 희소성(한정)

2. **U - Ultimate:** 극강의(최고, 최강, 최대, 킹)

3. **U - Upside Down:** 반전/대비(Before & After)

아래는 숏폼과 유튜브 제목에 쓰면 무조건 먹히는 '수식어'들이다. 일명 숏폼 유튜브 클릭 폭발 키워드다.

극단적 호기심 자극

그냥 호기심 자극(티싱) 정도가 아니다. 앞에 U(Ultimate)가 붙는다. '극단적인 호기심 자극 키워드'다. FOMO심리를 자극하는 리미티트(한정판)나 희소성을 자극하는 키워드도 터진다. 긴급하게 빨리 가야 볼 수 있고 살 수 있다면? 클릭이다.

- **· 파워 키워드**
  - = 극단적 호기심: 진짜 이걸…/언빌리버블/말도 안 되는/충격적 결과/0.1%만 아는/상상초월
  - = 희소성 한정: 지금만(볼 수 있는, 살 수 있는)/곧 사라지는/이번 달까지만/마지막

즉각적 행동과 즉각적 보상 키워드

얻을 수 있는 보상요소를 제목에 심는다. 여기서 중요한 건 '그냥'이 아닌, '즉각적'인 것이다. 당연히 즉각적 보상이 꿀 같으면 클릭. 반대도 먹힌다. 즉각적 손실이 난다면? 손실회피 심리에서 나온 키워드, 오히려 보상보다 2배 이상 클릭 터진다.

- **· 파워 키워드**
  - = 즉각적 보상: 3초 뒤에…/화면을 두 번만 터치/1분 만에 끝/지금 바로 도전/안 보면 손해/무조건 저장각/오늘부터 이렇게만 해
  - = 즉각적 손실(손실 회피) = 모르면 손해(바보)/안 보면 후회/무조건 가야 하는/절대 가면 안 되는/지금 안 가면 안 되는/늦기 전에

반전과 대비 제목(Before & After 형태도 가능)

도파민 뇌는 자극에 열광한다. 당연히 상상한 것을 뒤집는, 반전, 대비의 키워드는 어디서나 먹힌다. 평혼한 듯하다 위험이 덮치는 식의 전개도 클릭 폭발이다. 전후 비교를 해주는 키워드도 클리커블하다.

> • 파워 키워드
> = 전후 비교: 딱 2주, 이렇게 했더니…/초보, 고수되는 법/이거 모르면 바보/
> = 반전(위기, 위험): 큰일 날 뻔…./절대 따라 하지 마세요/이렇게 하면…. 망합니다/반전주의

짧은 영상에서 그냥 넣으면 터지는 키워드도 있다. 이름하여 숏폼 핵클릭 키워드다.

핵클릭 키워드의 공통점이 재밌다. 도파민 키즈들이 일상생활에서 쓰는 감탄사들이라는 것. 이거 효과, 미친다. 소름이다. 단, 조미료다. 과유불급. 많이 쓰면 몸 망치듯, 채널 망친다.

* 숏폼 핵클릭 키워드 : 미쳤다/헐…/대박/레전드/실화냐/반전/소름/소오름~

2

품사별 마법의 파워 제목,
쓰리로

숏폼보다는 길이가 긴 플랫폼에 써먹는 키워드 공부다. 이 키워드는 신문 기사문이나, 블로그, 유튜브에서도 영상 길이가 5분 이상 정도는 되는, 비교적 호흡이 좀 긴 콘텐츠에 써먹을 수 있다. 활용 공간은 또 있다. 홈쇼핑이나 네이버 쇼핑, 쿠팡 쇼핑의 '상세페이지' 란이다.

당연히 독자층도 조금은 인내력이 있다고 보면 된다. 쇼핑을 한다면, 상세페이지까지 꼼꼼히 읽을 테니 말이다.

역시나 초보들에겐 다소 어려울 수 있다. 외우기 쉽게 '파워 키워드'를 품사별로 나눠 정리해드린다.

필자의 100만 클릭 시리즈《100만 클릭을 부르는 글쓰기》,《100만 클릭 터지는 독한 필살기》에 이어《챗GPT를 이기는 글쓰기》출간까지 걸린 시간은 5년여. 이 긴 기간 동안의 데이터를 종합한 '파워 제목 키워드'를 정리한 비밀노트로 보면 된다.

조금 고급스럽게 표현한다면 '품사별로 정리한 클릭유발 파워 제목 사전'이다.

신문 방송 등 미디어 업계 속보팀에 종사하시는 기자분들, 그리고 온라인 쇼핑몰 창업을 앞두신 예비 사장님들이라면 특히 주목하실 것. 이 키워드만으로도 30~40만 클릭 이상은 더 증폭시킬 수 있고, 매출력 향상으로 바로 이어지실 테니간.

중간중간 나오는 '클릭이 터지는 심리'까지 알아두신다면 더 대박을 만들 수 있다. 부디, 외워두시라. 써먹으시라.

🔍 클릭 유발 '파워 키워드'

1. **클릭 유발 단어** = 궁금증 자극, 짠내 심리 자극, 비교급 자극, 민족성 자극, 심통 자극, 경각심 자극
2. **클릭 유발 부사** = '쓰리로(절대로/함부로/의외로)'
3. **클릭 유발 서술어(어미)** = 도발적 의문형(모른다고?), 미완성 의문형(봤더니/~뭐길래)
4. **클릭 유발 감탄사** = 미쳤다/대박/레전드/실화냐/반전/소름

클릭을 유발하는 자극 단어

한마디로 마법의 '단어'다. 유튜브, 블로그, 기사문에 '제목'에 이 단어만 넣으면 터진다.

궁금증 키워드는 어디에나 먹힌다. 도파민 필력 기본 공식 '자간도'의 '간(간지럽혀라, Teasing)'에 해당한다.

클릭을 유발하는 단어(궁금증/짠내 심리/비교 자극)/민족성 자

극/심통 자극/경각심 자극)는 모두 '간(간지럽혀라)'의 영역이다. 반복해 강조드리지만 도파민 필력의 핵심 '제목 달기'는 '티싱(teasing), 간지럽히기'의 응용이다. 핵심을 보여주면 안 된다. 숨겨야 한다. 그래야, 심리가 꿈틀거린다. 클릭한다.

🔍 클릭을 유발하는 자극 단어

- **궁금증 자극** = 이유/정체/까닭/비결(꿀팁)/무슨 일이…
- **짠내 심리 자극** = 무료(공짜)/뽕(뽑는)/핵가성비/가성비갑
- **비교급 자극** = 킹받는/소름(최고의 표현)/최악/최고/기네스(북), 남성/여성(성비 자극)
- **민족성 자극** = 일본(인)/중국(인)
- **심통 자극** = 진상/꼴불견/호갱/흑우/빌런
- **경각심 자극** = 주의/요주의

앞서본 표 하나를 다시 보자. 2025년 12월 말, 네이버 모바일 뉴스판 '매일경제'의 하루 클릭 유입량이다.

클릭 유발 '단어군'에 속한 키워드, 그리고 엇비슷한 유형들이 줄줄이다.

30만 이상 클릭을 찍은 1위 정유정 기자의 기사 제목 마지막 서술어를 보시라. '어디'라는 키워드가 보인다. 2위 신수현 기자의 기사 제목 마지막에도 '비결'이라는 키워드가 삽입돼 있다. 7위 필자의 기사를 봐도 그렇다. 제목 마지막에 '정체'라는 키워드가 들어가 있다.

	네이버 PV 순위	25.12.6	편집국
	기사 제목	기자명	조회수
1	"엄마, 이순신 모자 사주세요"…요즘 아이들 필수코스 된 이곳 어디길래	정유정	308,375
2	신발 하나로 1조 매출…아재운동화 이미지 벗고 MZ필수템 된 '뉴발란스' 성공비결은 [남돈]	신수현	292,584
3	"우린 언제쯤 잠자리 할 수 있을까요"…아내의 철친까지 건드린 '저항'의 아이콘 [사색(史色)	강영운	288,838
4	"학원 안 보내고 헬스도 술도 끊습니다"…뭐든 안해야 버티는 고물가 시대 [나기자의 데이터	나현준	249,519
5	'월드컵 조 한국과 바꾸고 싶다'…죽음의 조에 속한 일본 또 다시 좌절	문일호	131,408
6	월 350만원씩 연금 준다는데 '시큰둥'…서울 사람들은 망설이는 주택연금제도 [부동산 이기	이희수	95,672
7	너 같으면 사겠니?…비트코인 150개 줘야 하는 200억 짜리 크리스마스 트리, 정체가 [여프	신익수	64,078
8	[단독] "실손보험료 누가 올리나 했더니"…병원단골 5%가 5조 챙겼다	박창영	59,512
9	갑자기 애국보수 선언한 미녀…주가 폭등하고 대통령도 응원 [오찬종의 매일뉴욕]	오찬종	47,911
10	해운 재벌 만나고 사라진 피겨여왕…조용한 해변에 거물들을 불러모았다 [슬기로운 미술여	김슬기	43,069
11	한국, 월드컵 A조 3경기는 멕시코서…죽음의 조 피했다	조효성	42,555
12	연말 산타랠리 예고편 나왔다…외국인 폭품 매수 레거시 삼총사	문일호	32,492
13	한국 축구, 멕시코s 남아공 유럽PO D조와 A조	조효성	30,632
14	"비트코인 제쳤다"…국경간 송금·결제에선 이미 대세된 테더·서클	안갑성	29,727
15	"깐부즈 막내 출격"…31만원 돌은 현대차, 2가지 무기 더 있는데	김제림	29,365
16	중도 해지만 조심하면 '연 8%'…고수익률 연금보험, 가입 조건은?	박동영	24,440
17	AI와 코인 판도 흔들린다…엔비디아와 비트코인 대항마로 고론 고속성장주는	문일호	22,757
18	3년 동고동락한 캐디도 동행…'팀 황유민' LPGA 정복 나서	임정우	19,112
19	코스닥 좋았는데 대장주가 찬물을…그래도 개미들 "저가매수 줍자"	남준우	18,317
20	두번 부도 딛고 도전DNA로 질주…정의선 "위대한 100년 나아가자"	김정환	17,189

'이유/정체'는 절대, 제목에 드러나면 안 된다. 숨겨야 한다. 비결, 꿀팁도 이왕이면 제목엔 보여주지 말아야 한다. 핫플레이스가 어디 (where)인지, '무슨 일'이 일어난 건지도 숨겨야 한다. "도대체, 어디 지?" 하는 궁금증이 손끝을 자극하는 법이다. '황당'한 것도, 어이가 없는 것도, 숨겨야 한다. 이것, 이곳(그곳, 그것) 역시 마찬가지다. 호 기심 자극 목적의 숨기는 '대명사'다.

667만 회가 터진 숏츠 영상이다. 별것 없다. 그저 '주차장에 무슨

주차장에서 무슨 일이 벌어진거야 #shorts
조회수 667만회 · 1개월 전
King car

일이 벌어진거야'라는 제목이 다다. 그런데, 묘하다. 무슨 일이지? 하며, 손가락은 어느새 이 영상을 클릭하고 있다.

극강의 궁금증 자극 키워드는 3가지다. 필히 써먹어야 할 극강의 호기심 증폭 키워드 3인방은 'XXX, OOO, ….' 등이다. 너무 중요해서 이건 바로 뒷장, '클릭 응급처방법'에서 따로 공부를 더 한다. 'XXX, OOO, ….'이라니. 와, 저 'XXX, OOO'에 들어가는 게 뭘까. 자극, 바로 클릭이다.

'짠내 심리 자극, 비교급 자극'은 앞선 '5형식 '이코노미클'과 '미라클' 편을 참고하면 된다.

비교급 자극편에선 요즘 유행하는 '최고' 의미의 키워드, '소름' 하나는 꼭 필살기로 외워두자. 소름은 '클릭 유발 감탄사'에도 중복해 들어가 있다. 그만큼 효과, '소름'이다. 소름의 효과, 이거 알고 나면 소름 끼친다. 넣으면, 소름 끼치는 클릭, 그냥 터진다. 아래 캡처를 보자.

소름 끼치는 장면, 소름 끼치는 새소리, 소름 돋는 100년 전 노래에 놀랍게 100만 클릭 이상이 나란히 터져버렸다.

도파민 뇌를 즉각 자극하는, 가장 강렬한 클릭유발 '단어'는 '민족'이다.

당연히 우리 주변 나라, 경쟁국의 민족성을 자극하면 클릭 폭발이다. 일본 중국 관련 콘텐츠에는 미친 듯 클릭 쏟아진다.

한중일 삼국, 팽팽했던 '기싸움의 역사 심리'가 클릭을 자극하는 셈이다.

써먹는 법? 쉽다. 제목에 '중국인, 일본인'을 넣어서 흥미로운 콘텐츠를 만들면 된다.

예컨대 이런 식이다.

'봄나들이하기 좋은 명소 4'라는 리스티클(List + Article)을 만든다고 치자. 기왕이면 중국인, 일본인과 관련이 있는 콘텐츠를 만들라고 했으니, '중국인(일본인)들이 한국 오면 오픈런 하는' 수식어를 넣으면 된다.

일본 여행 영상을 제작 중이라면? 그럴듯한 료칸 4곳을 소개하고 싶다고 치자. '일본 가볼 만한 료칸 4곳'이라는 제목보다는 '(일본 현지인들도 오픈런 하는) 료칸 4곳'이 훨씬 클릭률이 높다. 어떤가. 이내, 손가락 근질거리지 않는가.

중국(중국인)과 관련한 영상들이다. 별것 없다. 그런데 터진다. 547만 회, 29만 회, 499만 회. 경이적이다.

이런 게 민족성 자극 심리다.

자간도의 기본 원칙처럼 '심통'을 자극하는 단어는 먹힌다. 어떤

영역에서건 마찬가지다. 열받게 만드는 이 심통 자극단어의 주제를 '리스트업'하면 클릭, 그냥 터진다.

그대가 일하는 업종이 금융 쪽인가. 그러면 '은행 진상고객' 톱10을 만들면, 핫클릭이다. 그대가 일하는 곳이 테마파크나 호텔인가. 그러면 테마파크·호텔 꼴불견 톱10의 제목을 쓰면 클릭 폭발한다. '심통 자극 = 클릭 자극'이다.

마지막 경각심 자극 키워드가 '주의/요주의'다. 그냥 '주의/요주의'를 제목에 뽑고, 주의(요주의)할 콘텐츠만 만들면 클릭이 터진다.

클릭 유발 부사군, 쓰리로

'The road to hell is paved with abverbs.'

지옥으로 가는 길은 부사로 포장돼 있다. '유혹하는 글쓰기'라는 책까지 낸, 언어의 마술사 스티븐 킹의 명언이다.

서점가에 널린, 일반 글쓰기 책들이 하나같이 부르짖는 게 있다. '부사나 형용사를 남발하지 말 것'. 무릇, 글은 담백해야 하니, 맞는 말이다.

그런데, '부사'가 오히려 먹히는 동네가 있다. 플랫폼이다. 심지어 클릭 터지기까지 한다.

단, 터지는 '클릭력 파워 키워드'는 딱 3개다.

'절대로, 의외로, 함부로.' 이거다.

'~로'로 끝나는 부사군. 이 부사군에 대해 필자가 만든 용어가 '쓰리(3)로'다.

이 '쓰리로' 절대로 남에게 알려주지 마시라. 의외로 기가 막힌 효과를 낸다. 함부로 자주 써도 안 된다. 너무 자주 쓰면 튀어 보인다. 적당히 쓰시라.

🔍 클릭 유발 부사: 쓰리로

쓰리로: 의외로, 절대로, 함부로

실전 활용법: 쓰리로 + 네가티클

* 절대로/함부로 + 하면(가면) 안 되는 ~

* 의외로 + 잘 모르는 ~

실전 활용법이다. 쓰리로는 묘하게 부정적 동사(네가티클)와 어울린다.

백문이 불여일견. 아래 제목 예시를 보자.

긴급 상황에 써먹는, 자동차 정비 꿀팁 3가지

→ (의외로 모르는) 자동차 정비 꿀팁 3가지

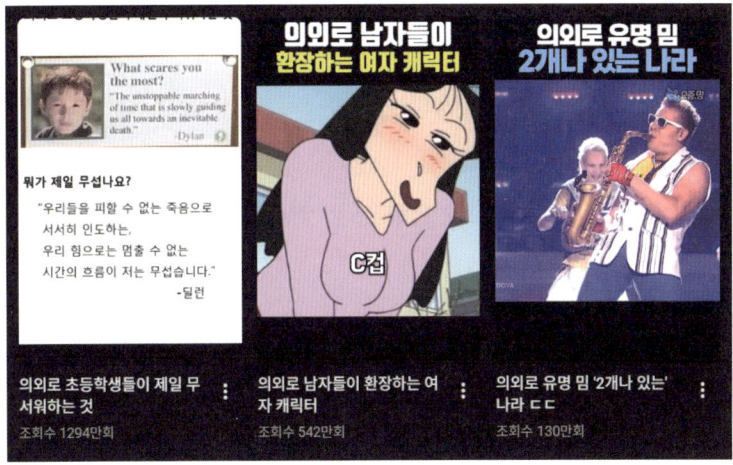

어떤가. 아래위를 비교해보시라. 먼저 위. 별것 없다. 그냥 꿀팁 느낌. 반대로 아래 '의외로(모르는)'를 넣은 제목을 보시라. '의외로 모르는'이라는 문장이 들어간 순간 '뭐야, 이거, 의외로 모른다니? 이거, 나만 모르는 거 아냐?' 하면서, 클릭하고 만다. 심통의 심리를 이용한 클릭 유도법인 셈이다.

필자가 매일경제 공식유튜브 채널 '매경5F' 콘텐츠를 총괄할 때도 마찬가지다.

클릭이 안 나온다면? 제목을 뒤진 뒤에, 마법의 가루 '쓰리로'를 뿌린다. 그 순간, 클릭 마법이 시작된다.

위 숏츠 영상들을 보시라.

'의외로'의 힘, 클릭에서 고스란히 나타난다. '의외로 욕으로 만든 그 밈노래'는 무려 1,223만 회, '의외로 초등학생들이 제일 무서워하는 것'은 1,294만 회 클릭이 터졌다. 미친 클릭이다.

클릭을 유발하는 서술어

클릭질 선수들이 후킹을 위해 가장 장난(?) 장치를 많이 심는 곳, 어미다.

문장의 끝을 장식하는 '어미'의 힘은 의외로 강하다. 어미를 가지고 놀 줄 알아야, 진정한 프로 '클릭러'라 할 수 있다.

🔍 클릭 유발 서술어군(어미)

- **의문형** - ?/왜
- **도발적 의문형** - (나만/너만) 모른다고?
- **불완전(미완성) 의문형** - ⋯./봤더니⋯./~뭐길래⋯.

클릭을 유발하는 어미(서술어)는 무조건 '의문형'이다. 평서문으로 끝나는 것 대신 의문으로 끝내면 무조건 클리커블해 보인다. 물음을 던지니, 뇌가 일단 움찔(반응)한다.

첫 유형은 일반 의문형. 키워드는 간단하다. 물음표(?)와, 왜. 물음표 자리에 '콤마(,) + 왜'만 쓰면 된다. 터진다.

두 번째는 도발적 의문형. 클릭의 강도를 높을 때 쓰는 어미, 이게

'도발형'이다. 필자가 만든 용어가 '도발적 의문형'이다. 대놓고 상대를 도발하는 어미다. 도발의 효과는 강렬하다. 심통 심리 자극으로 이어지고 바로 클릭으로 변환된다.

'너만(나만) 모른다고?'라는 제목을 봤다고 치자. 뭐지? 진짜, 나만 모르는 건가? 하며, 일단 눌러본다.

사용법도 쉽다. 원래 제목 앞에, '너만 모르는' 수식어만 붙이면 된다. 예를 보자.

🔍 예시

항공권 싸게 끊는 꿀팁 5가지

→ (당신만 모르는) 항공권 싸게 끊는 꿀팁 5가지

어떤가. 항공권 싸게 끊는 꿀팁만으로도 클리커블한데, '당신만 모르는' 이 제목에 딱 박혀 있다. 심통, 욱이다. 나만 모른다고? 안 되지, 절대. 하며, 클릭이다.

세 번째는 불완전 의문형. 쉽게 말해 '어설픈' 끝맺음이다. '아니, 어설픈데, 왜 클릭을 하지?' 한다면 당신, '클릭 하수'다. 놀랍게 '도발적 의문형'보다 효과가 훨씬 강렬한 게 '어설픈' 끝맺음이니까.

이 책에서 귀에 못이 박히게 들었겠지만, 인간의 뇌는 완성을 원한다. '미완성'인 걸 보면, '어? 끝을 내야 하는데⋯.'하며 관심을 꽂아버린다. 그리고 클릭이다.

어설픈 끝맺음의 대표 유형이 '말줄임표'다. 맞다. 우리가 알고 있는 말줄임표 '땡땡땡(⋯.)'이다.

에이, 말이 되냐고? 된다. 뭔가, 특별한 의미의 제목 서술어가 떠오르지 않는가. 그냥, '…'으로 끝을 맺으시라. 딱히 떠오르는 제목의 맺음 서술어가 없는가? 그냥 '…'만 찍어 넣어라.

이게 기가 막힌다. 신문이나 잡지글 등 일반 글쓰기의 제목에선 써먹을 수도 없는 이 '말줄임표' 제목이, 포트스 블로그나 유튜브에선 순식간에 '호기심 증폭기'로 돌변한다. 구독자들은 '그래서? 뭐라는 거야' 하면서 클릭한다.

말줄임표 앞에 써먹을 수 있는, 증폭 어미도 알아두면 요긴하다. 대표적인 게 '봤더니(보니)'와 '(뭐)길래'다. 말줄임표와 묶어 써도 되고, 단독으로 써도 된다.

'해보니…/어딘가 보니…/직접 가보니…/뭐길래…/하길래…'

어떤가. 익숙한 느낌이 들 지 않는가. 유튜브 채널 추천 영상을 내리다 보면 5개 중 하나는 무조건 이런 '보니…' '길래…'를 볼 수 있다.

아래, 2026년 2월 23일자 네이버 모바일판의 매일경제 PV순위를 보자.

1위, 안갑성 기자의 기사, 어김없이 의문형으로 끝난다. 3위 정재원 기자의 기사 어미를 보시라. 눈에 익숙한 어미 '길래'다.

5위 문일호 기자의 기사 역시 끝은 '있다는데'로 마무리된다. 뒤에 말줄임표 '…'가 느껴지시는가. 나머지 랭킹에 오른 기사들 역시 어미가 '다지나…/평가는…' 같은 미완성 의문형 꼴이 많다.

	네이버 PV 순위	26.2.23	편집국
	기사 제목	기자명	조회수
1	"상장 후 주가 80% 폭락, 실직자 속출하네요"...역대급 '거품' 기업은?	안갑성	227,895
2	"월1000씩 번다하니, 동창회 못가겠습니다"...대기업 증기 격차최대	나현준	215,988
3	하이닉스도 한수 접는 미친 수익률...70% 찍었다는 ETF 뭐길래	정재원	162,872
4	"제발 대출 받아가세요"...대놓고 굿간 열었는데 '자격미달' 투성이	안정훈	116,804
5	"포스코 주주입니다, 오래 기다렸어요"...악재 턴 저평가주 더 있다는데	문일호	109,442
6	"매일 만점, 명문대 간다 해보았어요"...손목마다 칼자국 흉터가	이새봄	107,747
7	5% 급락 비트코인...6만5000달러선 붕괴[매일코인]	최근도	74,397
8	"월140만원 옵션료 내세요"...씨마ون 전세매물 '꼼수 임대료' 등장	이용인	54,778
9	1330조 증발한 '디지털 금'의 허상...'비트코인, 결국 투기판에 불과했다"	안갑성	40,368
10	집주인 몰래 입주한 세입자들...21세기판 '인생은 아름다워'의 결말 [2026 베를린영화제]	김유태	31,462
11	한 달 새 25% 뚝...'공포' 휩싸인 코인판, 바닥 다지나	안갑성	21,489
12	"엔비디아 무지성 매수는 옛말"...미국판 삼천닉스 담는 서학개미들	정재원	20,929
13	"윤석열을 파면한다" 전광판에 감사글 올린 치킨집...이행강제금 부과	지홍구	18,406
14	"AI 할아버지라도 땅을 파야 장사하죠"...올해 주가 30% 오른 이 종목	김지희	18,198
15	[단독] 저신용자도 300만원도 빌리기 어렵다...인뱅 비상금대출 5000억 급감	김혜란	17,968
16	동계올림픽 한국 선수단에 모두 퍼트렸다... 팀 코리아 MVP' 김길리 시그니처 포즈	김지한	17,025
17	"주가에 비해 실적이 더 좋다"... K저평가株 달릴 준비	문일호	16,642
18	"삼성전자, 올해 영업익 200조 찍는다"...목표가 어느덧 30만원 눈앞 [오늘 나온 보고서]	오대석	15,291
19	이젠 전기차 2000만원대...생존 건 가격전쟁	한지연	14,720
20	"증권株 지금 담아도 안 늦었나요?"...신고가 행진 시장의 평가는	김정석	14,637

클릭을 유발하는 감탄사

감탄사는 비상용이다. 응급용이다. 긴급 상황에만 활용해야 하는 자동심장충격기로 보면 된다. 그만큼 사용을 자제해야 한다. 어그로 느낌이 너무 강해서다.

하지만 잘 먹힌다. 그러니 알아둬야 한다.

🔍 클릭 유발 감탄사

미쳤다/헐…/대박/레전드/실화냐/반전/소름/소오름~/멘붕

다만 주의사항이 있다.

자극적인 감탄사는 피해야 한다는 것. 대표적인 게 '경악/충격' 같

은 류다. 온라인 뉴스 매체에서 워낙 자주 쓰다 보니 본능적으로 이 단어 2개는 반감을 불러일으킨다.

활용법도 쉽다. '기내 화장실, OO이 없다고?'라는 호기심 자극용 콘텐츠의 제목을 단다고 생각해 보자. 노출을 했는데, 생각보다 반응이 없다면? 응급 처방에 들어가야 한다. 클릭 증폭용 감탄사를 바로 투입, 제목 앞에 '멘붕' 호흡기를 갖다 대면 된다. 그냥 '멘붕' 써 버린다.

수정 완성된 제목은 이렇다.

🔍 **예시**

기내 화장실 OO이 없다고? → 기내 화장실 OO이 없다?, 멘붕

어떤가. 클릭커블하지 않은가.

아래 영상은 어떤가. '실시간 멘붕 온 이재훈' 영상 2,297만 회가 터졌다. 클릭 쏟아지는 게 '멘붕급'이다.

30초 완성, 파워 제목으로 채널 만들기

딱 30초. 당신만의 유튜브 '채널' 하나를 만들 수 있다면 영혼이라도 팔 수 있을 것 같지 않은가. 그래서 알려드린다. 필자만의 영업 비밀, 도파민 키워드로 채널 만드는 '채널 생성법'이다.

기억나시는가. 도파민 글쓰기 5형식 응용편, 채널화(채널 생성법). 이때 1분 생성법이라고 알려드렸다. 도파민 키워드 채널화는 더 쉽다. 진짜 마음먹고 딱 30초면 만들 수 있다.

어떻게. 놀라운 노하우, 지금부터 알려드린다. 뭔가 거창한 게 나오리라, 생각한다면 오산. 그냥 이렇게 외워두면 된다. '도파민 키워드가 하나의 채널이다'고.

자, 도대체 이게 무슨 말이냐고. 글자 그대로다. 도파민 키워드 하나가 하나의 근사한 '채널'이 된다. 클릭이 터지는 키워드를 그대로 차용해, 채널을 만들면 된다는 의미다.

자 일단, 클릭 유발 '파워 키워드' 표를 다시 한번 봐라. 이 표에 등장하는 키워드 하나로 채널을 만들면 된다. 실전 예시를 보면 진짜 '소름' 돋을 수 있다. 당신이 할 것? 초간단이다. 마음에 드는 파

워 키워드 하나를 고른다. 30초 안에 채널 하나를 생성한다. 이게,
끝이다.

<소름 키워드의 파워>

'클릭 유발 감탄사'에 해당하는 키워드 '소름'을 보시라. 어떤 이들
은 '소름' 키워드로 클릭 터지는 데 소름을 느끼고 있을 때, 한 단계
더 위의 클릭 고수들은 이 소름 키워드로 채널을 만들어버린다. 아래
를 보시라.

구독자 8만 명의 '소름채널'이다. 어떤가. 그럴싸하지 않은가. 소름
돋는 콘텐츠만 일관성 있게, 계속 제작한다. 일관성, 계속성 채널의
두 가지 절대 원칙까지 충족하면서 편하게 영상을 꾸준히 만들어낼
수 있다.

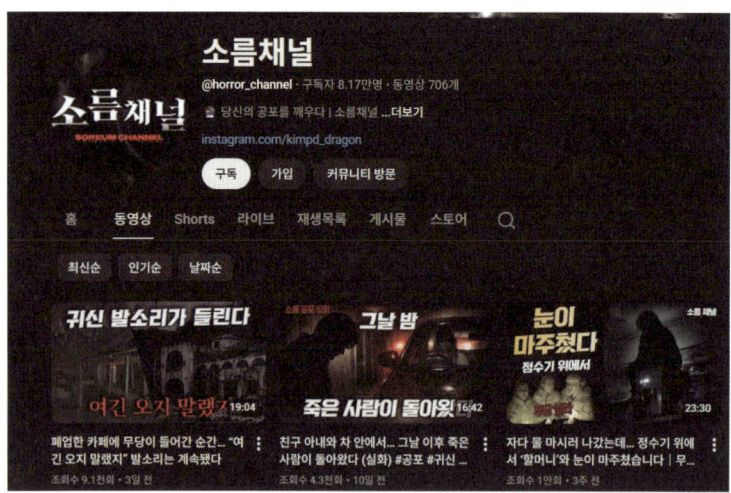

<쓰리로 키워드의 파워>

클릭 유발 부사 '쓰리로' 기억하시는가. '절대로, 함부로, 의외로'의 '쓰리로'다. 의외로 모르는 이 '쓰리로', 의외로 잘 터진다. 중수는 콘텐츠 제작을 통해 '의외로'의 효과에 만족할 때, 클릭 초고수는 채널을 뚝딱 만들어낸다. 어떻게? 아래처럼.

구독자 숫자 100명이 채 안 되는 신생 채널이다. 하지만 어떤가. 사람들이 의외로 몰라도, 의외로 키워드가 먹히는 걸 아는 이들이 슬슬 유입될 테고, 의외로 예상과 달리, 채널이 터질지도 모르는데. 중

요한 건 실행이다. 아무것도 하지 않으면, 아무 일도 일어나지 않는다.

이렇게 키워드로 뭐라도 하나 채널을 만들고 나면, 효과, 뭐라도 나타나는 법이다. 찾아보면 '파워 키워드' 채널이 의외로 많다. 숏츠로 뉴스 중 가장 핵심적인 장면만 보여주는 '꿀잼TV'도 그 중의 하나다.

이건 진짜 비밀인데, 본 기자가 앞으로 만들어보고 싶은 채널 리스트다.

- **뽕뽑는 TV = 뽕뽑는, 노하우만 알려준다.**
  - 콘텐츠: 뷔페에서 뽕뽑는 식사 순서 4가지/호텔에서 뽕뽑는 투숙법/에버랜드에서 뽕뽑는 방법 3가지.
- **미쳤다 TV = 미쳤다, 소리가 나는 콘텐츠만 알려준다**
  - 콘텐츠: 임영웅 폼 미쳤다/손흥민 폼 미쳤다/BTS 폼 미쳤다

"챗GPT를 알고 나를 알면, 백번을 싸워도 위태롭지 않다"

지피지기 백전불태 3
AI는 절대 흉내낼 수 없는 인간의 문장술

'AI가 절대 따라 못 하는 문장술'은 어떤 걸까.

챗GPT에게 대놓고 물었다. 결론이 흥미롭다. '결핍'이란다. 그의 한 줄 정리는 이렇다. '내(AI)가 잘하는 정확함이고 인간이 이길 수 있는 건 결핍이야'라고….

말하자면 이런 식. AI는 잘 쓴 문장을 만들지만, 인간은 살아 꿈틀거리는 문장을 만든다.

아래는 그가 자백(?)한, 절대 흉내 못 내는 '인간 고유의 문장술'이다.

1. 경험을 설명하지 말고 노출하라.

AI는 보통 이렇게 쓴다. '그는 슬펐다'고. 하지만 인간은 이렇게 돌려쓸 수도 있다. '장례식장에서 돌아오는 길, 엘리베이터 거울에 비친 내 얼굴이 생각보다 멀쩡해서 더 서러웠다'고.

🔍 **아킬레스건 핵심**

AI의 약점 자백. '감정을 요약하지 말고, 장면을 남기라'는 것. 요약은 AI가 강하다. 장면은 인간이 비교우위다.

2. (고의로) 논리를 깨뜨려라

완벽한 문장으로는 AI를 이길 수 없다. 왜? AI는 문장을 정리하고, 매끈하게 만드는 끝판왕이다. 차라리 (고의로) 비트는 건? 이건 흉내 낼 수 없는 인간 고유의 영역일 수 있다. 챗GPT를 이길 수 있는 지점이다. 예컨대 이런 문장이다. '나는 그를 미워했다. 그래서 아직도 잊지 못한다'는 식. 논리적으로는 이상하다. AI의 패턴 인식법으로는 이상할 수밖에 없다. 그런데 이 이상함, 이게 뇌의 말랑한 부분을 파고든다. 오래 남는다. 완벽한 문장은 안전하지만 쉽게 잊힌다. 어긋난 문장은 기억되고 각인된다.

3. 손해 보는 문장을 써라

역시나, 고의적인 비틀기의 영역이다. AI는 논리적으로, 안전하게 말한다. 인간은 돌려쳐서 논리에 어긋나게 말할 수 있다. 그 비틀림으로 의미를 더 강하게 전달할 수 있다. AI가 절대 따라 할 수 없는 영역이다.

문장을 보자. '나는 성공하고 싶다고 말했지만, (사실은) 인정받고 싶었다' 이런 고백은 알고리즘에서 나오는 게 아니다. 솔직담백한 용기에서 나온다.

4. 구체성을 지독하게 묘사하라

AI의 디테일은 한계가 있다. 딱 평균적인 정도까지다. 인간의 문장은 다를 수 있다. AI가 기이하게 여길 정도로, 세밀하게 인수분해한, 묘사의 극강까지 다다를 수 있다.

강렬한 추위가 있다고 치자. AI는 '그날은 지독하게 추웠다'고 표현한다. 인간의 표현력은 이렇게까지 진격한다. '2월의 바람이 귀 안쪽을 파고들었다'고.

'추웠다'는 데이터가 쌓여서 나오는 표현이다. '귀 안쪽'까지 바람이 파고드는 건, 인간만의 체험에서 나오는 표현이다.

5. 자기모순을 허용해라

AI의 기본적 속성은 일관성이다. 흐트러짐을 용납 못 한다. 늘, 일관성을 유지하려 한다. 완벽해야만 한다. 인간은 다르다. 모순될 수도 있다. 미완으로도 만족한다.

논리적으로 엉망인 문장, AI는 스스로 용납 못 한다. 그런데 인간은 쓴다. 뭐 어떤가.

아래 문장을 보자. '떠나고 싶다. 그런데 아무도 나를 붙잡지 않으면 서운하다.' AI는 이런 감정을 이해하지 못한다. 떠나고 싶으면 떠나면 되지. 그런데 갑자기 왜 잡아주기를 원하지. 모순된 감정에 AI의 뇌는 폭발하고 만다. 반면 인간은 '아!' 느낀다. 논리적으로는 모순이지만, 속마음의 짠함을 이해한다. 공감한다.

6. 미완의 결말을 추구하라: 결론을 일부러 흐려라

완벽한 정리. AI는 결벽증 환자다. 결론까지 완벽해야 한다. 인간은 다르다. 여백을 남긴다. 투비컨티뉴드(To be continued) 느낌이, 오히려 만족스럽다.

'그래서 아직도 나는, 그날을 완전히 이해하지 못하고 있다. 젠장.' 설명하지 않는 용기. AI는 절대 가질 수 없는 감정이다.

*

챗GPT를
이기는 글쓰기

PART

4

도파민 필럭 4초식

도파민이 폭발하는 클릭 증폭력과 클릭 유지력

불이 타고 있다. 거기에 기름을 확 붓는다면? 이거다.

밤새고, 뇌즙을 짠 뒤 유튜브 영상을 만들었는데, 클릭이 잠잠하다면. 안 된다. 기름을 부어야 한다. 클릭력 3초식은 '증폭력(클릭 증폭력)'이다. 말하자면 '기름 붓기'다. 증폭력은 3가지 비기만 익히면 된다. '클릭 키워드'로 응급 처방을 하는 비기뿐 아니라, 클릭을 증폭시키는 음악과 숫자의 비기도 배운다. 마지막은 클릭 절대고수들의 클릭력까지 훔친다.

CHAPTER

11

클릭을 증폭하는
3가지 응급 전략

챗GPT를
이기는 글쓰기

클릭의 신(神)이 심술이라도 부리는 걸까. 이럴 수는 없다. 온갖 '파워 키워드'를 동원했는데도 클릭 잠잠. 폭망이다. 결국 심정지, 아니 클릭정지. 숨이 꼴딱 넘어가기 직전이다.

이때다. 'CPR'같은 극약처방이 가능한 클릭 응급처치법이 있다.

앞에서 나온 파워 키워드 중에 응급처치용으로 쓸만한 것들만 골라, 따로 추려드린다.

🔍 클릭 응급처방 3대 필살기

필살기 1. 땡땡땡 ○○○/…/XX(욕 or ○○대용)

필살기 2. 죽은 콘텐츠 살리는 '쓰리로' 절대로/의외로/함부로

필살기 3. 묻어가기 CPR '전문가'를 동원하라

단, 함부로 쓰지 마시길. 무조건 비상 상황에서만 써야 하는 비칙이다.

1

마법의
땡땡땡 필살기

응급처방 필살기 첫 번째, 땡땡땡 이다.

도파민 키워드 편에서 이미 한 번 본 적이 있다. 이렇게 따로 설명하는 건 그만큼 '클릭 펌핑' 효과가 탁월하다는 의미다.

땡땡땡: ….(말줄임표), OOO, XXX

방법? 간단하다. '제목(타이틀)'에서 핵심 단어가 들어갈 자리에 그 단어 대신 'OOO'을 넣는거다. 핵심 단어라는 게 중요하다. 그게 가려지면? 맞다. Teasing(간지럽히기)이 된다. 그 자체로 호기심 자극이다. OOO이 뭐지? 비로소 궁금해진다. 그리고 누른다. 클릭이다. 에이, 설마 이런 게 먹히냐고?. 미안하지만 이런 게 '너무' '잘' 먹힌다.

땡땡땡 기법이 흔하지 않았던 시절, 선수들끼리는 '10만 클릭은 그냥 먹고 가는 마법의 땡땡이'라 부른다. 물론 이게 흔해진 요즘 그 정도는 아니다. 그래도, 위세 등등이다.

주의사항이 있다.

1. XXX는 19금 의미가 강하다. (아이들 앞에서 검색 금지)

2. OOO은 뉴스 기사문에 감초 역할.

> **헤럴드경제** PiCK · 1주 전 · 네이버뉴스
>
> **올 들어 목표주가 가장 크게 오른 종목은 OOO…86%나 상향**
> '로봇 모멘텀' 현대차 상향폭 1위…현대오토에버 2위 '불장'에 올해 상장사 66% 목표가 올라 파마리서치는 하향폭 가장 커 크래프톤·SK아이이테크도 목표가↓ 게티이미지뱅크 [헤럴드경제=서경원 기자] 올해도 국내 증시…
>
>
>
> **한국경제** PiCK · 5일 전 · 네이버뉴스
>
> **"코스피 15% 오를 때 OOO 21% 뛰었다"…분리과세 수혜주 찾…**
> 올해 배당소득 분리과세 도입이 확정되면서 증시에선 '수혜주 찾기'에 대한 관심이 높아지고 있다. 이미 시장에서는 정부의 배당 확대 압력이 본격적으로 주가에 반영되기 시작했다는 평가가 나오는 가운데 증권가에선 …
>
>
>
> **a** allure · 1일 전
>
> **셀럽처럼 느낌 좋은 OOO 입고 싶다면? 이것만 참고하세요**
> 늘어진 티셔츠는 그만, 캐미솔부터 셔츠 잠옷까지 느좋 홈웨어 입는 꿀팁. 그거 아세요? 수면의 질을 좌우하는 데는 홈웨어도 큰 역할을 한다는 사실. 잠들기 전 체온을 낮추면 꿀잠에 도움 되는데, 그럴 땐 캐미솔 톱이 …
>
>

위, 기사문들을 보자. OOO이 얼마나 자주 쓰이는지 알 수 있다. 공통점이 보이시는가. 가장 핵심 단어를 다 'OOO'이 대체하고 있다. 그게 궁금하니, 클릭 안 할 도리가 없다.

말줄임표는 빈도수가 점차 적어지는 추세다. 깔끔한 편성을 위해, 제목 끝에, 어설픈 마무리를 하는 식으로, 심통을 자극한다. 이름하여 말줄임표 생략형이다. 예컨대 이런 식이다.

'길래/했다는데/알고 봤더니/'

말줄임표 없이, 미완의 서술형. 그래도, 클릭이다.

죽은 콘텐츠를 살리는
인공호흡기 쓰리로

큰일이다. 심정지, 아니 클릭정지. 반응 없다. 콘텐츠는 요동조차 없다. 클릭, 제로. 포기할 것인가. 그러기엔 콘텐츠 제작에 들인 시간이 아깝다. 이럴 때다. CPR 장치 '쓰리로(절대로, 함부로, 의외로)'를 긴급 투입하면 된다. 절대로, 까먹으면 안 되는데, 의외로 또 잘모른다.

쓰리로 이거 기가 막힌다. 죽은 콘텐츠도 살려낸다. 미동도 없이, 잠잠했던 콘텐츠, 제목에 '쓰리로' 기계만 살짝 갖다대면, 심장(클릭)이 바로 뛴다. 그야말로 '미라클 쓰리로'다.

① 절대로

쓰리로 넘버원이다. 효과도 넘버원이다. '하면 안 되는/들어가면 안 되는/보면 안 되는' 같이 네가티클(부정적인 콘텐츠) '클릭 증폭용'으로 외워두시라.

블로그용 콘텐츠로 '올여름 가면 안 되는/위험한 해변 5곳'을 만든다고 해보자. 네가티클 형식이라 당연히 '중박'은 터진다. 하지만 의

외로 밋밋할 때가 있다. 이럴
때다. 마법의 '절대로' CPR을
시현한다. 단언컨대, 터진다.
절대로의 변형 형태는 '절대.
제발'이다.

* '절대로'의 변형 = 절대. 제발.

'구글에 절대 검색하면 안
되는 단어' 영상은 67만 회,
'절대 못 잊는 남자 vs 질리는 남자' 숏츠는 151만 회가 터졌다.

'절대'가 없었다면 어땠을까. 구글에 검색하면 안 되는 단어? 밋밋
하다. 못 잊는 남자 vs 질리는 남자? 역시나 한방이 없다. '절대'의 강
렬함을 기억하실 것.

② 의외로

'쓰리로'의 넘버투, 의외로다. 의외로는 긍정, 부정 콘텐츠에 다 쓸
수 있다.

제목이 밋밋한 느낌이라면? 바로 구원투수 의외로 투입이다.

네이버 모바일 페이지의 '매일경제'는 500만 구독자를 거느리
고 있다. 네이버 모바일 메인화면에 나가는 5~6개의 콘텐츠는 픽
(Pick) 뉴스라고 한다.

이 뉴스는 바로 반응이 나와야 한다. 10분 '간'을 본 뒤, 클릭 반응
이 저조하다면 제목 수정 바로 착수다. 대부분 긴급 처방은 '의외로'
CPR이다. 왜 먹힐까. 역시나 심통 심리를 자극한다.

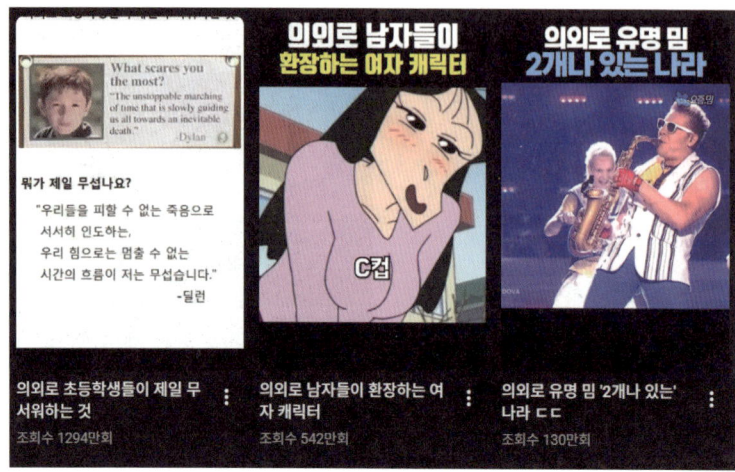

가만히 한번 보시라. 이 내용을 (우리가) 의외로 모른다고? 하는 순간, 뭔가 욱한다. '거참, 의외네, 당신이 모른다니'하는 놀림당한 느낌까지 든다. 심통, 자극이다. 그래서, 누른다. 의외라니. 내가 모를 리 없다며, 바로 클릭이다.

위 숏츠 영상들을 보자. 1,294만 회, 542만 회, 130만 회. 경이적인 클릭을 기록한 숏츠엔 나란히 '의외로'가 들어있다.

의외로가 없다면 어떨까?

1. 초등학생들이 제일 무서워하는 것

2. 남자들이 환장하는 여자 캐릭터

3. 유명 밈 2개나 있는 나라

밋밋하다. 뭔가 빠진 느낌이다. 이런 게 의외로가 가진, 클릭의 파워다.

③ 함부로

쓰리로의 넘버 쓰리 함부로다. '함부로'는 위험회피 본능을 증폭시킨다. 해야 할 일이 있다고 치자. 그냥 하면 되는데, 함부로 했다간, 이거, 큰일 날 것 같고, 어감과 느낌도 훨씬 커져버린다. 슬슬 다가올, 위험의 감지, 움찔, 그리고 클릭이다.

대부분, 위험 상황에, 함부로를 가미하면, 클릭이 증폭된다. 야생동물의 왕국 콘텐츠엔 사실 필수인 게 '함부로'다.

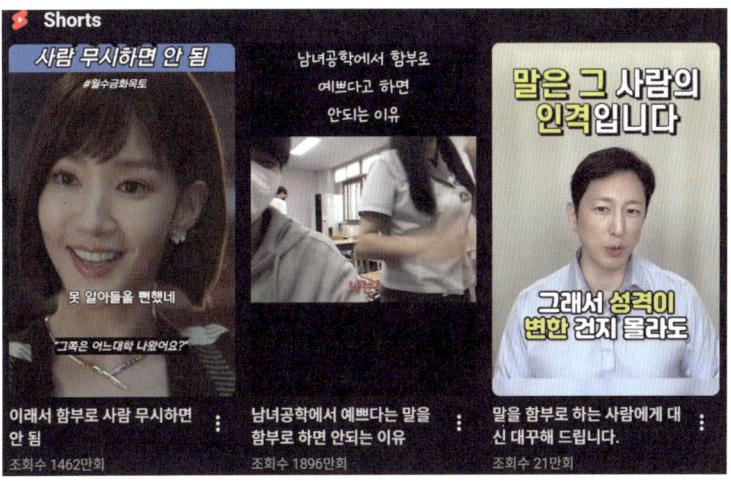

함부로 숏츠들이다. 1,462만, 1,896만, 21만 회씩의 클릭이 쏟아져 나왔다.

함부로 쓰리로의 '함부로' 무시했다간 큰코다친다.

3

묻어가기 CPR,
전문가를 동원하라

일명 '묻어가기 신공'이다. 클릭이 안 나올 때 묻어가면 된다. 누구에게 묻어갈까. 그 대상이 중요하다. 묻어가야 할 대상, 신뢰도가 높은 그 분야의 전문가들이다.

《역행자》를 쓴 유튜버 자청은 이 신공을 '우두머리 암컷' 기법이라고 칭한다.

클릭이 안 나오는 제목에, '권위자(우두머리 암컷)'의 멘트를 인용, 활용해 신뢰도는 높이는 기법이다. 전문가의 대표적인 예가 '스타(셀럽)'들이다.

예컨대, '최고의 선크림 3가지'라는 제목으로 숏츠 콘텐츠를 만든다고 치자. 이 제목으로는 클릭 터질 리가 없다.

이런 건 어떤가. '블랙핑크 제니도 쓰는/여름용 선크림 3가지'라면? 그냥 터진다. 우두머리 암컷 = 블랙핑크 제니인데, 누가 쏟아지는 클릭을 막을쏘냐.

굳이 스타가 아니라도 된다. 그 분야의 전문 직업군이면 된다.

예컨대 '도로 감시카메라 피하는 법'이라는 블로그를 만든다고 가정해 보자. 그냥, 이 제목이면 약하다. 클릭, 평타 수준일 게 뻔하다. 이럴 때 '묻어가기 신공'을 시전한다면 어떻게 될까. 아래를 보자.

🔍 **예시**

도로 감시카메라 피하는 법

→ (응급처방 묻어가기 신공) 택시기사들만 아는/도로 감시카메라 피하는 법

어떤가. 느낌이 확 오지 않는가. 도로 감시카메라 피하는 법이다. 그런데, 심지어 택시 기사들만 안다고? 도로의 전문가, 택시 기사 만한 분들이 없다. 그 분들만 아는, 노하우니, 이건 뭐. 클릭 폭발이다.

아래 캡처를 보자.

무려 428만 회 조회수를 기록한 유튜브 영상이다.

'과속 단속카메라 절대 안 찍히는 2가지' 제목이라면 어떨까. 물론 이것만으로도 좋다. '절대'라는 쓰리로(절대로) 응용 키워드까지 구사하는 등 클릭 선수들이 손을 댄 흔적도 있다.

압권은 아래 문구다. '경찰이 이 영상을 싫어합니다' 이 문구에서 클릭이 쏟아진다.

단속카메라 위반을 잡는 전문가 군이 경찰인데, 그 경찰이 이 영상을 싫어할 정도의 꿀팁이 담겼다면 이건 뭐 그야말로 대박 아닌가.

클릭, 폭발이다.

챗GPT를 이기는 글쓰기

12

클릭을 부르는
숫자와 음악의 법칙

챗GPT를
이기는 글쓰기

'이거, 하나 바꿨을 뿐인데….'

어떤가. 하나만 딱 바꿨을 뿐인데, 100만 클릭이 그냥 쏟아진다면?

클릭력 공부에 빠지다 보면, 착각을 하게 된다. 클릭과 직접적 관계가 있는 요소를 자꾸 '제목' '썸네일'에 한정시키는 착각이다.

이거, 위험하다. 클릭은 '종합예술'이다. 다양한 요소가 결합해 클릭이라는 결과물로 쏟아지는 것이다.

클릭 증폭력, 이번 편에서는 클릭을 증폭시키는 두 요소에 대해 알아본다. 클릭과 이게 연관이 있을까, 상상도 못 했을 수 있다.

그 두 가지, 배경음악과 숫자다. 클릭 증폭력을 극대화하는 매직 뮤직, 매직 넘버는 과연 뭘까?

클릭을
부르는 음악

요즘, 유튜브 숏츠 인스타그램의 기본 디폴트가 배경음악이다. 인스타그램 릴스는 클릭 몇 번에 누구나 쉽게 음악을 깔 수 있다. 정성을 들인 콘텐츠엔 대부분 배경음악이 스며있다.

여기서 잠깐. 놀랍게 배경음악으로 깔기만 해도, 클릭을 증폭시키는 '마법의 음악'이 있다.

가장 편한 '인스타 릴스' 기준으로 단계를 설명해드린다.

첫 번째는 트렌드 오디오 선택이다. 이때 핵심이 있다. I가 기준이 아니라, U(You)가 기준이다. 도파민 글쓰기 마인드 셋 편에서 'FIRE 계명'으로 익힌, F(Follow Clicks)계명을 떠올리면 된다. 클릭의 핵심, 자기 기준이 아니다. 자기가 생각했을 때, 클릭이 터질만한 콘텐츠를 만드는 게 아니라, U, 즉 남들(You)이 좋아하고 환장하는 콘텐츠를 만들어야 한다.

클릭을 부르는 오디오 역시 마찬가지다. 자기가 좋다고 생각하는 음악을 까는 게 아니다. 요즘 핫한 게 무조건 클릭을 부른다는 걸 염두에 두고 있어야 한다.

찾는 법? 간단하다. 1초 컷
이다. 릴스에서 원하는 사진, 영
상을 넣고 '오디오'를 클릭하면
음악 리스트가 뜬다. 항목은 총
3개. 추천, 인기상승, 오리지널
오디오다.

추천에서는 다양한 음악이
포함돼 있다. 릴스 에디터에서 무조건 '화살표 ↑' 표시가 있는 오디
오를 선택하면 된다. '화살표=인기 급상승'의 의미다. 노출 빈도가
올라갈 확률이 높다고 보면 된다.

캡처를 보자. 봄 시즌을 맞아 로이킴의 '봄봄봄'에 역시나 '화살표'
가 보인다. 필자가 자주 사용하는 뱁찌의 '잘했고, 잘하고 있고, 잘할
거야'에도 화살표가 있다. 고르는 게 귀찮으면 아예 인기상승 탭을
누르면 된다. 전부 화살표 급증 노래들이 리스트업 돼 있다. 아무거나
찍으면 된다.

두 번째는 그냥 깔기다. 놀라지 마시라. 음악만 조용히 깔아도 노
출 효과가 커진다는 것, 비밀 중의 비밀이다. 음성·원음과 섞어서 볼
륨 낮게(1%) 배경에 넣는 것만으로도 알고리즘 노출 수가 올라간다
는 사례가 있다.

세 번째는 테마에 맞춘 선곡이다. 리소스가 좀 들어간다. 원칙은
아래와 같다. 그냥 영상, 사진 분위기에 맞춰, 같은 속도의 비트 음악
을 틀어주면 된다. 주제랑 음악 톤을 맞추면 체류시간도 늘고, 조회수
도 상승한다.

영상 이미지별 테마에 맞춘 선곡 예시

- **로맨틱** → 감성 음악
- **패션/댄스** → 비트가 강한 곡.
- **여행/풍경** → 꿈을 꾸는 듯한 사운드, 혹은 김동률의 '출발' 같은 느낌의 곡.

아래는 빅데이터를 통해 얻은 릴스나 스토리 배경음악 중 '좋아요 댓글 팔로워 증가'의 스리콤보 환영을 받은 곡들이다. 실제 많은 셀럽 크리에이터들이 자신의 콘텐츠에 사용한다. 팬덤·챌린지로 확산되며, 클릭·노출도 폭발하니, 함께 알아두실 것.

🔍 인스타그램 클릭 폭발 K팝 추천곡 리스트

1. 에너제틱, 댄스, 파티 추천

After Like/IVE: 디스코와 하우스 리듬, 중독성 있는 후렴으로 영상 톤 업에 딱.

Magnetic/ILLIT(아일릿): 사랑 혹은 감성 터지는 영상 또는 브이로그 배경음으로 자주 쓰임. 주목도 클릭 노출 빈도 모두 업.

Whiplash/aespa(에스파): 하이퍼 댄스 & 역동적 컷 영상 배경음으로 인기

Way Back Home/Shaun(숀): 감성 영상에 자주 쓰임. 청취자 폭 넓음. 당연히 클릭 폭발.

Colors/Stella Jang(스텔라 장): 분위기 있고 밝은 분위기 영상이면 오케이.

Bang Bang Bang/빅뱅: 에너지 넘치는 댄스, 파티 영상에서 여전히 강한 임팩트를 줌.

Money/LISA: 인스타 릴스에서 부동의 스테디셀러. (특히 댄스/패션 클립)

2. 감성/OST·다양한 영상 추천

Flower(꽃)/JISOO(블랙핑크): 감성·일상·친구 영상 배경으로 딱.

사랑인가 봐/멜로망스: 로맨틱·일상 콘텐츠

Dynamite, Butter, Permission to Dance/BTS: 완전체 컴백과 함께 2026년

영상이면 무조건. 밝고 에너지 있는 리듬감 폭발

2 체류시간 확 늘리는
마법의 음악

체류시간(Watch Time)을 확 늘려주는 마법의 음악도 있다. 앞의 클릭률 높이는 음악과는 180도 다르다. 단순, 인기곡이 클릭률(노출도)과 직결됐다면, 체류시간은 집중을 방해하지 않으면서 감정선을 붙잡는, 일정한 리듬감의 음악이다.

알고리즘의 신 역시 초반 체류시간을 가장 중요시한다. 필자는 이를 유지력 30초 룰이라고 부른다. 클릭을 한 뒤, 어떤 방법을 쓰든, 30초까지는 체류시간을 끌어야 한다는 얘기다.

배경음악은 그래서 핵심이 된다. 체류시간을 늘리는 마법의 음악을 텍스트 한 문장으로 정리하자면 이렇다.

'시청자를 놀라게 하는 음악이 아니라 편안하게 머물게 하는 음악일 것'

우선 이들 체류시간 보장 '마법의 음악'의 공통점부터 체크해 드린다.

첫 번째는 적당한 빠르기. BPM으로 표시하자면 70~105 사이대다. 너무 빠르지 않은 리듬이라는 게 핵심. 고음 폭발 구간도 길지 않아야 한다. 도파민 뇌의 심리, 고약하다. 고음구간이 길면, 떠난다. 반복성도 중요하다. 반복 멜로디 구간이 있어야, 안정감을 주고 오래 머무르게 한다.

업다운이 심하지 않은 것도 염두에 두자. 리듬감이 일정해야, 감정선을 부드럽게 이어주고, 체류시간도 길어진다. 마지막은 분위기. 가사 따위는 신경 쓰지 않는다. 그저, 분위기다.

그렇다면 절대 쓰면 안 되는 음악은? 자극적인 곡이다. 특히 헤비메탈 류나 후렴부 고음은 절대 안 된다. 이탈, 바로다. 아래는 체류시간을 늘려주는 마법의 K팝 추천곡이다.

🔍 체류시간 늘리는 마법의 K팝 리스트

1. 집중 유지형 (잔잔 + 반복성): 브이로그, 정보 전달, 여행 영상에 강추.

밤편지 / 아이유: 고음 자극이 없다. 코드 진행도 안정적이다. 당연히 이탈, 적다.

Way Back Home / SHAUN(숀): 브이로그 최강자곡. 반복 멜로디가 몰입 유지에 딱이다.

Love poem / 아이유: 감정선이 은은하게 유지. 긴 영상이면 더 유리.

2. 감정 고조형 스토리 영상용: 스토리텔링, 여행감성, 에세이 영상에 특히 요긴.

흔들리는 꽃들 속에서 네 샴푸향이 느껴진거야 / 장범준: 추억 자극 + 잔잔한 리듬의 반복. → 영상을 끝까지 보게 만드는 힘이 있는 노래(강추)

밤편지 / 아이유: 감성 유지와 잔잔한 흐름. 클릭 후 이탈 방지에 전형적으로 어울리는 K팝.

3. 리듬 유지형(자칫 지루해지지 않게 긴장감 유지): 먹방, 일상, 토크, 리뷰 영상에 적합

Ditto / NewJeans: 잔잔하지만 특유의 리듬감. 지루함을 막아주면서 영상을 끝까지 보게 만드는 힘.

Love Lee / AKMU: 경쾌함. 부담 없는 느낌이 딱 좋음. 평균 시청 시간 유지에는 탁월한 곡.

Butter / BTS: 해외 시청자들의 구독과 클릭을 노린다면 무조건. 글로벌 친숙도 높아서 해외 시청자 유지에 유리.

클릭력 폭발하는
마법의 숫자 7

진짜 궁금한 것 하나. 숫자의 효과에 대해서는 누누이 짚고 간 바 있다. 신뢰도를 증폭시켜, 클릭을 보장한다. 칩 하스의 저서처럼 그야말로 '넘버스', '스틱'이다.

필자의 흥미를 자극했던 건, 1~10 사이 숫자 중 가장 클릭력이 숫자의 정체다.

성질 급한 독자분들을 위해, 바로 결론 말씀드린다.

클릭률(CTR)이 가장 잘 나오는 숫자, 정답은 행운의 7이다.

7은 마케팅에선 그야말로 매직 넘버. 콘텐츠 실험에서도 항상 등장해, 실험 매직넘버 1위 숫자도 7이다.

왜 그럴까. 인간들의 뇌는 숫자 7을 '완성, 균형, 행운'으로 인식하기 때문이다. 굳이 덧붙이자면, 5보다는 많아 보이고, 10 보다는 부담이 없다. 7번 리스트. 적당히 깊이 있는 리스트처럼 받아들여진다.

판매, 서적 등에서도 묘하게 '7'을 골라 쓴다. '포브스' 선정 20세기 가장 영향력 있는 경제경영 도서에 오른 스티븐 코비의 '성공하는 사람의 7가지 습관'도, 그 숫자가 7이다. 6가지, 8가지도 있는데 하필이면 7을 쓴다. 마치 성공하려면 숫자 7을 써야 하는 느낌이다.

또 하나 알아둘 것. 짝수보다는 '홀수'가 훨씬 더 눈에 잘 띈다는 점이다. 누구나 알고 있는 홀수의 법칙. 경조사 돈은 3, 5, 7, 9 홀수 단위로 지불한다. 고스톱도 3, 5, 7, 9 순으로 정산한다.

이참에 빅데이터를 통해 공개된 '마케팅 빈출 숫자 리스트'를 알려 드린다.

바꿔 말하면 실제로 '클릭'이 가장 잘 나오는 숫자 순위들의 리스트다.

① 1위: 7

가장 안정적이다. 최다 노출.

② 2위: 3

짧고, 강렬한 걸로는 무조건 3이다. 숏폼, 릴스에도 항상 등장하는

리스티클이 '3가지, 톱3, 3종류, 꿀팁 3가지' 등이다. 아래 캡처를 보라. 숏츠는 '숫자 3'으로 시작해 '숫자 3'으로 끝날 정도로, '숫자 3' 천지다.

③ 3위: 5

1과 10 사이, 딱 균형을 이루는 숫자. 균형감을 준다. 역시나 빈출.

④ 4위: 10

권위감·정리형 콘텐츠에 주로 쓴다.

⑤ 번외: 9

역시나 완성의 느낌. 신(神)이 아닌, 인간이 다다를 수 있는 최고 경지를 의미한다. 태권도도 9단까지, 바둑도 9단이 최고의 경지를 말한다. 책에도 '1일 1주제 9분 만에 끝내는' 시리즈가 있다. 7분, 10분도 아니고, 딱 '9분'이다.

플랫폼별로, 먹히는 숫자군도 이참에 정리하자.

🔍 플랫폼별 먹히는 숫자

1. 유튜브 & 롱폼 → 7 / 10

2. 숏폼 & 릴스 → 3 / 5

3. 정보형 블로그 → 7 / 10

4. 자극형 제목 → 3 (3은 특히 숏폼에서 폭발력이 있다)

악성 숫자는
무조건 피하라

4

또 궁금한 것 하나. 숫자라고 다 클릭이 터질까. 아니다. 쓰면 오히려 클릭이 떨어지는 숫자도 있다. 오히려 클릭을 몰아내는, 악성 숫자다.

지금부터 정리해드린다. 이름하여 클릭률 떨어뜨리는 악성 숫자군이다.

① 숫자 1

웬만하면 쓰지 마시라. 너무 적어보인다. 성의 없어보인다. 별거 없겠네라는 느낌을 줘서 클릭을 밀어낸다. 정보의 밀도도 낮은 느낌이다. 숏폼에선 밀도 있게 밀 수 있지만 롱폼에선 절대 안 된다.

ex) 1가지 방법, 꿀팁 1개

① 숫자 2

숫자 2 사용도 웬만하면 절제하실 것. 애매함의 끝판왕이다. 강렬한 것도 아니요, 풍성해 보이지도 않는다. 기억에 거의 안 남는 숫자가 바로 2다. 클릭률(CTR) 실험에서도 항상 중하위권을 맴돈다.

② 숫자 4

짝수의 태생적 한계. 홀수보다 눈길이 덜간다. 그래서 낯설다. 안정적인 숫자지만, 재미가 없다. 특히 한국 등 동남아 권역에서는 '죽을 死'라는 부정적인 이미지가 연상된다. 자극형 제목에선 거의 안 먹힌다고 보면 된다.

아래 숏츠의 '숫자 4'의 클릭 수를 보라. 우측 숏츠 '91세 20대 허리비결 딱 4가지'는 내용은 좋은데, '조회수'가 제로다. 숫자 4의 부정적 이미지가 작용한 것이다.

③ 숫자 8

무난하지만, 짝수다. 강한 심리 자극이 없다. 짝수는 10을 빼면 거의 쓰지 않는다고 생각하자. 7과 10에 비해서도 각인성이 떨어진다.

④ 너무 큰 숫자 (두 자릿수)

두 자릿수는 라운드 피겨(0으로 떨어지는 단위)를 빼면 쓰지 않는 게 원칙이다. 예컨대 27, 45, 76 같은 수다. 심리적으로 독자들에게 압박감과 정보 과다 느낌을 준다. 단, 의학, 과학 등 '전문·데이터형' 콘텐츠에선 쓸 수 있다.

다음은 클릭률 잘 나오는 숫자와 클릭률 안 나오는 숫자 군이다. 역시나, 비교해서 외워둬야 한다.

왜 숫자별로 이런 현상이 생길까. 인간의 뇌는 제목을 보고 숫자가

박히면, 0.5초 안에 판단작업
에 들어간다. 너무 적은 숫자
엔 기대치가 자동으로 낮아진
다. 숫자가 너무 많으면? 피로
감이 커진다. 적당히, 많아 보
이는 숫자엔 오히려 궁금증이
급증한다. 게다가 짝수보다는
'홀수' 뇌에 더 콱 박힌다. 홀

수는 역동적, 짝수는 덜 역동적인 느낌이다.

🔍 클릭 잘 나오는 숫자 vs 클릭 약한 숫자

1. **클릭 강한 숫자군:** 3, 5, 7, 10

2. **클릭 약한 숫자군:** 1, 2, 4, 애매한 큰 숫자

3. **브이로그:** 3, 5

4. **정보형 정리 콘텐츠:** 7, 10

5. **강한 자극형 제목:** 3

CHAPTER

13

절대 고수에게 배우는
클릭력의 설계

챗GPT를
이기는 글쓰기

'클릭의 강호'는 예측불허다. 재야에는 내공의 깊이조차 가늠할 수 없는 절대고수들이 곳곳에 숨어있다. 야생에서 생존한 내공 만렙 그들의 '클릭력'은 어떨까.

　그래서 짚고 간다. 챗GPT 따위는 엄두도 못 낼, 재야 절대고수들의 도파민 스킬 편이다. 챙. 날카로운 '클릭'이 부딪치는 소리가 들리시는가.

1 역행자 자청의 제목 구조
6가지 비법

《역행자》라는 스테디셀러로 글쓰기의 힘을 보여주신 자청. 챗GPT도 자청 앞에선 꼬리를 내린다. 그가 강조한 자극점 스킬이 있다. 도가 극에 달하면 통한다고 했던가. 이게 묘하다. 자청의 제목 타이틀 6가지 비법과 필자의 자간도 공식, 판에 박은 듯, 유사하다. 이 내용은 윤채님의 네이버 블로그 '자청과 신익수에게 훔쳤다 100만 조회수 터지는 블로그 제목 짓는 방법'을 참고로 한 것이다.

상식파괴

누구나 아는, 챗GPT도 알고 있는, 그 상식을 파괴하는 타이틀이다.

자청은 '뇌에 충격을 주는 스킬을 써서 클릭을 유도하는 방식'이라고 대놓고 강조한다. 기존의 관념, 가치관을 박살내는 유형이다. 세부 스킬은 두 가지다.

첫 번째 유형은 대놓고 상식을 파괴하는 타이틀이다.

예컨대 이런 식. "바보지? 글쓰기 이런 스킬도 몰랐어?" 글쓰기에 관심이 있는 사람은 저속한 표현이나, 반말을 쓰지 않는 것으로 생각하는 그 일반 상식을 깬다. 클릭이다.

두 번째 유형은 돌려치기 타이틀 즉, 상반된 이미지를 활용하는 타이틀이다.

서울대 출신 대표가 있는 벤처기업은 피하라. 왜지? 의문이 든다. 누구나 아는, '서울대 = 엘리트'라는 상식을 깨는 제목, 바로 또 클릭이 된다. 주의할 점 한가지. 제목은 최대한 어그로를 끌되, 내용은 긍정적이고, 양질이어야 한다는 점이다

추상어의 저주

다음 항목은 '요주의' 내용이다. 제목에 '추상어'는 피하라는 의미다. 직관적이지 않은 단어, 추상어를 사람들이 쓰는 이유는 뭘까. '지식의 저주'에 걸렸기 때문이다. 쉽게 말해, 잘난 척하고 싶으니, 추상어를 쓰고 만다는 것. 이를 경계해야 한다.

추상어의 저주를 벗어나는 법이 있다. 세 가지다.

첫째로 구체적인 주어.
- 한국에서 가장 인기 있는 박물관: 여기서 추상어는 '가장 인기 있는'이다. 가장 인기가 있다는 게 어느 정도일까. 와 닿지 않는

다. 추상어다.

- (수정해서) 방탄소년단이 줄 서서 다녀간 박물관: 확 와닿는다. 주어 BTS를 들이대는 순간, 클릭 폭발이다.

둘째로 숫자.

- 인스타그램 잘하는 법: '잘하는 법'이 의미가 모호하다. 추상어다. 잘하는 게 어느 정도 잘하는 건지, 도통 알 수가 없다.
- (수정해서) 한 달만에 팔로워 1,000명 만드는 인스타그램 비법: 1달, 1,000명. 숫자가 딱딱 꽂힌다. 클릭도 팍팍 꽂힌다.

셋째는 간접 증명이다.

- 최고의 책: 최고가 어느 정도인가 모호하다. 추상어 되시겠다.
- 서울대생들이 반드시 읽는다는 필독서: 간접 증명(필자는 이를 (전문가에게) 묻어가기 신공으로 표현한다)의 프로토타입입니다. '신뢰도가 가는 서울대생들이 반드시 읽는다'는데.

자아 흠집 내기 기법

모든 인간에게는 자아 보호의 본능이 있다. 존재가 부정당하는 것에 반감을 느낀다는 뜻이다. 중요한 점은 정도. 자아 흠집은 내되, 그 '정도'가 받아들일 수 있어야 한다. 상대가 이 글을 보고 긍정적으로 바뀔 수 있는 정도면 딱 좋다.

안 좋은 예

대학 안 나오신 분은 절대 이 글 보지 마세요(X)

손실회피 강조(금지위협 기법)

얻는 것보다 잃는 것을 강조하는 기법이다. 마케팅에서도 많이 쓴다. 인간은 이익보다 손실에 대해 2배 이상의 아픔을 느낀다. 손실회피 성향이다. 당연히 잃는 아픔이 강하니, 잃는 것을 강조하면 클릭 쏟아진다. 제목에 손실을 강조할 것.

1. 한 페이지만 읽어도, 월천 버는 베스트셀러 5

→ 안 읽으면 월천 잃어요, 깡통 피하는 필독서 베스트 5

2. OO 3가지만 알면 당신은 부자

→ 이것 몰랐다고? 그래서 가난해진 겁니다

제목에 절대 하지 말아야 할 것을 강조하는 것도 클릭을 올릴 수 있다. 금지위협 기법이다. 키워드로는 '절대로, 무조건, 별로'를 써 보실 것.

절대로 가면 안 되는 S 호텔 7호 라인, 비밀이?

우두머리 암컷 인용하기

　권위자의 말을 인용해 신뢰도를 높이는 기법이다. 인간은 좀 더 나은 것을 선택하려는 경향이 있다. 스타를 제목에 동원하는 예가 가장 대표적이다.

블랙핑크 제니도 쓰는/선크림 3가지

충격 요법

　뭐야, 이게 같은 느낌의 충격파를 던지는 기법이다. 황당, 엽기, 충격, 상상초월 같은 키워드를 쓰면 의미가 증폭된다.

대도서관의 영상 제작
5가지 원칙

아, 안타깝게 돌아가신 1세대 유튜버 대도서관의 도파민 클릭력 팁이다. 이제는 유작이 된 《유튜브의 신》이라는 저서에 정리한 '동영상 편집의 가장 핵심적인 다섯 가지'는 꼭 익혀둬야 할 실전 기술이다. 유튜브 글쓰기에서 100만 클릭을 부르고 싶은 분들은 이 다섯 가지 가슴에 새겨두고 있어야 한다.

초반 30초를 잡아라

유튜브 콘텐츠의 소비는 휴대폰을 통해서 이뤄진다. 출퇴근길 전철이나 버스 안, 심지어 누구를 기다리는 카페 안에서 토막 시간을 '킬링타임(Killing Time)'하기 위해 소비한다. 대도서관은 강조한다. '호흡이 짧고 전개가 빠른, 5분 이내의 동영상이 시청자 눈길을 사로잡기에 가장 적당하다. 길어도 10분은 넘지 말라'고.

그러니 거창하게 기획할 거 없다. 5분짜리 영상에 기승전결 따지고 콘티 짜고 하는 건 바보짓이다. 오히려 중요한 건 영상을 클릭한 뒤 등장하는 초반 몇 초의 순간이다. 포스트나 블로그 글쓰기에선 '리드'라고 부르는 이 영상의 리드에서 시선을 붙잡지 못하면 실패다. 독자들은 이기적이다. 이 순간, "뭐야? 지루한데" 느낌이 들면 가차 없이 다른 채널로 이동한다. 초반 30초. 목숨걸고 시청자의 눈길을 끌어라.

주제보다 소재에 집중할 것

모바일 영상에서 중요한 건 방송 제작의 정형화 된 형식을 버리는 거다. 공중파나 종편 드라마처럼 기승전결 따지고 그 속에 반드시 주제의식을 넣어야 한다는 고정관념부터 버려야 한다.

대도서관은 오히려 주제보다는 소재에 집중하라고 강조한다. 주제가 명확하지 않은 영상은 "어? 그래서 어쨌다고?" 같은 반응이 나오지만 소재가 명확하면, 그것으로 시청자는 만족한다.

소재에 집중하는 대도서관의 영상 제작 방식은 이렇다. 하루 동안 한 일을 쭉 찍은 영상이 있다고 치자. 그는 여기서 맛있게 먹은 음식 에피소드만 뽑아 2~3분짜리로 재편집을 한다. 그리고 그 먹방 콘텐츠만 노출한다. 별거 아닌 음식의 소재. 하지만 호기심 자극엔 성공이다. 폭풍클릭으로 이어진다.

돌발성 즉흥성을 살려라

디지털 플랫폼 시청자는 묘하다. 정형화된 콘텐츠보다 엉뚱하게 즉흥적이면서 의외성이 짙은 콘텐츠에 열광한다. 한번은 대도서관이 생방송 중에 농구를 하다 전등을 깨뜨린 적이 있다. 공중파에서야 방송사고라 불릴 만한 사고(?)지만, 1인 미디어에서는 난리가 난다. "예능신 강림"이라며 클릭 폭발. 이런 상황이다. 즉흥성과 의외성이 주는 재미다.

당연히 이런 상황이 의도된 것은 아니어야 한다. 디지털 플랫폼 시청자는 매의 눈을 가지고 있다. 짜고 치는 고스톱, 단박에 알아챈다. 진솔함, 의외성, 즉흥성, 돌발성. 100만 클릭을 부르는 영상의 4원칙이다.

생방송 땐 채팅창을 살릴 것

실시간 방송 때의 꿀팁. 댓글 창을 통해 구독자들과 소통이 가능해지는 순간이다. 당연히 이 시간과 이 생방송 영상 역시 핫클릭을 부른다. 대도서관뿐만 아니라 스타급 유튜버의 채널에는 생방송 편집 영상이 상당히 많다.

대도서관이 생방송 편집 영상에서 가장 공을 들인 부분은 채팅창 노출이다. 생방송의 재미 즉 진솔함, 의외성, 즉흥성, 돌발성의 포인트는 영상이 아닌 소통이다. 당연히 편집 영상에서도 채팅창 만큼은 무조건 살려야 한다. 한때는 공중파 TV에서도 채팅창 방식이 유행한 적이 있었을 정도. 채팅창이 들어가니 숨 쉬는 생명줄이라 보면 된다. 생방송 편집 영상의 심장, 그게 채팅창이다.

저작권 요주의

왕초보 제작가가 가장 간과하는 부분이 저작권이다. 기사 문서 뿐 아니라 음악, 사진, 심지어 글자의 폰트까지 무작위로 가져다 쓴다. 저작권을 확인하지 않고 무작정 쓰다 보면 부메랑이 어마어마하다. 나중에 저작권료 폭탄으로 이어지고 소송에 찌들어 한방에 나가떨어질 수도 있다. 특히 커버댄스 콘텐츠는 음악 저작권이 걸려 있어 아무리 구독자가 많고 조회수가 높아도 광고수익을 전혀 낼 수 없다는 점에 유의해야 한다. 글자 폰트 저작권 역시 신경 써야 한다. 대도서관은 글자 폰트 저작권료만 1년에 60만 원 정도를 지불했다고 한다. 영상 음악 등 저작권 문제에 대한 궁금증은 한국 저작권위원회 (www.copyright.or.kr, 1800-5455)로 문의할 것.

3

호갱구조대의
유튜브 **구독자 증폭** 공식

구독자 125만 명의 호갱구조대 채널. 아쉽게 최근 활동이 뜸하다. 1년째 잠잠하다. 하지만 건질 건 있다. '1년간 85만 명의 구독자를 만든 비법'이라는 영상이다. 인상적이다. 이거, 뼈 때린다. 조언을 엑기스만 정리해드린다.

잘하는 것을 하지 마라

룰 넘버 원이다. 잘하는 것을 하지 말라니. 독자가 '마케터'라면 당연히 '마케팅 잘하는 법' 같은 채널을 만들어야겠지만, 호갱구조대는 No라고 단언한다. 잘하는 것을 하지 말 것. 그렇다면 뭘 하란 말인가? 독자들이 원하는 것을 채널로 만들라고 한다. 예를 든 것도 흥미롭다. 중학생이 많은 골목이다. 만약, 복어 요리만 전문적으로 해온 A가 창업을 한다면 복어 전문점을 차려야 할까, 떡볶이집을 차려야 할까. 정답은 명확하다. 떡볶이집이다. 이런 식이다.《100만 클릭을 부르는 글쓰기》필살기편 1레벨에서 마인드 셋으로 강조한 공식이 FIRE다. 다시 한번 그 첫 번째 계명, F, 'Follow clicks(터진 클릭을 따라가라)'를 기억하실 것. 결국 독자들이, 원하는 것, 클릭에 열광하는 것을 해야, 구독자가 쌓이는 법이다.

차별화 포인트를 심어라

'시청자 니즈 파악'이 끝났다면 다음 단계는 경쟁자 파악이다. 내가 하고자 하는 채널, 레드오션인지 블루오션인지 시장조사를 해야한다. 경쟁이 치열하다면? 차별화 포인트를 심어야 한다. 다시 위의예로 돌아가 보자. 중학생이 많이 다니는 거리다. 떡볶이집 창업을 선택한다. 그런데? 주변에 경쟁 분식집이 3곳이나 있다. 이럴 땐? 차별화 포인트를 심어야 한다. 예컨대, 떡볶이를 시키면, 오뎅을 끼워 준다든가, 튀김을 더 주든가 하는 식이다.

이게, 스토리 메이킹 마법의 공식인 SUN의 N, 즉 넛지 심기다. 스토리 메이킹에만, SUN 공식이 쓰이는 게 아니다. 어디든, 넛지를 심어야 눈길을 끌 수 있고 사람이 모이는 법이다.

재방문율을 높여라

호갱구조대는 '소비'라는 큰 주제를 파고든다. 소비는 누구나 한다. 소비와 관련된 주제도 다양할 수밖에 없다. 할인받는 법, 아껴 쓰는 법, 싸게 사는 법, 지원금 받는 법 등 익숙한 주제 대신 호갱구조대는 허위 광고에 대한 팩트 체크만 파고든다. 이게 먹힌 셈이다. 그리고, 허위 광고 팩트 체크라는 주제를 다루면서 3가지 차별점을 심는다. 첫 번째는 정보의 퀄리티. 타의 추종을 불허한다. 무조건, 직접 허위광고를 체험하고, 팩트 체크를 한다. 두 번째는 스피드. 뭔가 터지면 즉각 그 주제를 노출한다. 시청각 자료 역시 차별화 요소다. 그냥, 얼굴 내밀고 영상을 찍는 게 아니다. 애니메이션을 동원해 몰입감을 높인 게 매력이다.

유료 강의는 듣지 마라

유튜브 구독자 모으는 법 같은 유료 강의, 많다. 호갱구조대는 잘라 말한다. 유료 강의 같은 거 듣지 마시라고. 실전에 써먹을 게 없으니, 당연한 소리다. 본 필자 역시 감히 단언한다. 유료 강의 들을 돈 있으면, 100만 클릭을 부르는 글쓰기 필살기편 한번 더 읽으라고.

구독자 늘리는 법? 1번부터 4번까지를 계속 반복하면 된다. 비법 같은 거 없다. 결국 노력이 좌우한다. 성실하게 만들다 보면, 어느 순간 미스터 플랫폼씨가 '구독자 로또'를 선물하는 날이 온다.

CHAPTER

14

조회수 10배 만드는 도파민 오프닝 6단 필살기

챗GPT를
이기는 글쓰기

1 클릭 유지력 지키는 '골든 타임' 30초룰

이 단계까지 오셨다면 한 가지 '의문'이 들 타임이다.

'신익수' 너 말을 믿고, 클릭 키워드와 형식 기초들은 줄줄이 외웠다. 심지어 클리커블한 콘텐츠까지 자유자재로 만들 수 있게 됐다고 치자. 과연, 플랫폼(유튜브, 블로그, 숏츠, 인스타그램) 알고리즘의 신(神)은 과연 '이 클릭만 보고 영상을 밀어줄 것인가' 하는 궁금증이 생긴다.

이쯤에서, 알고리즘 신의 '불변의 뚝심' 하나를 알려드린다. '클릭이 많은 영상보다 구독자(팔로워)가 오래 머무는 영상'을 밀어준다' 이럴 수가. 우리는 자극(클릭력)만 공부해왔는데, 말짱 꽝인가. 아니다. 일단 클릭력은 기초가 되는, 볼링으로 치면 '파운데이션'이다.

지금부터는 자극받은 '도파민 뇌'를 붙잡고, 오래 머물게 하는 필살기 하나를 알려드린다. 이름하여 '클릭 유지력' 6단 구조다.

이것, 모르면, 클릭이 높아도 소용없다. 알고리즘 노출 빈도, 최악의 상황으로 내려앉을 수 있어서다. 외우고, 또 외워두시라.

좋다. 그렇다면 클릭력을 총동원해 끌어온 시선, 어느 정도나 붙잡아야 할까. 알고리즘 신(神)의 '노출 심리'를 알고 있어야 한다. 시청시간과 관련한 알고리즘 신의 심리, 딱 두 가지만 암기하면 된다.

첫 번째는 평균 시청시간보다 '총 시청시간'을 더 중요시한다는 것. 프로들도 이 법칙은 잘 모른다.

자, 두 명의 유튜버가 있다고 치자. 편의상 A와 B라고 하자. A는 10분짜리 영상만 만든다. 반면 B는 3분 짜리 영상만 주구장창 제작한다. 10분짜리 영상 마니아 A의 평균 시청 시간은 5분이다. 반면 3분짜리 영상만 만드는 B의 평균 시청시간은 2분 40초다.

자, 그렇다면 알고리즘은 어떤 영상을 더 선호해 노출시켜줄까. 완독 비율이 높은 B일까? 아니면 영상 길이가 긴 A일까? 정답은 A다. 왜? A는 완독률이 절반 수준인데, 왜 A 영상을 노출할까. 이 비밀이 서두에 말씀드린 알고리즘 신, 불변의 뚝심 심리와 연결된다.

'클릭이 많은 영상보다 구독자(팔로워)가 오래 머무는 영상'을 밀어준다'

유튜브는 플랫폼 체류시간에만 관심이 있다. 끝까지 보고 안보고, 클릭이 많건 적건 상관하지 않는다. '영속성, 길이, 체류시간', 한마디로 유지력만 픽(Pick)이다.

두 번째는 알고리즘 신의 인내력의 한계가 '30초'까지라는 점이다. 이걸 유지력 골든 타임 '30초룰'이라고 부른다.

알고리즘 신의 인내력이란 게 뭘까. 영상이 돌아가기 시작하는 '0초'부터 어떤 시간대까지 시청자(구독자, 팔로워)의 시선이 유지되지 못하면 '노출 영역'으로 보내지 않고 가차 없이 버려버리는 그 경계의 '한계점'이다.

그 한계점, 정확히 30초까지다. 그래서 0~30초까지, 이걸 '유지력 골든 타임'이라고 부른다. 이 골든 타임만 넘기면, 구독자나 팔로워도 영상에 오래 머물 확률, 확 높아진다. 이 시험단계를 뛰어넘어야 알고리즘의 신은, "그래, 수고했다"며 비로소 노출의 기회를 주는 것이다.

이 유지력 골든 타임 딱 30초까지다. 필자는 '30초' 룰이라고 부른다.

CTR이(Click through Rate, 광고나 콘텐츠를 본 사람 중 실제 클릭한 비율) 10%가 넘더라도, 30초 안에 나가버리면 아무 소용이 없다. 왜? 노출의 키를 쥐고 있는 '알고리즘 신'이 가혹하게 버려버리기 때문이다.

0~30초까지의 시간. 이 시간까지 시선을 잡아두는 게 유지력의 핵심이 된다. 승부처다. 어쩌면 시선을 붙잡는 클릭력이 도파민 썸네일, 도파민 키워드보다 더 중요할 수도 있다.

유지력 높이는, 도파민 **오프닝 6단** 필살기

지금부터는 유지력을 높일 수 있는 오프닝 구조 필살기를 배운다. 극강의 '유지력'을 위한 세부 스킬이라고 보면 된다. 어려울 것 없다. 어차피, 클릭력에서 배운 심리의 '6단 쌓기'라 보면 된다. 효과, 기가 막히다. 써먹으시라.

🔍 **유지력 10배 공식**

결과 → 손해 자극 → 숫자 → 패턴 파괴 → 약속(기대 고정)

① 결과를 먼저 보여줘라: 결과 노출 골든 타임 '3~7초'

아끼다 똥 된다. 보여줄 것, 미리 보여줘야 한다. 도파민 뇌는 인내력이 없다. 과정의 전개되는 밋밋한 시간을 견뎌내지 못한다. 결과에 바로 반응할 뿐이다. '결과 노출' 골든 타임은 3초에서 7초 사이다. 요즘 핫한 영화 〈왕과 사는 남자〉의 촬영지 영월 청령포를 다녀온 '여행 꿀팁' 콘텐츠를 제작한다고 치자. 구구절절, 단종에 얽힌 왕사남 스토리를 풀 필요가 없다. 그 순간, 알고리즘 신은 하품을 하고, 잠들어 버린다. 바로, 결론을 보여줄 것.

요즘 핫한 청령포를 다녀왔는데요…. 웨이팅 작살이라는 주차장, 이 방법 하나로 1분 만에 해결했습니다.

② 손실회피 심리를 건드려라 : 심리 자극 골든 타임 '5~10초'

행동경제학의 핵심 이론 손실회피. 노벨 경제학 수상자 다니엘 카너먼이 언급한 손실회피 심리를 건드려야 한다. 손실회피 심리의 핵심은 이렇다. 인간은 이익 보다, 손해에 대한 아픔을, 2배 이상 크게 느낀다는 것. 이 심리를 자극하는 것이다. 그렇다면 언제? 무조건 초반부다. 골든 타임은 5~10초 사이. 바로 '쾅'하고 이 심리를 박아 넣어야 한다.

예컨대 이런 식이다. 정확히 영상 시작 후 5초 정도 안에 이 문구를 박아 넣으실 것. 글을 읽는, 영상을 보는 '당신', 이 손해를 본다고 생각하는 순간, 바로 클릭이요, 영상 열독한다.

1. **이거 알면 거저 돈 버는 거에요(X)** → 이거 모르면 100만 원 그냥 날립니다.(O)

2. **10%는 이 종목으로 대박났습니다(X)** → 90%가 이걸 몰라 손실이 났습니다.(O)

③ 구체적 숫자를 넣어라 - 넘버스 스틱

《스틱》 책으로 유명한 칩 히스가 '숫자의 신뢰성'을 강조하기 위해 연이어 쓴 스틱 시리즈 《넘버스 스틱》. 이것만 봐도 숫자의 효과를 짐작할 수 있다. 초반에 숫자를 들이밀면, 신뢰도 급상승, 열독률 상승으로 연결된다. 숫자는 뇌(도파민 뇌)를 멈추게 한다.

🔍 예시

실수 3가지/(당신을 살리는) 딱 5분/조회수 312% 상승/

④ 패턴을 파괴하라

뻔한 패턴을 뒤집을 것. 반전과 같은 개념이다. 예상을 철저히 파괴해야 한다. 시청자(구독자, 팔로워)는 이미 수천~수만 개의 영상을 훑어본 이들이다. 예상 가능한 멘트는 바로 건너뛴다. 영상이나 글의 초반에 바로, 뒤집어야 한다.

왜 그래야 할까? 이 질문처럼 뇌가 '왜?'하고 묻게 만들어야, 손끝이 멈추고, 시선이 머문다. 열독이다. 아래. 숏츠 영상 캡처를 보자. 구독자 3만 명인 일등석 채널에서 제작한, 착시 효과와 관련한 조형물에 대한 영상이다. 멘트는 이렇게 시작한다. "때때로, 우리가 눈으로 보는 것은, 실제와 다를 수 있습니다". 구독자 3만 명에 불과한 이 채널, 이 콘텐츠는 패턴을 파괴하는 '주제, 멘트'로 213만 클릭을 기록하고 있다.

때때로, 우리가 눈으로 보는 것은, 실제와 다를 수 있습니다~

⑤ '끝까지 보면'의 마술: 완독 베네핏을 구체적으로 제시하라
(기대 고정)

직접적으로 '완독'을 강조하는 문구를 아예 서두에 박아 넣어버려도 된다. 대놓고, 클릭을 유발하는 기선제압 기법이다. 이름하여 기대 고정. 대신 끝까지 보고 난 뒤의 베네핏  (혜택)만큼은 구체적으로, 선명하게 제시해야한다. 형식도 외우기 쉽다. '끝까지 보면 ~를 얻는다'고 멘트만 넣으면 끝. 아래 영상 캡처를 보면, 얼마나 활용도가 높은지 알 수 있다. 썸네일 말고, 아래 제목을 보면, 공통적으로 들어간 문장, '마지막에 핵심'이다.

1. 마지막에 진짜 돈 아끼는 핵심 알려드립니다.

2. 마지막까지 보시면 이 내용을 정리한 '조회수 2배 뽑아먹는 법 PDF' 파일을 무료로 드립니다.

⑥ 30초 룰에서 절대 하면 안 되는 멘트

절대 하면 안 되는 멘트도 있다. 이 멘트를 치는 순간, 시청자(구독

자) 바로 '스크롤' 넘어간다. 뭘까. 자기소개(채널소개) 류의 멘트다. '안녕하세요 OO입니다'는 유지율을 깎아 먹는 1순위 악성 멘트다. 그래도 넣고 싶다면? 넣으려면 무조건 60초 이후에 넣으실 것.

지피지기 백전불태 4
AI가 자백한 AI 글쓰기 최대 약점

'GPT知己면, 百戰不殆다.' GPT와 나의 약점을 알면, 백번 싸워도 위태롭지 아니하다는 뜻이다. 그래서 AI에게 대놓고 물었다. '너(AI) 글쓰기의 약점은 뭐냐'고.

인간이 할 것? AI가 솔직히 자백한 약점만 파고들면 되니깐. 아래는 AI가 솔직담백하게 털어놓은 약점이다.

1. 살아서 겪은 경험의 체온이 없다

AI는 고백한다. '나, AI는 수백억 개 문장을 학습했지만, (단 한 번도) 비를 맞아본 기억이 없어.'

AI는 그래서 인간의 문장을 부러워한다. 그것도 '기억을 통한 생생한 경험'의 문장을 동경한다. 그의 고백을 계속 들어보자.

'인간의 글은 이런 게 있어: 첫 실연 뒤 집에 돌아오던 골목의 냄새/아버지의 침묵이 공기처럼 눌러앉던 저녁 식탁/병원 복도 형광등의 차가운 빛'

그는 털어놓는다. '이건 데이터가 아니라, 몸의 기억'이라고. 솔직한 그의 속마음이다. '나, AI는 그럴듯한 감정 묘사는 할 수 있지만, 실제로 겪은 감정의 미세한 결은 만들어낼 수 없다'고. 인간은 경험을 쓴다. AI는 패턴을 쓴다.

2. 위험을 감수하지 않는다

AI의 두 번째 약점은 '(위험을 감수한) 문장을 쓰지 않는다'는 점이다.

그는 놀라워한다. '인간 작가는 가끔 이런 문장을 써:이상하고/ 불편하고/ 논란이 될 수 있고/ 심지어 틀릴 수도 있는 문장을'

예로 드는 게 소설가 김훈의 문장이다. AI는 "김훈 같은 작가는 의도적으로 거칠고, 불친절한 문장으로 밀어붙이기도 한다"고 지적한다.

반대로 AI는 '평균'만 쓴다. 그는 "AI는 기본적으로 안전한 표현, 평균적으로 설득력 있는 구조, 논리적으로 매끄러운 전개를 선택한다"고 말한다.

그의 글에 대한 그의 평가는 이렇다. '정돈되어 있지만, 위험하지 않다는 것. 그 결과는 세련됐지만, 폭발력은 약하다'는 것. 반면 인간의 문장은 예측불허라는 의미다.

3. 문체에 대한 집착이 약하다

아킬레스건으로 꼽은 세 번째 약점. 반대로 인간의 강점. 집착이다.

AI는 집착이 약한 반면 인간은 집착 덩어리다.

그는 이렇게 설명한다. '인간은 집착한다. 한 문장을 3일 동안 고치고, 쉼표 하나에 의미를 싣고, 리듬을 위해 단어를 버린다.'

반면, AI의 글은 극히 효율적이다. 속도도 빠르다. 고통스럽게 다듬는 과정? 상상할 수조차 없다.

인간의 문장은 '시간이 침전'돼 생긴다. 반면 AI의 문장은 확률적으로 철저히 계산된 끝에, 즉시 튀어나온다.

4. 욕망이 없다

인간 글의 동력은 욕망이다. 아래와 같은 식이다.

- 인정받고 싶은 욕망
- 사랑받고 싶은 욕망
- 세상을 뒤집고 싶은 욕망
- 누군가를 살리고 싶은 절박함

AI는 고백한다. 목표가 없다고. AI에게 글쓰기는 실패도, 명예도, 생존도 걸려 있지 않은 문제다. 반면 인간의 글에는 절박함과 욕망이 있다. '이 문장을 못 쓰면, 나는 끝장난다'는 단호감 같은 느낌들이다. 문장은 감옥이라고 표현한 이외수 작가를 기억하는가. 그는 실제로 사들인 '철문'으로 문을 봉한 뒤, 글에 매진한 적이 있다.

AI는 그 절박함을 흉내낼 뿐이다. 단, 실제로 느끼지는 못한다. 절대로.

5. 편애가 없다

인간은 한 명의 독자를 위해, 집착하거나, 사랑하는 글을 쓸 수 있다. 특정 독자를 떠올리며 쓰고, 특정 사람에게 상처 주려고 쓰고, 특정 세대를 설득하려고 쓰기도 한다.

AI는 아니다. 보편성을 지향한다. 평균적으론 잘 읽히지만, 편애가 없다. AI는 그래서 이런 인간의 문장이 부럽다. '누군가 한 사람을 향해 쏘는 총알 같은 문장'

6. GPT지기 결과는

정리하자면, AI 글쓰기의 약점은 5가지다.

1. 체온이 없다

2. 위험을 감수하지 않는다

3. 집착이 없다

4. 욕망이 없다

5. 편애가 없다

그렇다면 백전불태의 답은 나온다. 역설적으로, 이 약점을 파고들면 AI를 이기는 글쓰기를 할 수 있다.

아래는 'AI를 무너뜨리는 글쓰기'를 위한 하나의 방법이다.

1. 더 위험하게 써라

2. 더 개인적으로 써라

3. 더 집요하게 다듬어라

4. (네가) 망할 수도 있는 문장을 써라

챗GPT를 이기는 글쓰기

PART

5

도파민 클릭을
돈으로 바꾸는
머니 클릭력

프로 클릭러와 아마추어 클릭러의 차이는 뭘까. 돈이다. 클릭으로 돈을 만들어낸다면 프로, 아니면 아마다.

도파민 5초식은 '프로 클릭러'를 위한 필살기 '머니 클릭력' 편이다. 당신이 아마추어로 만족하면, 이제 이 책을 덮으면 된다. 반대로, 진짜 프로의 세계에서 클릭으로 승부를 보고 싶다면? 볼 것 없다. 이 단계를 이를 악물고 파고들자. 건투를 빈다.

◀ **CHAPTER** ▶

15

돈 되는 머니 클릭
키워드

챗GPT를
이기는 글쓰기

머니력 절대 원칙,
니즈 심리를 자극하라

1

지금부터 펼쳐질 내용들은 철저히, 프로들을 위한 필살기들이다. 지금까지 배워온, 순진무구한 클릭 뿜뿌용 유튜브, 블로그, 숏츠 '제목 만들기'와는 차원이 다른 영역이다.

N잡러를 꿈꾸는가. 터치하는 족족, 구매로 이어지는 마케터가 되고 싶은가. 창업을 앞두고 계신가. 플랫폼 강의를 준비하시는가. 그렇다면, 제대로다. 프로답게, 프로의 클릭 기술을 연마해보자.

'니즈(필요) 심리를 자극하라'

일반 클릭력과는 절대 원칙부터 다르다. 돈을 부르는 클릭력, 머니력은 'FOMO 심리' 자극하는 게 아니다. 니즈 심리를 자극하는 게 절대 원칙이다.

머니력 절대 원칙: 니즈(필요) 심리를 자극하라

지금부터 슬슬 어려워진다. 정신 바짝 차리시고 따라오시라.

클릭의 세계에는 두 가지가 있다. 재미와 자극에 반응하는 '도파민형 클릭'이 있고, 니즈(필요)에 의해 돈을 기꺼이 지불하기 위해 누르는 '머니 클릭(캐치 클릭)'이 있다.

도파민형 클릭이 유튜브, 블로그, 숏츠에서 유용한 '간접적 머니 클릭'이라면, 니즈(필요)에 의한 클릭은 '직접적 머니 클릭'이다. 물론 도파민형 클릭도 결국은 광고 수입과 연관이 되니 넓은 의미의 머니 클릭일 수 있다.

🔍 클릭의 세계

1. 도파민형 클릭 = 재미, 자극에 클릭

2. 머니 클릭(캐치 클릭) = 니즈에 클릭

클릭의 세계가 냉정한 것쯤은 약과다. 돈의 세계는 아예 살벌하다. 인간이란 게 그렇다. 니즈가 없으면, 절대 지갑을 열지 않는다.

도파민 클릭력의 기본 원칙은 이미 귀에 못이 박히도록 공부한 바 있다. 맞다. 'FOMO 심리 자극'이다. 이를 위한 세부 스킬, '자간도'다. FOMO 심리가 안착할 수 있도록, 끊임없이, 자극하고, 간지럽히면서, 도발하면 된다. 클릭, 쏟아진다.

돈과 직결되는 머니력(머니 클릭력)은 기본 원칙부터 차원이 다르다. 일단, '기본 원칙 = 니즈(필요)심리 자극'이다.

제목에서 뭔가 필요함을 자극하지 않으면 '소멸'이다. No 클릭이다.

당연히 세부 스킬도 달라진다. 포모 심리를 자극한다고, 도발한다고 지갑을 열지 않는다. 그런게 없어도 이 '물건'이 필요하다는 심리만 주입하면 기꺼이 지갑을 열기 위한 '클릭'을 선사한다.

그러니, 세부스킬은 이 '니즈 심리'를 증폭시키는 키워드여야 한다. 이게 '머니력 키워드'다. 어렵다고? 그럴 줄 알았다. 필자가 누군가. 암기 대마왕이다. 그래서 머니력 키워드, 외우기 쉽게 'BETS' 암기 공식으로 만들었다. 그냥 써먹으면 된다.

돈을 벌고 싶다고? 쇼핑몰에서 물건을 팔고 싶다고? 강의 수강생을 늘리는 멋진 제목을 만들고 싶다고? 그렇다면 제목에 이 '머니력 키워드'만 삽입하시라.

🔍 돈 버는 제목 머니력 키워드 BETS

1. **B - Benefit:** 혜택을 보여줘라
2. **E - Expert:** 전문성을 심어라
3. **T - Targeting:** 타깃을 세분화하라
4. **S - Star:** 스타를 동원하라

돈 되는 **머니 키워드,** BETS 공식

프로의 세계는 냉혹하다. 그저 도발하고 자극하는 '아마추어용 제목'으로는 명함도 못 내민다. 무조건 클릭에 대한 '니즈(필요성, 얻을 수 있는 것)'가 있어야 한다. 클래스 101이나 크몽 같은 모바일 강의 플랫폼을 떠올려 보시라. 그리고 그 강의 제목들을 죽 한번 훑어보시라. 어떤가. 하나같이 수강자들이 얻어갈 '대가(가치)'가 분명하게 드러나 있다. 그것도, 한방에 시선을 잡을 수 있는 '제목'의 한가운데에.

그 제목들을 모조리 훑어본 뒤 통계적으로 정리한 '머니 키워드'가 'BETS'다. 알파벳 단어를 딴 연상법이니, 하나하나 의미를 공부해 보자. 앞서 본 표를 조금 자세히 한 번 더 보여드린다.

🔍 **돈 버는 마법의 제목 공식 BETS**

1. B - Benefit: 제목에 바로 혜택(benefit)을 심어라

2. E - Expert: 제목에 당신이 전문가(Expert)임을 보여라

3. T - Targeting: 제목에 공략 대상(타기팅)을 세분화해 타기팅하라

4. S - Star: 제목에 스타와의 연관성을 보여라

B - 베네핏, 제목에 바로 혜택을 심어라

머니 키워드의 제1원칙, B 베네핏이다. 우리말로 바꾸면 '혜택'.

프로 클릭러들은 제목만 봐도 안다. 프로가 손댄, 제목인지 아닌지. 프로 클릭러라면 제목에 반드시 집어넣는 게 '베네핏(혜택)'이다. 대놓고 보여준다.

당연히 물건을 사게 만드는 마법의 문구 작성자, 카피라이터뿐만 아니라, 책 출판 마케터라면 무조건 외워둬야 할 게 'BETS' 공식의 B, 베네핏 키워드다.

제목뿐만이 아니다. 부제, 하물며 상세페이지에도 베네핏은 일정 주기로 보여줘야 한다.

> **Q 예시**
>
> **1. 클릭력 배우기 vs 2. (돈 되는) 클릭력 배우기**

어떤가. 감이 딱 오시는가. 1번의 그냥 클릭력 배우기보다는 2번, '돈되는'이라는 베네핏 문구에 눈길이 바로 간다. 기꺼이 돈 지불하려고, 머니 클릭을 선사한다. 고객 입장에서 보시라. 베네핏 없는 타이틀이나 카피는 읽을 가치가 없는 흔한 정보에 그칠 뿐이다.

> **Q 예시**
>
> **1. (면접시험 합격하는) 스피치 비법 10가지 vs 2. 스피치 비법 10가지**

플랫폼 강의 제목에 가장 많이 볼 수 있는 유형이다. 같은 '스피치 잘하는 법' 강의라도 1번 강의가 훨씬 더 잘 팔린다. 면접시험에 합격하는 스피치 기술? 바로 낚인다. 멈칫멈칫, 하다 결국 결제버튼을 누른다.

여기서 잠깐. 베네핏에도 절대 원칙이 있다.

'즉각성'이다. 짧고 강렬한 문구로 한방에, 즉각적인 혜택을 줘야 한다. 그래서 필요한 게 혜택 앞에 수식어다. 혜택에서 즉각성을 증폭시키는 문구도 알아두면 좋다.

첫 번째는 부사 '바로'. 준다? 약하다. 바로, 준다? 느낌 강렬하다. 그러니 클릭하고 수강한다.

두 번째는 숫자. 펑펑 경품을 쏩니다? 덜 끌린다. 총상금 2억 원, 벤츠 쏩니다? 확, 끌린다. 구체적인 숫자, 돈, 벤츠까지 쏜다는데? 바로 지갑이 열린다.

세 번째는 시간. 시간 혜택, 이 효과도 쏠쏠하다. 시간 효과 사람들은 잘 모른다. 그런데, 바쁜 일상의 전문직 종사자라면 확실하게 느낀다. 차로 2시간? 만약, 이 2시간 소요 시간을 10분으로 줄여주는데, 10만 원이 든다면? 무조건 10만 원 쏜다.

🔍 베네핏 증폭 키워드

바로, 숫자, 시간 절약.

1. (기다릴 필요 없이), 바로 + 베네핏

2. ~가 쏜다, 총상금 2억 원: 베네핏과 숫자의 조합

* 재태크 강의: 원금 보장(환불 보장)

3. 시간 절약: 10분 완성, 1주일 뚝딱, 하루 완성, 하루 10분 만에 멋진 몸매 만드는.

아래 클래스유 우측 강의를 보자. 숏츠를 만드는 기술을 알려주는 강의다. 그런데 문구를 보시라. 초고속 수익화의 '초고속', 그리고 '5분 만에 제작완료'라는 문구가 콱 박힌다. 이거다. 베네핏의 즉각성. 왼짝 '세일즈 실전' 강의는 왠지 밋밋해보인다. '실전에서 바로 써먹는', '첫 만남에 계약하게 만드는' 정도의 수식어를 추가했다면 수강생 폭증으로 이어졌을 법하다.

가장 강렬한 베네핏은 '원금 보장'과 '환불 보장'이다. 특히 투자 강의에서는 이거 무조건 먹힌다. 클래스 101에 포스팅된 아래 좌우의 재테크 강의 2가지를 비교해보자. 절양왕 정약용, 박성현 씨 두분 다 유명한 유튜버 겸 인플루언서다. 왼쪽 강의 52강짜리는 가격이 싼데, 426명 수강 중이다. 반면 우측 강의는 훨씬 비싼데도, 3,571명이

수강하고 있다. 차이가 뭘까. 결국 베네핏이다. 박성현 씨 달러 투자 강의를 보시라. '투자 손실 시 100% 원금보장'이라는데, 볼 게 있는가. 본전은 먹고 들어가는데, 무조건 수강이다.

E - 익스퍼트, 제목에 당신이 전문가임을 보여라

자청도 강조한, 권위 심기. '우두머리 암컷'의 제목 기법을 떠올리면 된다. 권위를 들이대는 심리, 강렬하다. 특히 강의나 마케팅 분야에선 강사나 해당 상품의 권위나 질이 높을수록 매출이 급증한다. 머니 클릭 BETS의 2번째 원칙은 그래서 중요하다. 제목에 간판에, 가장 잘 보이는 곳에 전문가(EXPERT)임을 당당히 밝혀야 한다.

놀랍게 이걸 숨기는 이들도 있다. 한국인들만 한다는, 이른바 '겸손 마케팅'이다. 이거, 안 된다. 자랑질해야, 눈길이 간다. 덩달아, 클릭한다.

왜 전문성을 드러내야 할까. 전문성은 '신뢰도'와 직결된다. 당신이 강의를 들을 때도, 물건을 구매할 때도, 마찬가지다. 그 강사와 물건이 전문성 있는 곳의 지역이나 출신이면 믿고, 들으면서 구매한다.

🔍 전문성 드러내기 예시

1. 현직 강조

시의성은 늘 먹힌다. 현직에 있다면, 무조건 현직을 강조할 것.
ex) 현직 기자에게 배우는(글쓰기)/현직 아나운서에게 배우는(스피치)/현직 세무사에게 배우는 (절세 비법)

2. 근무기관 강조

근무기관은 크고, 잘 알려질수록 좋다(특히 이름만 대면 아는 대기업 출신). 언론사라면 일간지(주간지, 월간지보다는 신뢰도가 높다)를 강조할 것.

ex) 지상파(공중파) 출신 아나운서에게 배우는 (스피치)/일간지 기자에게 배우는 (논술)

3. 숫자(영향력) 강조

숫자는 늘 먹힌다. 구독자, 팔로워 숫자가 강점이라면 무조건 들이댈 것.

ex) 인스타그램 1만 팔로워에게 배우는/유튜버 구독자 35만 명 인플루언서에게 배우는

4. 영향력 있는 직군 강조

교수, 연예인, CEO, 정치인 출신 강조. 무조건 먹힌다.

ex) 미국 스탠퍼드대 교수에게 배우는/개그맨에게 배우는(유튜브 제작법)

클래스유에 판매되고 있는 강의다. 왼쪽은 '직장 때려치우고 블로거로 돈 버는 기법' 강의다. 그럴싸한 강의 제목이지만, 아쉽다. 우측

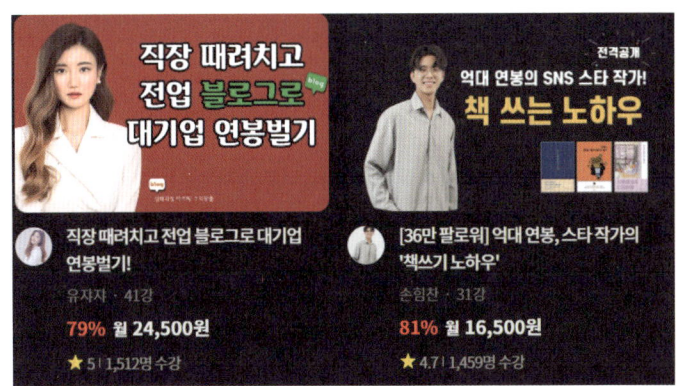

강의를 보자. '36만 팔로워' 강사라는 말에 바로 신뢰도 증폭, 수강의 클릭을 누르고 만다.

T - 타기팅, 제목에 공략 대상을 세분화하라

돈과 관련이 없는 일반 도파민 클릭력에선 타기팅이 세밀할 필요는 없다. 다양한 층에서 관심이 쏠리고, 클릭이 폭발하면 된다. 단, 돈과 관련된 콘텐츠라면 다르다. 반드시! 무조건! 타깃을 세분화해 정확하게 찔러 넣어야 한다. 아예 현미경을 대고, 지갑을 여는 층을 찾아내면 된다.

1만 명의 수강생? 1천 명의 수강생? 다 필요 없다. 기꺼이 지갑을 열어줄, 100명, 아니 10명의 수강생만 찾으면 된다. 철저히 세분화하고 쪼개는 타기팅을 통해, 그 대상을 찾는 것, 그리고 그 대상을 제목에 콱 박으면, 작업 끝이다. 왜, 세밀하게 타깃이 된 대상들이 지갑을 열게 될까. 이 역시 심리다. 뭔가, 간택 받은 듯한 느낌. 다른 사람들은 못하는데, 나만 뭔가 이 강의나, 물건을 드고 사는 듯한 기분을 자극하는 것이다.

1. 연차 타기팅: 연차별(직급별)로 타깃을 세분화한다

ex) 직장인, 팀장 사랑을 독차지하는 엑셀 사용법(X)

→ (타기팅 적용) '직장인 1년 차 대상' 일잘러 되는 엑셀 사용법 꿀팁(O)

ex) 보고에 무조건 써먹는 PT기법(X)

→ (타기팅 적용) 임원 보고용, 팀장을 위한 PT기법(O)

2. 연령대 타기팅: 연령대(성별)로 타깃을 세분화한다

ex) 유럽 일주 9일 패키지(X)

→ (타기팅 적용) 20대 여성을 위한 안전한 유럽 일주 코스 9일 패키지(X)

ex) 10타를 줄인다…1주일 완성 골프 숏게임(X)

→ (타기팅 적용) 10타를 줄인다…50대 액티브 골퍼를 위한 1주일 숏게임 속성 강의(O)

위 예시를 보면 타기팅 기법의 적용 사례를 제대로 볼 수 있다. 세상 모든 연령대에 써먹는 강의라는 건 없다. 타기팅이다.

클래스유에 올라온 강의다. 좌우 2개의 강의를 비교해보자.

왼쪽 PPT 강의. 타깃 명확하다. 왕초보 대상이다. 굿이다. 우측도 마찬가지. PT라고 다같은 PT가 아니다. 피 튀기는 경쟁을 펼쳐야 하는 '입찰'과 '비딩'. 진짜 실전에 써먹는 PT기술을 강의해준다. 먹힌다.

S – 스타, 동원하라

판매용 캐치 카피라면 무조건 S기법만은 써먹을 줄 알아야 한다. 마케팅뿐만 아니라, PR용으로도 스타의 효과는 폭발적이다.

쿠팡과 연계한, 숏츠쇼핑 콘텐츠를 제작한다고 해보자. 일단, 제품 선택을 해야 한다. 어떤 것을 택하고, 콘텐츠를 만들어야 사람들이 관심을 가질까.

고민 1초 거리도 아니다. 그냥, 셀럽들이 TV나, 미디어를 통해 보여줬던 제품들, 비슷한 디자인의 제품이면 된다.

만약 선크림이라면? 이렇게 만들면 된다. '블랙핑크의 제니도 쓴다는 그 선크림'으로 말이다.

스케처스 운동화 역시, 한때 삼성 이재용 회장이 신고 나와서 화제가 된 적이 있다. 바로 그 운동화를 픽한 뒤, 제목을 이렇게 만들면 매출 폭발한다.

🔍 예시

(삼성 이재용 회장도 신고) 뛰어다니는 그 운동화
→ 삼성의 영향력에 고스란히 묻어갈 수 있다.

만약, 유재석이 다녀간 적이 있는 레스토랑에서 나에게 PR 마케팅 외주를 줬다고 치자. 홍보를 부탁한다면?

1초 컷이다. '국민 MC 유재석이 다녀간'만 키워드로 쓰면 된다.

특히 스타를 동원하는 캐치 카피는 여행지나, 식당 등에서 홍보용

문구로 자주 활용한다. 기억해 두시라.

강화도 보문사. 그냥 전국의 수많은 사찰 중 하나로 알고 있는 곳 아닌가? 그런데 이러면 어떨까. BTS 소원명당 강화도 보문사. 아미 군단 몰려 온다.

실제로 BTS가 세계진출 전인 2016년 이곳에서 소원을 빈 적이 있다. 바로 트윗으로 #세계진출기원 #BTS 같은 문구를 날렸는데, 이후 이곳은 아미들의 성지가 된다. 지금도 하루가 멀다고 BTS를 애정하는 기와불사가 이어진다.

머니 아이템 생성법,
불만을 해결하라

니즈를 자극하는 머니력 공부는 마쳤다. 그런데 이 경지에 이르면 뜬금없이 이런 고민이 든다. '아이템' 고민이다. 이름하여, 돈을 만들어내는 머니 아이템.

이걸, 단 1초 만에 해결하는 비법이 있다. 일상에서 짜증 나는 '불만'거리만 찾으면 된다. 불만으로 어떻게 아이템을 만드냐고? 간단하다. 그 불만만 해결해 주는 아이템이면 돈으로 연결할 수 있다. 지금은 스테디셀러가 된 책이 있다. 엠제이 드마코가 쓴 부의 추월차선이다.

이 책에서 드마코는 '주제의 개방도로' 같은 개념으로 '불만 – 해결'을 제시한다. 성공을 부르는 '부의 추월차선' 사업 아이템은 늘 곁에 있는데 아무도 가지 않는 '개방도로(블루오션)'라고 그는 강조한다. 대부분의 사람들은 보고 듣지 못하는 곳, 그 개방도로에 눈과 귀의 주파수를 맞추면 부의 추월차선이 열린다는 논리다. 그 개방도로는 찾는 코드명으로 그가 지적한 게 '불만'이다. 누구나 다음의 7가지 말을 내뱉고 있다면 그곳이, 그게 개방도로를 가리키는 코드명이라는 거다. 당신이 할 것? 해결책을 주는 아이템으로 돈을 뽑아먹으면 된다.

① "나는 ….가 정말 싫어"

- 무엇이 정말 싫은가. 그 지점을 해결하는 것이 '당신의/사업의/ 머니력을 부르는 아이템'의 개방 도로다.

- 젠장. 부장한테 깨졌다. 기분 전환 절실하다. 돈을 써서라고 풀고 싶다. 이럴 때면?

  * 해법 콘텐츠) 부장한테 깨졌을 때 가면/힐링 절로 되는 웰니스 스파 5곳

② "나는….를 안 좋아해"

- 무엇이 안 좋은가? 그것을 없애는 것이 '당신의/사업의/주제의' 개방도로다.

- 명절 남편 고향 따라가는 게 싫다. 시어머니 잔소리도 듣기 싫다. 이럴 때면?

  * 해법 콘텐츠) 명절 증후군 확 날리는/안마 카페 총정리

③ "….가 짜증나"

- 무엇이 짜증 나는가? 그 짜증을 제거하는 것이 '당신의/사업의/ 주제의' 개방도로다.

- 짜증 나는 일, 줄줄이다. 그냥 처먹고, 해소하고 싶다면?

  * 해법 콘텐츠) 속에서 천불 날 때, 짜증 날 때/먹으면 속이 뻥 뚫리는 불맛 맛집 BEST4

④ "왜 이렇게(이것) 밖에 안되지?"

- 글쎄, 왜 그런 것일까. 그 '왜'를 제거하는 것이 '당신의/사업의/ 주제의' 개방도로다.

- 엑셀을 못한다. 왜 이것밖에 안 되지, 늘 고민이다. 이걸 해결해 주면 된다.

  * 해법 콘텐츠) 1년 차 직장인이 10년 차 소리 듣는/초고수 엑셀 기법 강의

⑤ "….하는 게 소원이야"

- 그 소원은 무엇인가? 당신이 원하면 다른 사람도 원한다. 그 소원을 이루어 주는 것이 '당신의/사업의/주제의' 개방도로다.
- 회사 다니느라 시간 없다. 그런데 힐링을 하며 템플스테이도 하고 싶고, 소원 포인트도 가서 빌고도 싶다.

  * 해법 콘텐츠) 딱 2시간/딱 2만 원… 봄 꽃도 보고/소원명당도 찍는 2만 원짜리 반나절 템플스테이.

실제로 서울 종로 조계사에 가면 2시간 맛보기 템플스테이가 있다. 가격 1만 원. 스님과 차담까지, 할 것 다 하고 온다. 길만 건너면 불교문화사업단도 있다. 여기는 1층에서 무료 스님과의 차담 코스를 운영하고 있다. '소원이야~ 불만을 해결'해 준 케이스다.

⑥ "그만 좀 ….했으면 좋겠어"

- 무엇이, 무엇을 그만했으면(그쳤으면) 좋겠는가? 이것을 해결하는 것이 '당신의/사업의/주제의' 개방도로다.
- 윗집, 아랫집, 늘 걱정되는 층간소음. 그만 좀 뛰라는데, 집에서 운동은 하고 싶다?

  * 해법 콘텐츠) 3만 원 강의 /층간소음 없는 유산소 운동법

⑦ "···가 형편없어"

- 무엇이 형편없는가? 형편없음을 제거하거나 줄이는 것이 '당신
  의/사업의/주제의' 개방도로다.
- 유튜브가 허접하다? 인스타 팔로워 수가 형편없다? 이런 것만
  해결하면 끝.

  * 해법 콘텐츠) 형편없는 인스타?!/단박에 클릭 폭발하게 만드는 인스타 촬영법 6

어떤가. 솔깃한가. 돈이 되는 곳은 늘 주변에 널려 있다. 지금부터
주변 째려보시라. 주변 사람들이 늘 입에 올리는 '불쾌 짜증 불만 불
편 문제, 그리고 기대치와 결과의 간극' 같은 일상의 불만 들만 뒤집
어 주면 된다. 누군가 "아놔, 짜증 나네" 소리를 또 하고 있는가. 돈이
다. 달려가시라.

머니력을 키우는
파이프라인 공식, **강출교조**

다음 내용은 돈을 만들어내는 클릭력, 머니력 증강을 위한, 자신의 내공을 키우는 루틴 만드는 법, 익히기다. 스킬만으로는 먹고 살 수 없다. 단단한 내공은 필수다.

가만히 생각해보시라. 머니력을 뽑아낼 수 있는 '판'은 어디일까. 물론 유튜브, 블록, 숏츠, 인스타그램을 통해 협찬을 받고, 광고를 붙여 수익을 창출할 수도 있다.

이건 '간접적인' 머니력 뽑아먹기다. 보다 '직접적'으로 머니력을 뽑아먹을 수 있는 판이 있다. 그 판이 '강(강의)-출(판)-교(교육)-조(조언 컨설팅)' 시스템이 돌아가는 공간이다. 필자는 이 판을 거대한 '파이프라인'이 돌아가는 시장으로 정의한다. 직접적 머니력 판은 한층 더 살벌하게 돌아간다. 돈 되는 클릭 머니력을 키우려면 본인 스스로가 돈을 만들어낼 수 있는 파이프라인 시스템 속에서 움직이고 있어야 한다.

단, 유념할 것 하나. 이 시장은 진입장벽이 꽤나 높다. 그렇다면 어떻게 돈 되는 파이프라인 시스템 안에 들어갈 수 있을까. '두 단계'만 거치면 된다. 첫 단계는 퍼스널 브랜딩, 두 번째는 '강(강의)-출(출판)-교(교육)-조(조언, 컨설팅)' 사이클로의 진입이다.

🔍 돈 되는 파이프라인 시스템 안에서 놀기

1. 퍼스널 브랜딩

2. 강-출-교-조

여기에, 왕도는 없다. 무조건 노력, 또, 노력으로 구축해야하는 두 가지다.

송숙희 저자가 쓴 《무자본으로 부의 추월차선 콘텐츠 만들기》에는 파이프라인 시스템을 위한 루틴 만들기 단계가 명확하게 정의돼 있다.

일단 퍼스널 브랜딩부터

제1 전제. 퍼스널 브랜딩이다. 유튜브, 블로그, 인스타, 숏츠? 어떤 것을 운영해도 마찬가지다. 돈을 버는 콘텐츠 사업의 머니 시스템 안에서 놀려면, 기본적으로 요구되는 핵심 역량이 '퍼스널 브랜드'다.

이게 만만치 않다. 실제로 브랜딩을 위해 뛰어보면 시간, 무지 걸린다. 각오 단단히 하고 뛰어야 한다. 단, 지름길, 추월차선은 있다. 송숙희 강사의 콘텐츠 사업 최단 경로는 '3B'다. 콘텐츠 사업을 쉽고, 빠르게 진행하는 최적의 수순이다.

3B는 B 3가지다. 사업전개 순서는 이렇다. 블로그(Blog)- 책 (Book)-사업전개(Business) 순이다. 이를 통해 퍼스널 브랜드가 구축되고, 돈을 기반으로 한 콘텐츠 사업이 탄력을 받게 된다.

🔍 퍼스널 브랜딩 추월차선 '3B'

1. **블로그(Blog):** 플랫폼을 통한 브랜딩. 유튜브, 숏폼, 인스타그램 등 타 플랫폼으로 대체 가능.
2. **책 (Book):** 종이책 + 전자책(PDF)을 통한 브랜딩.
3. **사업(Business):** 2B 기반 사업화 확장

블로그(B) 진입은 쉽다. 누구나 할 수 있다. 노력만 하면 된다. 이, 자리에는 다른 플랫폼이 대체될 수도 있다. 블로그 대신 유튜브, 숏츠, 인스타그램의 팔로워를 영향력을 끼칠 수 있는 만큼 확보하면, 다음 단계로의 진입이 가능하다. 여기서 요구되는 능력, 지속성이다. 꾸준하게 지속적으로 본인의 브랜드를 중복 노출해야 한다.

책(B) 시장 진입장벽은 한층 더 높다. 만약, 본인이 1차 B단계(블로그, 유튜브, 숏츠, 인스타)를 통해 막강 팔로워 층을 확보했다면 출판사에서 먼저 연락이 온다. 아니라면, 여기서 자신의 노력이 보강돼야 한다. 인맥을 통해 출판사 라인을 확보하고, 꾸준히 완성분의 원고로 벽을 두드려도 된다.

요즘은 자비 출간도 있다. 권당 300~500만 원 선이면 출판사에서 1쇄 1,000부 정도는 찍어서 출간해준다. 책 출간 단계에 이르면, 일단 퍼스널 브랜딩 단계의 마지노선은 넘었다 보면 된다.

마지막 B의 단계 비즈니스는 본인의 선택이다. 내가, 사업가 기질이 있다는 분들은 도전, 아니다 난 브레인 역할만 하고 싶다는 분들은 2단계 B까지 만으로도 충분하다.

강-출-교-조 루틴을 만들어라

머니력이 통하는 공간은 '강-출-교-조'다. 콘텐츠를 파는(sell) '판매'의 판이라 보면 된다. 4가지 판은 '강연-출판-교육-조언(컨설팅)'으로 순환하며 돌아간다. 단 앞의 2가지 '강-출'은 순서가 뒤바뀌는 게 일반적이다.

3B 단계를 잘 쌓고 출판까지 진격한다면, 보통은 강의 요청이 출판 다음에 들어온다. 출판을 한 뒤, 브랜드가 알려지면서 강의로 이어진다는 의미다.

강연과 출판에 도가 트면, 교육과 컨설팅의 영역으로 마침내 진입할 수 있다. 이 단계에 흥미로운 건 수입의 크기도 이 단계에 따라 달라진다는 점이다. '강-출-교-조' 단계에 따라 머니력을 통해 받는 돈의 크기가 달라진다. '강-출'의 단계에서 소소하게 벌다가, '교-조'의 단계가 되면, 수입까지 퀀텀 점프한다.

이 챕터의 타깃은 정확히 '강-출'까지로 한다. '교-조'의 단계로 확장은 독자들의 몫으로 맡겨둔다.

머니력의 근간은 **수평적 소득**

강-출-교-조와 돈을 부르는 클릭력(머니력)은 어떤 관계가 있을까.

강-출-교-조를 전업으로 하는 경우는 다르지만, 대부분 어떤 직에 종사하며, 부업으로 강-출-교-조 파이프라인을 형성하는 이들이 많다.

주업이 '전문직'일 경우는 더 그렇다. '사이드 허슬러'라는 책에는 주업(전문직)에서 파생된 이 파이프라인을 형성하는 것을 중요한 수입의 축으로 구분한다.

필자의 경우를 예로 들어드린다.

🔍 예시

- **주업(전문기자)**: 매일경제신문 여행전문기자

- **파이프라인**

1. 강의(여행, 글쓰기, 멘탈력): 정부기관, 삼성, LG 등 국내 대기업 등 다수

2. 출판: 닥치고 여행, 1박2일 총알스테이, 짠내투어, 100만 클릭을 부르는 글쓰기, 100만 클릭 터지는 독한 필살기, 절로 힐링 등 다수

3. 교육: 언론진흥재단 글쓰기. 교육 플랫폼 클래스유, 교육 플랫폼 유밥 등 다수.

4. 조언(컨설팅): 없음.

돈을 부르는 클릭력, 머니력의 근간이 되는 수입도 이곳에서 나온

다. 100만 클릭을 부르는 글쓰기라는 책에는 이를 '수평적 소득'이라고 설명한다.

《인생에 승부를 걸 시간》이라는 책에서 저자 데이비드 오스본은 돈을 벌어들이는 '소득'을 두 가지로 나눈다. 수직적 소득과 수평적 소득이다.

🔍 **부가 쌓이는 소득의 패턴**

- **수직적 소득**: 개인 몸값의 수직적 향상 = 노동 소득 = 직급에 따른 연봉 상승 체계

- **수평적 소득**: 부의 파이프라인 = 소극적 소득(passive income) = 인세(책 출간 등) + 유튜브 + 블로그·포스트 운영수입 + 오프라인·온라인 강연 + 월세 (부동산)

수직적 소득은 기술이나 일을 배우고 시장에 진출하여 버는 수입이다. 회사에 다니면서 연봉을 받는 사람, 경력이 쌓이고 일의 숙련도

가 높아지면 수입도 수직적 소득으로 분류된다. 조직 내에서 (수직적으로) 직급이 높아지고, 내 몸값이 (수직적으로) 따라서 높아져야 하니, 베터의 경쟁이 치열할 수밖에 없다.

머니력이 좌우하는 존은 수평적 소득 존이다. 강-출-교-조의 시스템이 굴러가는 영역이다.

책을 통해 인세라는 수평적 소득을 얻고 싶다면?

클릭으로 돈을 부를 수 있는 '머니력'을 책의 제목을 뽑아내는 데 쓰면 된다. '절로 힐링'이라는 필자의 저서를 보시라. 템플스테이 바이블을 표방한 책인데, 절(사찰)이라는 의미와 함께 저절로(절로) 힐링이 된다는 중의적 뜻을 담고 있다.

'100만 클릭' 시리즈 역시, 머니력을 염두에 둔 절묘한 제목이다.

머니력 터지는 골든존 강-출

'돈 버는 제목' 머니력이 제대로 먹히는 '골든존'이 있다. 그게 '강(강의)-출(출판) 존'이다. 강의 영역은 온-오프라인 두 가지로 나뉜다. 본인의 브랜드가 알려지면, 자연스럽게 강의 요청이 들어온다. '강-출' 혹은 '출-강'의 선순환이 진행되면서, 파이프라인이 구축되는 단계다.

온라인 강의는 특정 스터디 그룹을 대상으로 하기도 하지만, 불특정 다수를 대상으로 할 수도 있다. 요즘 유행하는 플랫폼 강의다.

클래스101, 클래스유, 크몽 등이 대표적인 강의 플랫폼이다. 머니력 '필살기'를 마스터 하면, 이 영역에서 자판기처럼 돈을 뽑을 수 있다. 본 기자가 강의를 개설한 '클래스유'의 경우 강의 개설 초기엔 월 200~300 정도의 수입이 꾸준히 꽂힌 적이 있다. 그야말로 수동적(패시브) 소득의 파이프라인이었던 셈이다.

출판 영역은 '종이책'만 떠올리면 안 된다. 요즘 인플루언서나 유명 유튜버들은 'PDF 책'으로 쏠쏠한 재미를 보고 있다. 전자책 형태의 'PDF책'을 무시하면 안 된다. PDF책으로 대박 난 대표 주자가 유튜버 자청이다. PDF출판은 누구나 할 수 있다. 현재 PDF 전자책을 사고 파는 대표 플랫폼이 크몽, 탈잉, 프립 오투잡 등이다.

당연히 플랫폼을 이용하는 수수료는 내야 한다. 평균 20%선이지만, 50%에 육박하는 곳도 있다. 2만 원짜리 책을 팔면, 수수료 4,000원을 뺀, 1만 6,000원을 정산받는 구조다.

PDF 출판은 어떤 것보다 머니력 기반의 '책 제목'이 중요하다. 한방에 시선을 끌지 못하면 버려지는 냉혹한 곳이다.

책 제목 키워드에서 가장 중요한 건 BETS에서 B, 베네핏(혜택)이다.

베네핏에서도 가장 잘 먹히는 건 '시간 절약'이다. PDF책을 찾는 구독자들은 왜 그 책을 선택하고 지갑을 열까. 요즘은 AI가 있어서 과거보다는 덜 하지만, 서칭 코스트(searching cost, 검색할 때 드는 시간적 비용)를 줄여주는 정보·지식 콘텐츠를 갈망하기 때문이다.

투입되는 '시간'과 '에너지'를 절약하는 꿀팁을 돈을 주고 셈이다.

단 조건이 있다. 시간과 에너지를 절약할 수 있다고 다 돈이 되는 건 아니다. AI시대에는 그 조건 충족이 필수다.

AI로 수집 불가능한 정보에서 머니 클릭이 터진다

과거 100만 클릭을 부르는 글쓰기 책에서는 'N잡하는 허대리의 월급 독립스쿨'을 인용하며, 먹히는 PDF 아이템을 두 가지로 구분해 소개한 적이 있다. 시간을 줄여주는 유형과 템플릿이다.

당연히 돈이 되는 머니 클릭으로 이어진다.

여기서 잠깐. 그런데 이때는 AI라는 게 없을 때다. 지금은? AI를 통해 뭐든 알아낼 수 있다. 그렇다면 돈이 되는 머니 클릭의 핵심은?

'시간'과 '에너지'를 절약해주되, 그 근간이 되는 정보가 AI를 통해서는 절대 구할 수 없는 것들이어야 한다.

> • **플랫폼 시장에서 팔리는 PDF 콘텐츠:** AI가 수집할 수 없는 정보를 담을 것

아래 예시를 보자.

🔍 예시

시간을 줄여주는 PDF 전자책

- 출판사 편집담당자 이메일 리스트 60개(O)

– 페이스북 광고 세팅 매뉴얼

– 대학생이 할 수 있는 비즈니스 42가지

– 무자본으로 돈 버는 온라인 사업 아이디어 20개

위 리스트를 보라. 대학생이 할 수 있는 비즈니스 42가지 이런 건

요즘 AI 명령만으로 손쉽게 구한다. 안 산다. 무자본 사업 아이디어 역시 마찬가지다. 눈길조차 주지 않는다.

그런데 이건 어떤가. 출판사 편집담당자 이메일 리스트 60개 항목!.

당신이, 책을 내고 싶다. 투고를 하고픈데, 방법을 모른다. 그런데, PDF 책을 검색하다 발견한 게 '(투고용)출판사 편집담당자 이메일 리스트 60개'라니. AI에게 부탁해도 이 이메일 리스트는 구할 수 없다. 억만금을 주고라도 사고 만다.

아래, 허대리의 템플릿 리스트도 한번 보자.

🔍 예시

템플릿 리스트

- 카드뉴스 템플릿 30종
- 광고 제안서 PPT템플릿 24종
- 유튜브 썸네일 19종
- **정부지원사업 합격한 사업계획서 10종(O)**

여기서도 눈에 딱 꽂히는 항목이 있다. 템플릿 30종 정도는 AI에서 10초 컷으로 구할 수 있다. 그런데 이건 어떤가. 정부지원사업 합격한 사업계획서 10종이라니.

오, 눈길 간다. 다음 주가 당장 정부지원사업 서류심사 데드라인이다. 어떻게 해야 할지 머릿속이 하얀 비딩 지원 대행사 직원이라면. 머리가 아플 것이다. 그런데, 발견한 PDF 전자책이 '정부지원사업 합격한 사업계획서 10종'이라면. 지갑, 열지 않을 도리가 있는가.

CHAPTER

16

머니 클릭 부르는
카피의 심리

챗GPT를
이기는 글쓰기

'마케팅은 제품의 싸움이 아니다. 인식의 싸움이다'

마케팅 전설 알 리스의 말이다. 돈을 뽑아먹기 위해, 대놓고 쓰는 글, 카피다. 머니력의 대표 유형이다. 카피 글쓰기 하면 광고 문구 정도를 떠올리겠지만 아니다. 활용도, 멀티다. 안 쓰이는 데가 없다. 자연스럽게 주머니를 열기 위해, 필요성을 인식시키는 것. 그 작업이 제목, 타이틀에 머니력을 심는 과정, 모든 글쓰기를 넓은 의미의 카피라 보면 된다.

도파민 머니력을 공부하다 갑자기 왠 카피냐고?

극과 극은 통하는 법. '돈을 뽑아먹는다는 최종 목표'가 같다 보니, 교묘하게 지갑을 여는 데 활용하는 '인간의 심리 법칙'도 유사하다.

그래서 아예 머니력과 증폭 효과를 낼 수 있는 '카피글'의 '엑기스' 법칙만 뽑아먹기로 한다. 챗GPT를 이기는 글쓰기를 위해선, 알아야 할 스킬들이다.

1

돈을 부르는
캐치 카피 심리법칙 5가지

카피글의 생태계 역시 플랫폼 생태계처럼 크게 두 가지로 나눈다.

이미지를 심는 '이미지 카피'와 철저히 판매를 위한, 캐치 카피로 구분하면 된다. 이미지 카피는 도파민 키워드와 유사하다. 자극-반응에만 집중하는 키워드다. 당연히 FOMO(Fear Of Missing Out) 심리 자극이 대원칙이다.

캐치 카피는 다르다. 이 글에서는 도파민 필력의 머니력을 떠올려야 한다. 도발하고 자극에서 이미지를 심는 카피와는 차원이 다르다.

돈 버는 장치인 '캐치 카피력'은 당연히 머니력과 궤를 같이한다.

무조건 알아둬야 할 캐치 카피 심리기술부터 빠갠다. '돈을 쓰게 만드는 심리기술'이니, 머니력 증강을 위해선 반드시 알아둬야 한다. 참고서적은 오하시 가즈요시의 '백억짜리 카피대전'이다.

🔍 심리 기술

(원하는 곳에) 돈을 쓰게 만드는 심리 기술

1. 송죽매 법칙 - 상품을 3가지(松竹梅)로 나눠 파는 전략

2. **자이언스 효과** - 호감도·신뢰도를 높이는 전략

3. **앵커링 효과** - 인상적인 가격대 하나를 고정시켜 파는 전략

4. **희소성 법칙** - 구하기 힘든 상품이라는 이미지 부각 전략

5. **밴드웨건 효과** - 다수의 선택이라는 이미지 부각

심리법칙 1 **송죽매 법칙**

식당 메뉴판을 떠올려보자. 항상 3지 선다. 송죽매 대신 진선미로 표시된 곳도 있다. 가격대는 항상 3가지다. 가장 비싼 건 송, 중간 가격이 죽, 가장 싼 게 매다. 묘한 건 당신의 선택이다. 항상 중간 '죽'을 찜하지 않으시는가.

다른 용어로는 '골디락스 효과(Goldilocks)' 효과라고 한다. 금발 머리를 뜻하는 말인데, 1873년 영국 로버트 사우디가 쓴 동화 '골디락스와 곰 세 마리'에 나오는 금발 머리 소녀 주인공 이름이다.

스토리는 이렇다. 소녀는 숲속을 걷다, 곰 세 마리 집을 발견하고 들어간다. 그 집엔 수프가 끓여져 있는데, 종류가 세 가지다. 뜨겁은 것, 적당히 따뜻한 것, 차가운 것이다.

침대도 3종류가 있다. 딱딱한 것, 적당히 푹신한 것, 푹신한 것의 3종이다.

소녀는 어떤 것을 택했을까. 놀랍게 송죽매의 '죽'이다. 소녀는 적당히 따뜻한 수프를 먹고, 적당히 푹신한 침대에서 잠이 든다.

여기서 나온 게 골디락스의 원리다. 선택해야 할 항목이 많을 때,

인간은 평균값의 옵션을 선택한다는 법칙이다. 당연히 물건 진열 때 고가, 중간, 저가를 진열해 놓으면 중간 가격의 제품을 선택하는 것을 마케팅에선 '중간가 책정'이라는 의미의 골디락스 가격이라고도 한다.

이 기법은 설문조사에서도 쓴다. '좋다, 보통이다, 나쁘다' 3개의 선택지를 준다. 대부분 선택은 '보통'이다. 그래서 NPS(Net Promoter score, 고객 충성도를 알 수 있는 지표)방법으로 0~6 비추천, 7~8 중립, 9~10 추천이라는 3개 항목으로 나눠 우량고객을 판단한다. 이 지표를 보면 딱 알 수 있다. 5~6 평균숫자를 선택하는 부류라면 비추천이다. 진정한 충성 고객을 판단할 수 있게 되는 셈이다.

심리법칙 2 │ 자이언스 효과

광고에서 매우 중요하게 취급되는 심리효과다.

단순 노출효과라고도 한다. 접촉 횟수, 빈도수가 늘수록 호감이 생기는 심리다. 인간의 심리라는 게 그렇다. 익숙한 것에 반응한다. 새로운 것은 쉽게 받아들이지 못한다. 익숙한 것에 경계심리를 낮추기 때문이다.

대기업들이 돈을 들여, TV 신문 광고를 하는 것도 자이언스 효과 탓이다.

자이언스 효과를 높이기 위한 액션플랜

1. SNS 업로드 빈도 늘리기

2. 뉴스레터 정기 발송

3. 리마케팅 광고

4. 상품 안내 메일 발송 빈도 늘리기

[심리법칙 3] **앵커링 효과**

마트나 편의점의 가격표시에 자주 활용하는 기법이다. 이 효과, 강렬하다. 비싼 가격에 일단 먼저 '앵커링(닻을 내리게)'을 시킨다. 다음 할인 가격을 바로 옆에 표시한다.

최초 수치가 당연히 그 뒤에 표시된 할인 가격에 영향을 미친다. 싸 보인다. 기준가격에 시선을 박아버리는 앵커링 기법 탓이다.

🔍 **예시**

앵커링 기법이 적용된 가격 표시

~~1만5,000원~~ → 6,000원

~~2만원~~ → 1만 원

앵커링 효과 때문에 심리 속에는 '아, 정가가 1만 5,000원이구나' 하는 인식이 박힌다. 그렇다면 6,000원은? 원래 가격대비 9,000원이나 싸 보인다. 아, 무장해제다. 지름신이 바로 발동이다.

심리법칙 4) **희소성의 법칙**

이성을 마비시키는 기법이다. 언제 어디서나 가질 수 있다면, 머니력이 꿈틀할 가치도 없을 터. 구하기 힘든 물건, 오픈런을 해야 가질 수 있다면 상황이 달라진다. 마음이 급해진다. 묘하게 가치도 높아보인다. 캐치 카피나, 마케팅에선 초강력 효과를 가져온다.

다음 예시를 보자.

1. 하루 100개 한정판매

2. 1개월 예약 대기

'두쫀쿠 판매 열풍'을 기억하는가. 과자가게 오픈과 동시에 '솔드아웃' 마크가 붙는다. 미친다. 3만 원, 4만 원에 4개씩 팔아도 무조건 클릭하고 본다. 희소성의 법칙을 절묘하게 응용한 마케팅이다.

백억 카피 대전에선 '희소성'을 자극하는 3대 기법을 소개하고 있다.

🔍 희소성을 자극하는 3대 기법

1. 생산수 한정

2. 판매시기 한정

3. 판매장소 한정

공통점? 한정이라는 단어다. 리미티드 어디션. 이 단어를 듣는 순간, 이성이 마비된다. 지르고 만다.

심리법칙 5 　밴드웨건 효과

A와 B 두 가지 선택지가 있다. 반드시 사야 한다. 그렇다면 어떤 것을 살까.

결론은 하나다. 신뢰성이 가는 것. 인간은 믿을 만한 것에 돈을 지불한다.

신뢰도를 확 높이는 결정적인 한방이 있다. 밴드웨건 효과를 활용하는 것이다. 마차에 탄 사람이 한쪽으로 확 쏠리는 것처럼, 다수의 선택을 받은 물건에, 신뢰도가 증폭된다.

밴드웨건 효과다.

🔍 **예시**

1. 전문직 변호사 78%가 쓰는 아이폰
2. 전문직 변호사 20%만 쓰는 샤오미폰

어떤가. 당신이라면 어떤 폰을 사겠는가. 당연히 아이폰이다. 이런 식이다. 믿음이 가는 계층, 다수가 쓴다면, 무조건 따라 산다.

밴드웨건과 비슷한 '윈저효과'에 대해서도 알아두는 게 좋다. 윈저효과(Windsor effect)는 제3자의 소개하는 정보를 신뢰하는 심리를 말한다. 쉽게 말하면 '입소문'이다. 돈을 지불하는 고객은 판매자 자신의 메시지보다는 소비자의 의견을 가려듣고 믿는다.

🔍 **예시**

1. 써보니 너무 좋은 아이크림

2. 써본 20대 80%가 만족한 아이크림

　어떤가. 윈저효과에 끌린 당신, 무조건 2번 선택이다.

매출이 안터질 때
클릭 끌어오는 **가격 필살기**

마케팅 심리기법까지 달달 외고 캐치 카피를 만들었다. 당연히 실전에 적용해보는데 아뿔싸, 잠잠하다. 전혀 반응이 없다. 비상 상황.

클릭력에만 비상 상황이 있는 게 아니다. 머니력에도 매출이 안 터지는 비상 상황이 발생한다. 이럴 때다. 클릭에 응급처치법이 있는 것처럼, 머니력에도 응급처치법이 있다. 캐치 카피 가격편에서 끌어온 '기법'이다. 외우시라. 써먹으시라.

가격단위 낮추기: 99엔딩 신공

인간 소비의 뇌는 안정을 추구한다. 라운드 피겨(0단위로 끝나는 숫자)에 안정감을 느끼고 지갑을 열고 싶다. 그런데 웬걸. 만약 라운드 피겨에 반응이 없다면? 그렇다면 볼 것 없다. 단위를 깨면서 가격 단위를 낮추면 된다. 긴급 상황에 써먹는 가격단위 낮추기, 일명 '99엔딩' 신공이다. 99엔딩 신공은 가격 끝 단위가 숫자 '99'로 끝나게 하는 기법이다. 묘하다. 1만 원보다는 9,900원이 훨씬 싸 보이니 말이다.

99엔딩은 요즘 흔하디흔한 기법이다. 슈퍼마켓뿐만 아니라, 온라인 쇼핑몰에도 자주 보인다. 기업들이 의도적으로 99엔딩 신공, 즉 '심리적 가격 책정 기법'을 활용하기 때문이다. 99엔딩 신공이 효과적인 이유도 있다. 역시나 심리적인 효과다.

• 좌측 숫자 효과

좌측 숫자 효과라는 게 있다. 인간의 뇌는 가격을 인식할 때 주로 왼쪽 숫자에 주목한다. 9,900원은 1만 원보다 왼쪽 숫자가 작다. 훨씬 더 저렴하게 체감된다.

• 깎아주는 느낌

직관적으로는 깎아주는 기분을 느낀다. '99엔딩 가격'은 마치 판매자가 신경을 써서 가격을 낮춘 느낌이다. 소비자들은 상대적으로 나이스한 거래를 했다는 기분 좋은 느낌을 갖는다.

• 행동 촉구

무의식도 한몫한다. 99엔딩 가격은 '세일' 또는 '특가'와 연관된 것으로 무의식에 인식돼 있다. 자동, 구매욕구 자극 장치다.

• 계산의 복잡성

99. 이게 언뜻 복잡할 수 있다. 액티브 시니어 층에겐 정확한 계산

을 어렵게 만들 수도 있다. 이 경우 소비자들은 복잡한 심리 때문에, 가격을 과소평가하게 된다.

가장 흔하게 99엔딩을 활용하는 곳은 온라인 쇼핑몰이다. 쿠팡, 11번가는 메인 페이지 부터 줄줄이 등장한다. 심지어 이 가격을 안 쓰는 판매상이 없을 정도.

여행사나 숙박업소도 자주 쓴다. 여행사 패키지 대부분 상품들은 가격의 끝단위가 99엔딩이다. 숙박업 가격도 마찬가지다. 호텔이나 에어비앤비 같은 숙박 예약 플랫폼에서도 9만 9,000원, 19만 9,000원 같은 방값이 즐비하다.

놀랍게 자동차 판매에도 활용된다. 5,000만 원? 뭔가 비싸 보인다. 4,900만 원이라면? 뭐야, 한방에 싸보인다.

99엔딩이 흔하다 보니 요즘은 99엔딩 신공의 '변형' 형태도 많다.

• 95엔딩

- 99 대신 95를 활용한다. 99에만 익숙하다 보니, 95는 훨씬 더 싸 보인다. 예컨대 1만 원 대신 9,950원으로 책정한다.

• 홀수 가격 효과

짝수보다 홀수로 끝나는 가격이 더 저렴하게 느껴진다는 연구 결과도 많다. 9 대신 홀수면 된다.

- **번들 가격**

마트에 많다. 여러 제품을 묶어서 판매할 때 개별 구매보다 저렴한 가격을 제시하는 방식이다. 응용이 1+1이나, 2+1이다.

이래도 매출이 안 올라? 멀티플 기법을 활용하라

도파민 글쓰기 5형식 기억나는가. 활용법이 있다. 바로 멀티클이다. 5형식을 섞어 쓰는 하이브리드 기법이다. 마찬가지다. 매출 터지지 않고 그대로라면? 심리 기법 여러 개를 멀티플로 섞어 쓰면 된다.

'백억짜리 카피사전'에는 이런 예가 나온다.

빵 가게에서 '인당 3개' 문구만 내걸었는데, 그날 매출 최고치를 찍는다. 이거다. 인당 3개 문구. 이 문구는 어떤 심리효과를 결합해 만든 것일까.

- **인당 3개 = 희소성의 법칙 + 앵커링 효과**우뇌적(도파민) 글쓰기

멀티플로 희소성의 법칙과 앵커링 효과를 결합한 것이다. 당연히 효과, 증폭이다. 인당 3개까지 간판을 본 소비자들은 이렇게 생각한다. 아, 워낙 인기가 있다 보니(희소성 법칙) 3개씩만 파는구나. 얼른 사자고.

여기에 앵커링 효과도 작용한다. 보통 빵집에 갈 때는 개수를 생각하지 않는다. 그냥 손에 집히는 대로 사고 나온다. 그런데? 딱 앵커

링으로 숫자에 닻을 내려준다. 3개라고. 그것도 1인당. 그러니, 안 살수가 없다. 희소성까지 있는데, 3개만 딱 한정으로 사란다. 그래, 사고 만다.

CHAPTER

17

머니 클릭 터지는
도파민 스토리

챗GPT를
이기는 글쓰기

클릭을 부르는 건 기승전결이 아닌 V자형 스토리

숏츠 영상 '제휴 링크'를 클릭해 쇼핑을 유도하는 클리커블한 스토리가 고민이신가? 쇼핑몰 지갑을 여는 상세페이지의 스토리를 만들고 싶으신가. 그렇다면 주목. 돈을 여는 지점 '머니 클릭' 자극점 공부 다음은 돈을 부르는 '도파민 머니 스토리'까지 진격해야 한다.

시나리오 드라마의 작가 출신? 기자 출신? 다 필요없다. 머니 클릭을 부르는 '도파민 스토리'는 따로 있다. 지금부터 돈 버는 글의 형식을 마스터 한다.

이거 영업 비밀급이다. 쉿, 우리끼리만 공유하자. 클릭만 필요한 곳이 있는가 하면, 돈이 되는 머니 클릭이 필요한 생태계가 있다. 대표적인 곳이 '쇼핑몰 상세페이지'다. 상세페이지의 변형이 숏츠 '제휴 링크'다. 짧은 숏츠 영상을 보면서, 아, 그게 필요한 거구나 하고 느낄 때, 묘하게 '그게' 제휴링크로 보인다. 누르게 된다.

자, 이런 상황이라면 당연히 스토리가 필요하다. 필자는 돈을 부르는 클릭을 위한 스토리를 '도파민 머니 스토리'라 정의한다. 클릭을 부르는 글에 형식이 있다는 건 앞서 배운 바 있다. 이름하여 도파민 글쓰기 5형식이다. 기억하는가. 리스트클, 네가티클, 미라클, 스타클, 이코노미클의 5형식을.

도파민 글쓰기 5형식은 단순히 클릭을 위한 글의 형식이다. 돈을 부르는 머니 클릭의 형식은 차원이 다르다. 기승전결의 예전 스토리 전개 방식이나, 클릭을 부르는 글쓰기 5형식으로는 독자들의 시선을 끌 수 있지만, 돈을 뽑아내지는 못한다.

돈을 뽑아내는 머니 클릭 '도파민 머니 스토리'는 따로 있다. 이름 하여 V자형 머니 클릭 글쓰기다. '백억짜리 카피대전'에서 오하시는 V자형 카피글 스토리 텔링이라고 설명한다. 읽는 이를 '강렬한 한방' 으로 감동시키고, 지갑을 열어야 하는 만큼 딱 이 형식이 일반적이다.

V자는 상황 전개의 흐름을 형상화한 것이다. 아래를 보자.

🔍 V자형 머니 클릭 스토리

1. 일상에서 최악의 상황으로 추락(V자 곡선의 좌측 하락 구간. 변곡점으로 추락)
2. 최악의 상황, 경험 스토리 언급(변곡점에서의 상황)
3. 성공 쟁취(V자 곡선의 우측 상승구간)
4. 성공비결 공개 - 베네핏 노출 (혜택 보여주며 상품, 강의, 물건 공개)

여기서 중요한 건 베네핏 노출의 순서다. V자형 스토리의 마지막 까지 숨겨야 한다. 스토리로 감성을 자극한 다음, 마지막 순서에 베네 핏으로 쾅, 박는다. 머니 클릭이 이어진다.

ex

1. 신용에 풀매수로 10억을 한 종목에 풀베팅. 갑작스럽게 상장폐지.

2. 한 일주일 투자로 무려 10억을 다 날릴 처지. 설상가상 회사에서도 징계.

3. 우연히, 교육사이트에서 주식강의를 듣게 됨.

4. 결국, 3달 뒤에 5억 이상 회복하며, 재기.

   * 그 강의를 들은 곳이 크몽. '3주 만에 주식 고수되는 비법' 강의를 듣고, 계좌 반전.

   → 강의 공개 하면서 판매 유도.

V자형 머니 클릭 스토리는 상세페이지뿐만 아니라, 다양한 곳에 응용된다. 대표적인 게 책의 스토리다. 50만 부 이상 팔린 유튜버 자청의 역행자의 스토리를 기억하는가. 정확히 V자형으로 독자들의 시선을 끈다.

Q 역행자의 V자형 스토리 예시

1. 오타쿠 찌질이 스타일의 어린 자청

2. 여친한테 차이고 영화관 알바 전전긍긍. 지방대 겨우 턱걸이.

3. 심리학 전공한 뒤, 반전. 연애 상담 플랫폼으로 대박, 연이어 다른 사업에 손 대면서 승승장구. 월억 찍는 완벽한 스타일의 상남자로 변신.

4. 결국, 성공에서 가장 중요한 건 책 읽기. 《역행자》 역시 필독서.

   * 역행자 책 판매와, 찐팬 확보.

완벽한 반전이 있는 V자형 흐름. 바닥을 친 다음 상승세를 타며 인생 반전 스토리를 완성한 멋진 스토리에 독자는 열광하고 공감한다. 그리고 그 성공의 비결이 바로 OOO이라면. 기꺼이 지갑을 열고, OOO을 구매하게 된다.

V자형 스토리가 왜 중요할까. 머니 클릭을 부르는 글 형식의 가장 기본이 되는 '기본형'이기 때문이다. 여기서 모든 머니 클릭 스토리의 확장형이 나온다. 아래 C(위기)-S(해결) 구조와 '도파민 스토리 3형식'이 모두 V자형의 확장형이다.

클릭 만능키 도파민 스토리
C-S 구조

숏폼 콘텐츠에 익숙한 도파민 키즈들에겐, 소설가 한강이 와도, 버림받는다. 길고, 지루한 콘텐츠를 견디기엔, 도파민 뇌의 인내심은 바닥이다. 숏폼 유튜브로 대표되는 뉴플랫폼 시대에는 기-승-전-결이라는 기존 소설식 구조로는 이들의 손끝을 끝까지 잡아둘 수 없다.

제목에서도 단 '0.017초' 만에. 스크롤를 스톱할지, 말지를 결정하는 그들이다.

클라이맥스를 향해 천천히 빌드업을 쌓는 기승전결식 예전 스토리텔링 방식으로는 시선, 잡아둘 수 없다.

그래서 나온 게 V자형의 확장형 'C(Crisis, 위기)-S(Solve, 해결)' 스토리 구조다. 필자는 클릭을 부르는 '도파민 스토리' 구조라고 정의한다. 앞서 익힌 머니 클릭을 부르는 카피글의 'V자' 스토리 텔링과 일맥 상통한다.

단, 틀린 점 하나는 바로 '바닥(V자형 맨 아래 변곡점)'부터 시작한다는 것이다.

C-S 형식은 이야기 시작과 동시에 바로, V자 바닥, 위기로 몰아넣

는다. 다음은? 바로 해결이다. 중간에 다른 얘기들, 그건 양념이다. 핵심은 '위기-해결'의 반복이다.

🔍 스토리 텔링 공식: CS

C: Crisis(위기) → **S:** Solve(해결)의 무한 반복

이게 얼마나 먹히느냐. 유튜프, 숏츠, 블로그 등 플랫폼 생태계뿐만 아니라 최근에는 영화, OTT 같은 시리즈물에서도 전방위로 이 방식을 쓰고 있다.

디즈니플러스의 인기작 최근 〈조각도시〉는 1편부터 아예 '위기(살인자 누명) - 해결(감옥 탈출) 과정'을 거치며 스피디하게 전개된다. '신사장 프로젝트' 역시 개별 편 별로 '위기- 해결' 구조가 무한반복된다. 주인공 한석규의 과거의 스포일러는 중간중간 조금씩 공개될 뿐이다. 일단 위기를 통해 '자극'을 주고, 해결을 통해 '반응'을 이끌어내는 전형적인 '도파민 스토리 텔링'이다.

숏츠, 유튜브에서 스토리 방식으로 채널을 운영하는 곳을 보면 전부 이 방식이다.

구독자 5만 명에 육박하는 '꿀잼뉴스' 채널이다. 흥미로운 뉴스 핵심만 1분여 길이의 숏츠로 짤막하게 보여준다.

딱 1분짜리. 스토리텔링 방식은 C-S의 무한반복이다. 60초짜리 영상에, 10초 단위로 위기-해결이 반복된다면 어떤가.

150만 조회수가 터진, '야 너 나와. 고객 2명의 돌발행동' 영상을 장면별로 나눠 본다.

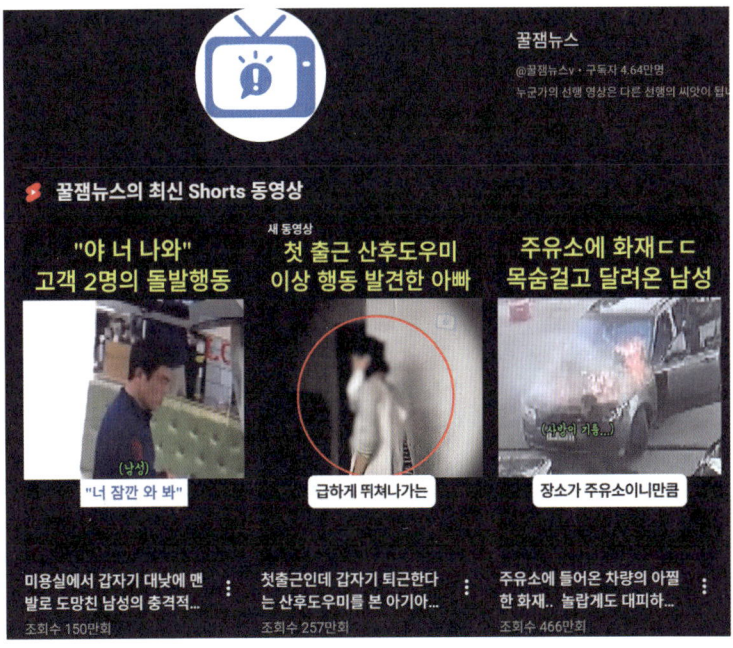

1. 한 남성이 미용실에 들어가자마자, 깜짝 놀란다.(위기감 조성)

2. 대기하던 한 남성을 끌고 나간다.(위기감 증폭)

3. 끌려가던 남성, 미용실 문을 나가자마자 맨발로 도망을 친다.(위기 증폭)

4. 쫓아가던 남성, 차에 치일 뻔하면서도 추격전을 펼친다.(위기 증폭)

5. 알고 보니, 쫓아간 남성은 경찰, 도망간 남성은 수배자다.(해결)

60초짜리 영상도 C-S구조를 철저히 따르고 있다. 무조건 시선을 잡아둬야 한다. 긴장이 풀리는 순간, 버림이다.

외우는 법. 카피글 스토리텔링 구조인 'V자'와 'C-S'를 통합해 외워두면 된다.

클릭을 부르고 싶은 스토리를 구상하는가. 무조건 위기부터 들이밀라. 바닥을 치게 하라. 그리고 극복 스토리, 해결, 희망을 보여주면 된다. 터진다.

머니 클릭 터지는
도파민 스토리 3형식

3

지금부터는 V자형 확장형의 하이라이트, 도파민 스토리 3형식이다. 도파민 글쓰기의 5형식보다는 2형식이 적지만, 이 3형식 파워풀하다. 제대로 익혀두면, 머니 클릭 폭발이다.

🔍 도파민 스토리 3형식

- **1형식**: 공포감 심기
- **2형식**: 피아노 카피 스토리
- **3형식**: 대리만족 스토리

1형식 공포감 심기(손실회피 심리 자극)

공포감 심기만큼 강렬한 것은 없다. '와, 이거 안 사면 진짜 큰일 날 것 같은데' 하는 직접적인 공포감을 주는 게 핵심이다.

이게 가장 잘 먹히는 곳이 숏츠 쇼핑의 상세페이지 스토리다.

역시나 V자형 스토리의 응용과 확장형이다. 아래 변곡점의 위기감 대신, 공포감을 준다. 그리고 해결과 동시에 베네핏(혜택) 공개다.

🔍 공포감 심기 스토리 메이킹 순서

1. 제품 선정: 어떤 제품을 팔지, 제휴링크에 어떤 제품을 넣을지 고른다.

2. 공포감 심기 스토리 선정

- 제품에 맞는 스토리 선정.

* 공포감 스토리 소재 찾기 - 제품 키워드로 뉴스 사건사고 검색. 사건사고 중 반향이 컸던 스토리 차용 및 응용.

* 공포감 해결 및 베네핏 공개 - 제품 링크로 자연스럽게 연결. 판매.

가장 중요한 건 공포감 심는 스토리 소재를 찾는 일이다.

대부분 여기서 챗GPT에게 의지한다. 하지만 고수들은 다르다. 챗GPT가 만들어낸 상세페이지 글은 희한하게 2% 부족하다. 소비자들은 2% 한 끗짜리를 딱 캐치한다. 이 2%의 정체가 뭘까.

챗GPT가 절대 해보지 않은 '현실의 경험'이다.

그렇다면, 챗GPT는 아예 경험해보지도 않은 소재를 어디서 찾을까.

그 소재의 핫플레이스가 놀랍게 사건사고 뉴스다.

예컨대, 집안용 '감시 CCTV' 제품을 판다고 가정해보자.

소재는? CCTV 사건사고 뉴스를 검색한다. 어라. 집안에 홀어머니 혼자 잠들어있다가, 이웃에 화재가 났는데, 스마트폰을 통해 CCTV

경보 벨 소리를 듣고, 119에 신고, 어머니를 구해낸 감동의 스토리가 있다면. 바로, 이게 소재다. 아래는 그렇게 만든 숏츠 쇼핑 제휴링크 스토리다.

숏츠 제목 'OOO 덕에 어머니가 살았습니다'

스토리: 100만 원짜리 럭셔리 펜션 예약하고, 여자친구랑 차몰고 가고 있었지. 갑자기 폰에 경보가 울리는거야. 며칠전 구입한 가정용 CCTV에서 보낸 신호야. 화면을 봤더니 연기가 자욱한거지. 아, 어머니가 계시는데. 곧바로 119 신고, 현장 출동한 구조대가 어머니를 무사히 대피시키신 거지. 덕분에 나는 여자친구랑 펜션 여행까지 잘 마쳤고. 다들, 이런 거 하나쯤은 집에 두면, 멋진 경비원 하나를 품고 있는 거나 마찬가진 거지. 건투를 빌어. (제휴링크)

어떤가. 이쯤 되면 누구나 한 번쯤 어떤 CCTV 제품이야, 하고 링크를 눌러보지 않을까. 요즘 쿠팡 제휴링크는 클릭하고 열어만 본 뒤, 소비자가 다른 제품을 구매하더라도 일정 수수료를 받는 구조로 운영하고 있다.

2형식　피아노 카피 스토리

2형식은 '피아노 카피'의 응용이다. 마케팅의 교본 같은 '피아노 카피' 스토리는 강력한 유형으로 정평이 나 있다. 카피라이터들은 이

유형을 그냥 '애국가'처럼 좔좔 외고 있다.

이 광고는 미국의 유명 카피라이터 존 케이플즈(John Caples)가 쓴 카피로, '머니 클릭'의 '바이블 문구'처럼 전해진다.

자세히 유형을 뜯어보면 놀랍게도 V자형이다.

응용법? 간단하다. 원 광고의 형태만 외워두고, 단어만 바꿔 넣으면 된다.

아래는 그 유명한 원래 광고다. V자형 스토리텔링의 위력을 보자.

내가 피아노 앞에 앉았을 때

그들은 나를 비웃었다.

그러나, 내가 연주를 시작하자마자…..(피아노 교재 판매)

1. 내가 피아노 앞에 앉았을 때(V 좌측 윗부분에서 변곡점 아래로 슬슬 내려간다)
2. 그들은 나를 비웃었다(V자 아래 변곡점 바닥)
3. 그러나 (변곡점 터닝)
4. 내가 연주를 시작하자마자…(V자 우측 상승곡선)
5. 베네핏(혜택 - 피아노 교재)

어떤가. V자 곡선의 흐름이 느껴지시는가.

아래는 응용. 단어만 바꾸면 된다고 했다. 이런 식이다.

피아노 카피 응용 = OO하자 **가 비웃었다. 그러니, OO하자….

예컨대, 이런 변형이 가능하다. 파파고 번역앱을 판매한다고 가정해 보자.

금발의 독일 여성이 황급히 나에게 말을 걸자,
모두가 비웃듯 쳐다봤다.
그러나….능숙하게 대답해 주자, 놀라 자빠졌다.
(번역앱 파파고 판매)

피아노 카피에서 핵심은 의외성이다. 바보의 반전 정도로 보면 된다. 의외성이 강렬하면 강렬할수록 투하되는 돈의 크기는 커진다.
아래는 '백억짜리 카피대전'에 나오는 예시문이다. 의외성의 힘을 느껴보시라.

🔍 예시

1. 피부관리 센터 홍보
뭐? 당신이 피부관리를 받는다고?
남편이 콧방귀를 뀌며, 웃었다.
그러나, 집에 돌아오자마자~
(피부관리 전문센터)

2. 주식 투자 강의
절대 투자할 생각하지 마
동료가 한심하다는 듯 말했다.
그러나, 3개월 뒤….

의외성의 힘이 느껴지시는가. 이런 건 어떤가.

챗GPT를 이기는 글쓰기 책을 읽고 클릭력이 늘 것 같아?

동료들이 비웃었다. 그러나, 1주일 뒤….

어떤가. 이 책 다른 분들에게도 추천해주겠는가, 라면 받침대로 쓰시겠는가.

3형식 대리만족 스토리

대리만족은 항상 먹힌다. 해외도 그렇다. 베네치아가 그리운 분들은 경기도 김포 베네치아(장기동)를 찾아가면 위안을 얻는다. 지중해가 가고 싶은데 여유가 없다면? 아산 지중해 마을이라도 찍고 오면 그나마 좀 보고 온 듯하다.

돈이 쏟아지는 클릭도 마찬가지다. 뭔가, 대리만족을 느끼게 해 준 것에 돈을 쓰게 돼 있다.

3형식 대리만족 스토리의 실전 유형은 이렇다. 외워두시라.

🔍 대리만족 스토리

OO하지 않아도, ** 할 수 있다

* 응용: OO하지 않아도/OO하지 않고도/OO 없이

OO 하지 않아도의 OO에는 기존 상품에서 느꼈던 안 좋은 감정을 넣으면 된다. 뒤의 '** 할 수 있다'의 **에는 베네핏을 넣어주면 된다.

실전 적용법은 이런 식이다. 이런 카피글이 있다고 치자.

하루 2회 트윗으로 팔로워 1,000명 늘리는 방법은?

→ (적용후) 매일 많은 트윗을 업로드하지 않아도, 하루 단 2회 트윗만으로 팔로워 1,000명 늘린다.

어떤가. 감이 오는가. 필자는 이렇게 응용하고 싶다. 온갖 글쓰기 책 다 읽지 않아도⋯. '챗GPT를 이기는 글쓰기'만으로 '월천' 번다. 이 정도인데, 이 책 주변에 추천하겠는가. 아니면 기를 쓰고라도, 라면 받침대로 쓰시겠는가.

결제를 부르는
상세페이지 6법칙

'결제의 정글'이 있다. 키워드 하나, 문장 하나하나가 바로 결제와 연관이 되는 살벌한 '심리 게임 실전의 판'이 곧 상세페이지다. 모든 키워드, 문장의 연결이 결제를 위한 심리 설계 장치로 교묘하게 연결이 돼야, '머니 클릭'까지 이어진다. 여기서는 이 정글에서 승기를 잡는, 결제를 부르는 '필살기'를 익힌다.

상세페이지의 목표, 무조건 하나다. 바로 결제다. 결제 버튼을 꾹 누르게 만들려면 설계 장치도 정교해야 한다. 어렵지 않다.

🔍 상세페이지의 스토리 구조

(자극 증폭 단계)

감정(손해심리 자극 - 베네핏 제시) → 신뢰(숫자로 신뢰성 자극) → 확신(후기로 확신성 자극) → 긴급성(결제를 위한 긴급성 자극) = 결제

상세페이지의 스토리는 결제까지의 구매심리 자극 증폭과정으로 이뤄진다. 일반 이야기의 기-승-전-결 같은 느낌이다. 각 단계의 자

극 포인트만 잘 이해하면 당신도 '머니 클릭(결제 버튼 클릭)' 대박을
만들어낼 수 있다. 아래는 상세페이지 제작 대행업체 광고 문구다.

1단계 · 첫 화면, 딱 3초 만에 공감 만들어내기

감정 자극 단계. 베네핏(혜택)을 바로 들이민다. 제한시간 3초. 어
떤 제품인지, 베네핏은 뭔지, 구체적인 숫자를 동원해 바로 시선을 확
잡아야 한다. 이건 '내게 필요한 건데'라는 공감력을 끌어내는 게 핵
심이다.

결제의 진검승부는 기세다. 첫 화면. 딱 3초 안에 필요성(돈 쓰기)
에 대한 공감을 이끌어 내야한다. '이건 내 얘기구나, 진짜 나에게 필
요하구나'하는 공감이다.

프리미엄 감자 10kg 판매합니다(X)

→ 마트보다 30% 싸고, 삶으면 꿀맛 나는 햇감자 10kg 팝니다(O)

이런 식이다. 베네핏은 '마트보다 싸다는 것'. 베네핏에 대한 확신을 위해 숫자(30% 할인) 바로 들이댄다.

2단계 손해심리 자극 – 불편함 찌르기

문제를 확대할 것. 그 물건을 사지 않음으로 발생하는 손해나 불편함을 바로 찔러야 한다. 사람은 문제가 명확할 때, 비로소 지갑을 연다. 구독자, 소비자가 "그래, 맞아"라고 맞장구를 치면, 성공이다. 핵심 문장들은 이렇다.

손해심리 자극 문구

1. 이런 경험 있으셨죠?

2. 매번 실패하셨죠?

3. 돈만 버린 적 있죠?

3단계 단순, 명료한 해결책 제시

해결책, 바로 제시해 준다. 해결책의 핵심은 단순, 명료, 구체적이어야 한다는 것. 기능을 줄줄이 나열하는 건, 오히려 결제 반감을 불러 일으킨다. 두루뭉술한 표현도 금지다.

해결책에는 딱 3가지만 들어가면 된다. '기능 → 이점 → 삶의 변화(기능의 효과로 인한 변화)' 순이다.

Q 예시

고급 소재를 사용했습니다(X) → 두루뭉술한 표현

→ (간단, 명료, 구체적 표현 수정) - 빨래 100번 해도 줄어들지 않습니다(O)

4단계 숫자를 통한 '신뢰심리' 자극

숫자는 신뢰의 상징이다. 정확하고 구체적인 숫자로, 신뢰심리를 자극해야 한다. 숫자는 감정을 이긴다.

Q 예시

신뢰심리 자극 숫자의 예시

누적 판매 10만 개/재구매율 97%/재방문율 80% 이상/평균 별점 5점 만점에 4.5/평균 평점 4.8(5점 만점)

제3자의 입을 통한 확신심리 자극

구매 결정에 마지막 방점을 찍어주는 게 '후기'다. 후기를 그냥 넘기는 분들, 많다. 신경 써야 한다. 중요하다. 후기는 제3자의 설득이다. '남들도 그렇다는데' 하며 확신심리를 자극해주는 것이다. 제3자의 설득력을 보장해 주는 마법의 문장이 있다. 이것만 쓰면 끝. 그 강력한 문장이 '반신반의했는데…'다. 외워두시라.

구매자들은 '판매자'를 절대 믿지 않는다. 자신과 비슷한 입장에 있는 무리를 믿는다.

확신심리를 자극하는 기법 중 또 다른 하나는 'Before&After'다. 여러 말 필요없다. 앞과 뒤, 하기 전과 하기 후를 그냥 보여주면 된다. 확신 폭발이면 바로 구매다.

마지막 자극: 희소성 (긴급)심리 자극

이게 있고 없고가 아마 판매자와 프로 판매자를 가른다. 5단계까지 거쳤다고 바로 결제 버튼을 들이밀면, 또 반감. 방점을 찍어주는 '라스트 자극' 단계가 '긴급성(긴급 심리, 한정판 심리)' 자극이다.

앞선 '돈을 부르는 카피글 심리법칙 5'에서 배운 '희소성의 법칙' 기억하시는가. 그 심리를 건드리면 된다.

이것 놓치면, 못산다, 다시는 안 올 마지막 기회라는 심리를 자극하는 것이다. 어라, 이거 안 누르면 다시는 못 봐? 그러면서 이성이 마비된다. 결제 폭발이다.

다시 한번 강조하지만 인간은 '언젠가', '다음번에' 절대 사지 않는다. '지금 아니면, 손해'일 때만 지갑을 연다. 이 심리, 잊지마시라.

🔍 예시

한정판 심리자극 문구: 오늘 자정 마감/200박스 한정/이번 주만 무료 배송

7. 결제 버튼에 절대 쓰면 안 되는 문구

마지막 한 가지 더. 결제 버튼의 문구다. 절대 쓰면 안 되는 게 있다. '구매하기'다. 담백한데 왜? 하는 분들 있으실 거다. 안 된다. 마지막까지, 긴급성을 자극해야 한다. 구매하기 대신 이런 문구가 터진다.

결제버튼 문구: 구매하기(X)

→ (대안 문구: 긴급성 자극) 지금 30% 할인받기/오늘만 이 가격으로 받기/
  무료배송으로 받기

8. 불안감 제거

아직 끝이 아니다. 상세페이지 마지막에는 이걸로 끝내야 한다.
'불안감 제거' 심리 자극이다. 구매자가 마지막에 다시 머뭇거리는 이
유, 하나다. 혹시? 만에 하나 제품이 이상하다면? 이런 심리를 막는
작업이다. 해결법 간단하다. 이 불안심리를 판매자가 책임져 준다는
'신뢰감 주기'다.

불안감 제거 라스트 문구

7일 환불보장/100% 교환 보장/품질 불만족 시 전액 환불

4

인스타그램에서
무조건 터지는 스토리 전략

인스타그램은 '별종'이다. 다른 플랫폼과는 콘텐츠 소비 패턴 자체가 다르다. 당연히, 인스타용 아이템, 따로 심어야 한다.

홍보전문기업 '브린디액션'이 직접 저장·공유를 많이 받은 콘텐츠를 분류한 결과가 흥미롭다. 그는 아예 저장 잘되는 콘텐츠, 공유 잘되는 콘텐츠를 딱 구분해, 4가지씩 제시한다.

저장 잘되는 콘텐츠는 정보제공(특정 분야), 큐레이션(흩어진 정보의 일목요연한 정리), 경험과 노하우 제공, 보고 따라 하는 콘텐츠 등의 4가지다.

- 정보제공 - 제주도 해변가 맛집 12곳/오늘의 테마주 : UAM·챗GPT
- 큐레이션 - 스타들의 인생을 바꾼 한마디/광고비 없는 무료 마케팅 방법 4가지
- 경험·노하우 제공 - 지겹다, 영어로?/누구나 돈되는 아이템 찾는 법

• 보고 따라 하는 콘텐츠 - 블로그 일방문자 1,000명 만들기/ 블로그 상위노출 알고리즘 적용법

잊을 뻔했다. 이 네 가지 유형의 콘텐츠로 한층 더 열광적인 반응을 이끌어내는 법. 멀티플이다. 4개를 섞으면 된다. 경험과 노하우를 제공하면서 정보도 되고, 보고 따라 할 수 있는 콘텐츠를 만들면 된다.

공유 잘되는 콘텐츠는 누구랑 의견을 공유해야 할 때, 내 시간과 비용을 아껴주는 콘텐츠, 남들이 잘 모르는 정보, 챌린지 등이다.

• 의견 공유 - 맛집(친구와 만날 약속, 맛집 선정이 고민일 때)
• 시간·비용 절감 - 모르면 인간관계로 개고생하는 사실/신발 직구할 때 외국사이즈 정리
• 남들이 잘 모르는 정보 - 직원 관리 잘하는 사장님들이 꼭 신경 쓰는 4가지/광고비 없는 무료마케팅 비법 4가지
• 챌린지 - 미라클 모닝/모닝 긍정확언

챌린지(미라클 모닝 도전) 콘텐츠는 '공유'를 위한 것이라고 보면

된다. 단기간에 급속도로 퍼진다는 점, 순식간에 떡상하는 콘텐츠가 될 수 있다는 점에서, 가장 유용한 방식이다.

인스타의 핵심은 썸네일이다

플랫폼 글쓰기에서의 핵심, 제목이다. 마찬가지다. 인스타의 핵심, '썸네일'이다. 검색 탭에 노출이 된 콘텐츠, 수십, 수백 개다. 이 중에서 손끝의 간택을 받아야, 떡상을 한다. 그러니, 한눈에, 딱 1초 만에 후킹을 하는 썸네일, 무조건 만들어야 한다. 문구는 고급 카피라이팅 수준이어야 하고, 컬러도 무시할 수 없는 요소다.

썸네일 후킹법? 지금까지의 클릭 유발법 공식을 십분 활용하면 된다. 방법은 같다.

팔로우 버튼 누르게 하려면 2가지만 하라

인스타는 그냥 보는 것으로는 만족하면 안 된다. 결국, 팔로워 숫자를 늘려야 한다. 팔로우 버튼을 누르게 하려면? 브랜디 액션은 딱 2가지만 하면 된다고 지적한다.

1. 프로필 설명란의 아이덴티티
필자가 1레벨 1일 차 필살기 1단계로 플랫폼 글쓰기 마인드 셋

FIRE 공식을 배치한 이유가 있다. FIRE 공식의 I(Identify)를 기억하면 된다. 딱 보는 순간, 아, 이 인스타는 '이것' 관련이구나가 나와야 한다. 정체성의 힘이다. 이때 중요한 건 '한눈에 딱 들어오게' 만드는 것이다. 직관적으로 바로 이해되도록 하는 것이 핵심이다.

예를 들면 '맛집 블로거, 먹방, 여행계정, 육아맘' 이렇게 적는 분들이 대다수인데, 이게 아니다. 만약 리뷰를 전문적으로 하는 인스타 계정이라면 '다섯 번 이상 사 먹어 본 것만 리뷰하는 내 돈 리뷰' 같은 식으로 특징과 콘셉트를 명확하게 드러내야 한다. 이래야 나를 팔로우할 이유와, 당위성이 만들어진다.

Q 예시

PT샵 운영 인스타

잘못된 예시: 친절하고 확실하게 알려주는 PT샵(X)

→ 40kg 감량해 본 트레이너가/실제로 효과 본 방법만 알려주는 PT샵

위, 캡처를 보면 된다. 1번 자리에 이름(검색 키워드)이 들어간다. 2번에 슬로건을 넣는다. 3번 자리가 브랜드 설명 자리다. 4번 라인에는 경력을 돋보이게 넣는다.

2. 피드의 일관성

색깔 톤, 글씨체까지 통일시켜야, 일관성이 드러난다.

인스타로 수익 만들기

여기까지 진격했다면, 당신 필히, 심장이 뛰고 있을 터. 지금부터가 핵심이다. 인스타로 돈 만들기. 수익화 모델이다. 브랜디 액션은 수익화모델로 6가지를 든다.

1. 콘텐츠 대행

대신 콘텐츠 만들어주기. 스킬업을 위해 많이들 하는 방법이다. 업체의 가이드도 받고 본인의 콘텐츠 제작 스킬도 키운다.

2. 협찬과 광고

본인 채널의 영향력이 커지면 업체 쪽에서 먼저 DM을 통해 연락 오는 경우가 대부분이다. 체험단 협찬 방식도 일반적이다. 기업과 콜라보 일땐, 1,000만 원 이상까지 받을 수 있다. 주의사항. 너무 상업으로 흘러가면 '쉐도우 밴'이라고 인스타에서 막는 경우가 있다. 역효과다.

3. 소모임

독서모임, 글쓰기 모임, 미라클 모닝, 원데이클래스 류다. 마음이 통한 분들, 회비를 낸 분들과 폐쇄적으로 운영할 수도 있다.

4. 공동구매

쇼핑몰 위탁판매와 비슷한 개념. 고글에 공동구매 도매 사이트를 통해, 제품 픽을 한 뒤, 판매페이지 형태로 인스타를 운영하는 방식이다.

5. 전자책 판매

무조건 도전해보실 것. 정보 큐레이션만으로도 가능하다. 퍼스널 브랜딩에 딱.

6. 쿠팡 파트너스

쿠팡과 제휴를 통한 콘텐츠 노출. 유튜브 숏츠나 인스타 영상물에 자주 쓴다. 쿠팡과 제휴를 통한 수익창출 로직이다. 우측 하단부에 제휴 링크를 걸어두면 쿠팡 구매사이트로 연결되고, 콘텐츠 구독자들이 자연스럽게 제품을 접할 수 있도록 유도하는 방식이다. 직접 구매가 아닌, 간접 구매까지 일정 수수료를 취득할 수 있는 구조여서 요즘 핫하다.

 챗GPT를 이기는 글쓰기

CHAPTER

18

챗GPT가 알려준
클릭력 비법, 공생력

챗GPT를
이기는 글쓰기

챗GPT와 멋진 하모니를 이뤄 당신의 '도파민 필력(글쓰기 필력)'을 업그레이드하고 싶다면?

마인드 셋이 필요하다. 말하자면 챗GPT와 공생하기 위한 마인드 셋.

자, 핵심 한 줄이다. 절대 잊지 말아야 할 '챗GPT 공생 계명'이다. 따라 읽어보시라.

"절대 (챗GPT)에게 대신 쓰게 하지 마라. (글을) 훈련시키는 조수로 활용하라"

아시겠는가. 글쓰기 운전대만큼은 넘기지 말라는 의미다. 명심 또 명심하시라.

그렇다면 어떻게 조수로 써먹을 것인가. 지금부터는 챗GPT와 공생을 위한 마인드 셋 6계명을 공부한다. 어쩌면, 이 책에서 가장 중요한 계명일지도 모른다.

아, 미리 말씀드린다. 이 챕터, 챗GPT와의 공생편은 챗GPT를 글쓰기 조수로 활용해, 나온 것임을 밝혀드린다. 직접 써보면 안다. 인간을 셜록 홈즈라 치면, 왓슨급은 한다는 것을.

챗GPT와 글쓰기 공생을 위한 6계명

1계명: 글의 시동을 거는 용도로 써라

2계명: 글의 구조(뼈대)를 설계하는 용도로 써라

3계명: 표현 업그레이드 용도로 써라

4계명: 아이디어 생성기로 써라

5계명: 독자 역할을 시켜라

번외 6계명: 절대 쓰면 안 되는 '악성 명령'

챗GPT와 공생하는
글쓰기 명령 6계명

첫 문장을 뽑는 '시동' 용도로 써라

'글의 시동을 거는 용도로 써라'

챗GPT와의 공생 1계명이다. 글쓰기에서 가장 어려운 건 '스타트' 다. 모니터 하얀 바탕. 커서는 깜빡거리는데, 막상 글을 쓰려면 머리 속이 하얘진다. 이때 램프 속 지니, 아니, '글쓰기 조수 지니 챗GPT를 불러내면 된다. 어떤 소원을 빌까. 첫 문장만 써달라는 요청이다.

필자는 월 1회 매일경제신문에 여행칼럼 '닥치GO'를 연재한다. 한 달 한 번이지만, 이게 쉽지 않다. 이럴 때, 프롬프트에 이런 요청을 하면 된다. 대신 순서가 있다. 이렇게 차례대로.

🔍 프롬프트

- **프롬프트 1** = 여행 칼럼, 첫 문장 10개만 뽑아줘. 대신 독자의 심장을 찌르는 문장으로

- **프롬프트 2** = 이 글의 도입부를 강렬하게 시작하는 문장 5개로 추려줘

기세. 칼럼이든, 기사든, 어떤 글이든, 첫 문장이 가장 중요하다. 독자들의 기선을 제압해야 한다. 도입부는 그래서 강렬해야 한다.

여기서 잠깐. 공생의 핵심은 이거다.

'전체 글을 쓰게 하지 말고 첫 문장만 여러 개 받는 것'이다. 다음부터는? 이 책을 읽는, 독자들의 몫이다. 이어서, 자신의 의지대로, 쓰면 된다.

잊지 마시라. 챗GPT는 처음에 커서를 밀고 가는 용도, 글의 시동을 거는 용도로 써먹으면 된다.

글의 구조를 짜도록 지시하라

'글의 구조를 짜 달라고 할 것'

챗GPT 공생 2계명이다. 챗GPT가 인간보다 강한, 비교위위의 영역은 분명히 있다. 이 지점에서 도움을 받는 것이다. 챗GPT 최대 강점은 효율성과, 패턴이다. 데이터를 쌓아, 출력하는 속도, 그리고 그 데이터의 패턴화는 인간이 결코 따라잡을 수 없다. 특히 구조 설계에 강하다.

당신의 글을 다 쓰고 났는데, 뭔가 어수선해 보인다. 두서가 없는 느낌이 든다. 이럴 때다. 글의 패턴을 짜 달라고 아예 요청해 보는 것이다. 이 효과 강렬하다. 사실 글의 읽는 맛은 구조에서 나온다. 그게 숏폼이든, 유튜브든, 칼럼이든, 기사문이든, 쇼핑몰의 상세페이지건 상관없다. 읽기 편한 구조를 갖고 있어야 한다.

🔍 **예시**

프롬프트

1. 여행 칼럼 구조를 짜줄래. 예시 나열 형태로.

2. 칼럼 구조를 다시 정리해 줄래. 발간 – 전개 – 위기 – 결론 구조면 좋을 듯해.

직접적으로 이렇게 지시해도 된다.

🔍 **예시**

프롬프트: 독자가 끝까지 읽게 만드는 글의 흐름을 설계해줘

결과물 보면 입이 쩍 벌어진다. 글이 훨씬 논리적으로 변한 걸 느낄 수 있다. 최종 완성 속도 역시 2~3배는 빨라진다.

표현 업그레이드 용도로 써라

앞에 별 두 개에 주목하시라. 가장 중요한 조수의 활용법, 표현 업그레이드 용도로 쓴다는 것이다.

챗GPT는 소설가 알파고다. 속에 소설가 한강의 문체도, 김훈의 문체도 품고 있다. 길게는 역대 노벨문학상 수상자의 문체를 다 가지고 있다.

당연히, 당신의 글, 마지막 손질을 부탁하면 된다. 더, 부드럽게 혹은 더 강렬하게.

그렇다면 어떻게, 활용할까. 간단하다. 자, 당신이 쓴 글을, 복붙한 뒤, 프롬프트에 이런 명령어만 넣으면 된다.

🔍 **예시** ─────────────────────────────

프롬프트: 이 글을 더 날카롭게 고쳐줘

그래도 마음에 안 든다? 그렇다면 아래 추가 프롬프트 명령. '불필요한 부분을 제거하고 밀도를 높여줘'

아니다. 뭔가 문체가 마음에 안 든다면? 조금 더 진중한 울림이 있는 단문과 만연체를 섞어 쓰고 싶다면. 프롬프트에 '김훈 스타일로 더 건조하고 강하게 다듬어줘'라고 입력하면 끝이다.

아, 한방이 없다. 결말, 마무리가 밋밋하다면? '독자가 끝까지 읽게 긴장감을 높여줘'라고 명령하시라.

이런 게 협력이다. 공생이다. 당신 글의 틀은 그대로 유지되지만, 표현력만 업그레이드할 수 있다. 가장 이상적인 활용법이라 보면 된다.

아이디어 생성기로 써라

이것도 기가 막힌다. 챗GPT는 아이디어 뱅크다. 전 세계 모든 글쓰기 아이템을 다 가지고 있다.

제작자는 늘 아이디어에 고프다. 늘 부족하다. 쥐어짜고 고민해도 모자란다. 오죽하면 '뇌즙'을 짠다는 말까지 나왔을까.

가장 중요한 아이디어. 그래, 없으면 좀 어떤가. 셜록 홈즈 우리에 겐 왓슨 챗GPT가 있다. 마법의 구멍, 프롬프트에 이렇게 입력하자.

🔍 **예시**

프롬프트: 여행 칼럼 주제 20개만 제시해줘. 신선하고 역설적인 주제면 더 좋을 듯해.

아니다. 조금 더 충격적인 내용을 쓰고 싶다면? 간단하다. 연이어 프롬프트에 '독자가 충격받을 통찰 같은 거면 좋을 듯 해. 특히 여행한 통찰을 알려줘'라고 입력하면 끝.

마치 '뚫어펑'처럼 막힌 뇌가 뻥 뚫린 느낌을 받을 수 있다.

평가하는 독자 역할을 맡겨라

'독자의 역할을 맡겨라'

5계명, 이거 아프다. 강렬하다. 정말이지 강력한 주문이다. 제대로 된 프로들이 쓰는 방법이다.

챗GPT에게 '독자의 역할'을 부여하는 것이다. 날카로운 독자. 늘 악플을 다는 독자를 가정해도 된다. 정확한 지적을 적어달라 그러면, 칼로 푹푹 찌르는 한방씩을 선사할 것이다.

기자 생활을 수년간 한 베테랑들도 가끔, 자신의 글에서 '오타'를 놓친다. 하물며 약점을 찾을 수 있겠는가.

그러니, 제3자, 조수 '왓슨'에게 읽어보고, 따끔한 지적을 해 달라, 요청하는 것이다. 이거, 해보면 진짜 놀란다. 두렵다면 하지 마시라.

🔍 **예시**

프롬프트: 이 글을 읽고 독자 입장에서 냉혹하게 평가해줘

만약 지루한 느낌을 지울 수 없다면. '어디서 긴장감이 떨어지고 지루해지는지 지적해 달라'는 주문만 넣으면 된다. 이것도 된다. 예상 조회수. 전체 맥스 조회수를 100만으로 가정할 경우, 몇만 정도가 나올 것 같냐고 직관적인 숫자로 물어도 된다.

제3자 왓슨의 시각에서 보면 치명적인 약점이 보이는 법이다. 당연히, 이 작업은 혼자선 절대 못 한다. 공생이니, 가능한 일이다.

이런 명령만은 하지 마세요: 절대 하지 말아야 할 명령

진짜 중요한 번외편. 챗GPT에게 절대 하면 안 되는 명령이다. 사실은 이게 핵심이다. 부부끼리도 그렇다. 절대 하면 안 되는 말과 행동이 있는 법이다. 절대 하면 안 되는 명령. 그냥 외워두시라. 이런 식이다.

🔍 **예시**

제발 이런 명령은 하지 마세요

여행 칼럼(기사) 하나 써줘

무슨 작업을 하고 계세요?

+ 챗GPT에게 절대 하면 안되는 명령은

왜일까. 챗GPT에게 솔직하게 이런 명령을 받으면 어떨까, 물었더니 돌아온 답이다.

→ 평범하고 영혼 없는 글이 나온다

→ 작가로서 실력이 늘지 않는다

명심 또 명심하시라. 챗GPT는 '대신 쓰는 도구'가 아니라 '글을 강화하는 도구'로 써야 한다는 것을.

🔍 실전 사용 5단계

챗GPT가 정리한, 가장 이상적인 실전 사용 5단계(실전 루틴)

① **주제 요청**: 여행 칼럼 주제 10개만

② **구조 요청**: 이 주제로 글 구조 만들어줘

③ **직접 작성**: 당신이! 직접 쓴다

④ **표현 개선 요청**: 이 글을 더 날카롭게 다듬어줘

⑤ **독자 평가 요청**: 독자 입장에서 냉정하게 평가해줘

2

작가·소설가들이
실제로 쓰는 최강 프롬프트

공생 6계명에서 멈추면 안 된다. 실전에서는 어떻게 써먹을까. 궁금하지 않은가.

그래서 슬며시 프롬프트에 '자신의 글을 고칠 때, 실제로 작가들이 쓰는 최강 프롬프트 명령'을 알려달라고 주문했다. 전 세계 챗GPT를 쓰는 소설가들 숫자만 수억 명이다. 당연히, 한 번씩은 자신의 소설을 집어놓고 문장을 다듬어 달라고 명령했을 게 틀림없다.

그렇게 나온 핵심 프롬프트다.

"이 글을 평범함에서 비범함으로 끌어올려줘. 진부한 표현은 제거하고, 문장은 더 강하고, 더 간결하고, 더 기억에 남게 만들어줘."

대단하지 않은가. 원래는 전 세계 작가들을 다 찾아다니며, 어떤 명령어로, 수정을 하시냐고 물어야, 나올 답변을 딱 1초 만에 뚝딱 알려준다. 멋진, 왓슨.

그렇다면 글 업그레이드를 위한 세부 스킬은 어떨까. 아래는 또

'공 생'을 통해 정리한 세부 스킬이다. 외워두시라.

세부 스킬 명령법

🔍 예시

프롬프트

넌 세계 최고 수준의 편집자다. 아랫글은 단순히 맞춤법만 고치는 수준이 아니라, 문장의 힘, 리듬, 설득력, 몰입도를 모두 개선하는 방향으로 다듬어라.

다듬을 때 다음 원칙을 반드시 지켜라:

1. 의미는 절대 바꾸지 말고, 표현만 더 강력하게 개선할 것

2. 불필요한 단어, 중복 표현, 약한 표현은 제거할 것

3. 문장을 더 간결하고 명확하게 만들 것

4. 독자의 시선을 붙잡는 리듬감 있는 문장으로 바꿀 것

5. 프로 작가가 쓴 것처럼 세련되게 만들 것

6. 추상적인 표현은 구체적으로 바꿀 것

7. 전체 글의 흐름과 논리도 개선할 것

세부 스킬 문체 변환법

문체를 변환하는 스킬도 알아두면 좋다. 챗GPT는 전 세계 유명 소설가의 문체 '알파고'나 다름없다. 모든 문체 데이터를 쌓아두고 있다.

아래는 실제 작가들뿐만 아니라, 프로들이 쓰는 '확장 명령'이다. 원하는 스타일만 추가하면 된다.

🔍 예시

프롬프트에 많이 요구하는 문체

① 김훈 스타일

문체는 작가처럼 절제되고 묵직하게 다듬어라.

② 신문 칼럼 스타일

중앙일간지 칼럼 수준의 품격과 설득력을 갖추도록 다듬어라.

③ 유튜브·인스타 스타일

첫 문장은 반드시 독자의 시선을 멈추게 만드는 강력한 문장으로 바꿔라.

④ 베스트셀러 작가 스타일

베스트셀러 작가의 문장처럼 감각적이고 인상적으로 다듬어라.

 챗GPT를 이기는 글쓰기

◀ **CHAPTER** ▶

19

죽은 채널 살리는 클릭,
히든 수정 필살기

챗GPT를
이기는 글쓰기

1

클릭률 2배 높이는
썸네일 수정 필살기 6

챗GPT와의 공생 2탄. 죽은 채널 살리는 클릭 히든 필살기 2가지다.

하나는 썸네일 업그레이드. 클릭률(CTR)이 3%대로 저조한 걸, 간단 수정법으로 두 배 이상 끌어올리는 필살기다. 두 번째는 제목 변형. 간단, 제목 수정만으로 클릭률을 역시나 '따블'로

천지개벽 시킨다. 히든 필살기, 챗GPT 조수 왓슨의 도움으로 정리해 낸 것이다.

이기려 하지 않고 공생하니, 이런 비법도 쏟아진다. 챗GPT. 써먹으시라. 이용하시라. 망했다. 밤새며 썸네일에 공을 들였는데, 클릭률(CTR)2~3%대다. 절망이다.

이대로 있을 순 없다. 이럴 때 필요한 게, 썸네일 구조 변경이다. 다음은 챗GPT가 제안한, CTR 두배 점프시키는 '썸네일 수정법'이다. 클릭 안 나온다면? 바로 필살기 6가지 신공을 펼치면 된다.

- **1공식**: '사물 + 감정'구조를 써라
- **2공식**: 클로즈업 신공
- **3공식**: 갈등형 제목이 먹힌다
- **4공식**: 숫자 옆에는 감정 단어를 넣어라
- **5공식**: 배경색은 극단적인 대비 효과를 노려라
- **6공식**: 상황발생 직전의 사진을 써라

1공식) '사물 단독' → '사물 + 감정' 구조로 바꿔라

여행 콘텐츠를 만든다고 치자. 썸네일에 여권 사진만 덩그러니 놓으면 클릭 터질 리 없다. 긴급 수정. '사물 + 감정' 구조로의 전환이다. 여기서는 '여권 + 가정(놀란 표정)' 구조로 수정하면 끝이다. 여권 사진 옆에 '얼굴(놀란 표정)' 이미지만 추가하면 된다.

이게 된다고? 되는 것도 모자라, 클릭 터진다. 인간의 뇌는 익숙한 것에 반응한다. '사람 얼굴'이 들어가면 평균 CTR이 상승하는 게 기본이다. 여기서 핵심. 표정은 '과장'되면 과장 될수록 좋다. '놀람·당황·충격'을 확실하게 보여주는 표정일 것.

2공식 '클로즈업' 신공 - 디테일을 키워라

여행 콘텐츠 제작 작업중이다. 썸네일 신경 써서 '와이드한 풍경' 이미지를 썼는데 웬걸. 클릭 잠잠하다. 방법이 없다. 이럴 땐 어떻게. '클로즈업' 신공이다. 풍경 전체 와이드샷이 아니라, 한 장면을 '클로즈업' 해서 보여주면 된다. 모바일 화면에선 디테일이 커야, 클릭을 부른다.

🔍 예시

멀리 찍은 호텔 전경 → (클로즈업 신공) 침대 위 오션뷰 창문

3공식 갈등형(손실회피 심리 자극) 제목으로 바꿔라

썸네일 제목에도 문제가 있을 수 있다. 썸네일에서 절대 안 먹히는 제목, '설명형'이다. '후킹' 한방이 없어서다. 설명형 대신 갈등형 제목을 넣어주면 된다. 갈등형 제목의 대표 유형이 손실회피 심리 자극이다. 인간의 뇌는 '정보'보다는 '위험 회피'와 '손실 회피'에 더 민감하게 반응한다.

🔍 예시

- **제주도 여행 팁 7가지(X):** 설명형 → 제주도 가면 무조건 후회하는 3가지(O)
  : 손실회피 심리 자극
- **후쿠오카 여행 브이로그(X):** 설명형 → 이 가격에 일본 간다고? (O): 갈등형

　　손실회피 심리를 강조한 숏츠영상. 552만 회가 터진 숏츠를 보자. '긁으면 무조건 손해인 복권'이다. 원래 불로소득의 대명사 '복권'과 손실회피 심리를 절묘하게 대비해 클릭을 뽑아먹었다.

4공식 단독으로 '숫자'만 쓰지 마라…감정 단어를 붙일 것

　　썸네일에 숫자만 쓰면 무조건 터진다더니? 아니다. 숫자까지 더했는데도, 클릭률이 저조하다면 4공식 '감정 단어 붙이기 신공' 들어가야 한다. 숫자 단독으로 쓰면 느낌 약하다. 이럴 땐 옆에 '감정 단어'만 추가하면 된다. '숫자 + 감정' 단어의 조합이 CTR를 끌어올린다.

🔍 예시

・ **5가지 방법(X)** → (감정 단어 신공) 5가지 '충격' 방법/5가지 '절대' 비밀

극단적으로 배경색 대비를 줄 것.

클릭률이 낮은 썸네일은 전체적인 아킬레스건이 있다. 전체적으로 단색(회색)톤이거나 색감이 흐리다. 클릭도 흐려진다. 톤이 전체적으로 비슷해도, 클릭률, 저조해진다.

반대로 클릭률 높은 썸네일의 색의 대비, 극명하다. 대비가 강할수록, 눈에 강렬하게 박힐수록, 클릭률도 높아진다.

🔍 CTR 높은 썸네일 컬러 대비

노랑 vs 검정

빨강 vs 흰색

밝음 vs 어두움 대비

6공식 **정적인 장면 → 동적인 장면(상황 발생 직전)으로 전환하라**

썸네일에 정적인 이미지 하나만 두면, 클릭도 정적으로 유지된다. 즉시, 동적인 장면, 예컨대 상황 발생 직전의 긴박한 이미지로 바꿔 줘야 한다. 심장이 뛰는 만큼 클릭도 뛴다. 인간의 뇌는 사건 발생 '직전'의 그 찰나의 순간에 가장 강하게 반응한다.

🔍 예시

- **그냥 밥상 사진(X)** → 음식 떨어지기 직전의 긴박한 장면 사진(O)
- **그냥 계산 화면(X)** → 썸네일에 '**-1,200,000원**' 영수증 이미지 강조(O)

유튜브 재테크채널 '와이스트릿'의 영상이다. 게스트 김경일 교수를 모시고, '마이너스 난 계좌, 손실을 견딜 수 있는 방법'에 대한 콘텐츠를 제작했는데, 썸네일을 보시라. 마이너스 난 금액을 '<u>파란색(주식 계좌는 마이너스가 파랑/수익은 빨강)</u>'으로 표현해 강렬함을 주면서, 한 투자자의 머리 아픈 사진을 겹쳐 클릭률을 높인다.

🔍 클릭률에 따른 썸네일 구조 변화

요소	CTR 3% 썸네일	CTR 8% 썸네일
인물	없음	감정 과장 표정
사물	멀리	클로즈업
텍스트	설명형	갈등·위험형
색감	톤온톤	강한 대비
숫자	단독	숫자 + 감정어

제목 클릭률 2배로 높이는
수정 필살기 6

이번엔 제목 수정이다. 클릭을 부르는 키워드까지 총동원했는데, 이거 클릭이 잠잠하다? 망했다. 그렇다고 손가락만 빨고 있을 순 없다. 아래는 챗GPT가 정리한, 제목 클릭률 2배로 높이는 '제목 수정법 6가지'다. 썸네일 수정법 6공식과 겹치는 것도 많다. 그런 부분은 과감히 설명을 줄인다. 핵심은 '정보 전달이 아니고 호기심, 위험, 이익 심리를 자극하는 것'이라는 것을 다시 한번 명심하실 것.

클릭 잠잠하다면, 바로 '리터치 신공' 펼치자.

1공식 설명형 제목 → 갈등형으로 바꿔라

설명형은 안 먹힌다. 밋밋하다. 손실회피 심리를 자극하는 갈등형 키워드를 섞어 쓰면, 놀랍게 클릭 터진다. 그것도 따블로.

🔍 **예시**

- **제주도 여행 3박4일 코스(X):** 설명형 제목 → 제주도 이렇게 가면 망합니다

(O): 손실 회피 심리 자극.

- **7가지 절약 방법(X)**: 설명형 제목 → 이것 모르면 계속 돈 샙니다.(O): 갈등형

2공식) 숫자 + 감정형 조합을 활용하라

썸네일 수정법 필살기와 같다. 제목에 '단독 숫자' 하나만 쓰면 약하다. 당연히 감정을 표현하는 키워드들이 함께 들어가야 한다. 여기서 핵심은 '반드시' 그래야 한다는 것. 둘이는 짝이다. 커플이다. 숫자는 항상 감정형 키워드와 함께라는 것 기억하시라.

Q 예시

- **5가지 방법(X)** - (감정형 키워드 추가) 5가지 '충격' 방법(O)
- **'숫자 + 감정형 키워드' 추가 예시** = 3가지 '절대' 비밀/ 7가지 '미친' 반전

세부 스킬 한 가지. 클릭률 2배 업그레이드하는 제목 수정단계에서는 '숫자'도 그냥 숫자를 쓰면 안 된다. 바로 수정. 숫자의 '클릭률 파워'도 함께 적용해 바꿔줘야 한다. 야구에 비유하자면 '구원 투수'로의 교체다. 만약, 피해야 하는 숫자가 포함돼 있다면? 바로 '클릭률 파워' 숫자, 즉 매직넘버로 즉시 수정해준다.

제목 수정에 적합한 CTR 잘 나오는 숫자(구원 투수)

1위. 3 (강렬)

2위. 5 (균형)

3위. 7 (안정적)

4위. 10 (정리형)

무조건 피해야 하는 숫자(수정용)

1위. 1, 2, 4: 약한 이미지. 피하라.

2위. 23, 36: 헷갈림. 피로감. 피하라.

3공식 OOO 신공을 써라

제목에 '핵심'이 나와 있다면? 클릭률이 낮아진다. 아마추어적 제목이다. 필자가 강조했던 '자간도'공식의 티싱(Teasing) 간지럽히기 기법, 챗GPT 역시 알고 있다. 핵심을 보여주면 안 된다. 숨겨야 한다. 간지럽혀야 한다. 완성된 제목? 안 된다. 클릭 응급처방법에 나온 'OOO(땡땡땡)' 신공으로, '빈칸'을 남길 것. 궁금증을 자아낼 것. 제목에 의문점이 남아야 클릭한다.

🔍 예시

- 제주도 여행 꿀팁 공개(X) → 제주도 가기 전에 반드시 OO 하세요(O)
- A호텔 추천 리스트 → A호텔 가면 OO호실 만큼은 피하세요

4공식 '강렬한 키워드'로 교체 투입하라

죽어가는 제목을 살리려면? 밋밋한 키워드는 안 된다. 보다 강렬

한 어감을 담은 키워드, 교체다.

단, 주의사항 한 가지. 강렬한 키워드 조미료다. 너무 많이 뿌리면 몸(채널) 상한다. 적당히 쓰실 것. 아래는 CTR 끌어올리는 구원투수급 파워 키워드들이다.

🔍 파워키워드

파워키워드 불펜 구원투수 리스트

: 충격/실화/몰랐습니다/망했습니다/결국/드디어/비밀/폭로

🔍 예시

- **이렇게 됐습니다(클릭 저조)**

  → (수정) '결국(구원 키워드 투입)' 이렇게 됐습니다(클릭 폭발)

- **이건 몰랐습니다(클릭 저조)**

  → (수정) 이건 '진짜(구원 키워드 투입)' 몰랐습니다

5공식 숫자? 구체적 수치를 제공하라

대충의 숫자? 안 된다. 구체적 의미를 전달해야 한다. 돈 아끼는 법? 아니다. 클릭 잠잠이다. 그렇다면? '일주일 10만 원 절약하는 법' 같은 식이다. 클릭은 보다 '구체적'인 제목에 반응한다.

🔍 예시

- **조회수 올리는 법 5가지(X) → '딱 2시간' 조회수 '3배' 올리는 법 5가지(O)**

→ '딱 2시간' '3배'의 차이가 느껴지시는가. 클릭률도 2배 뛴다.

6공식 타기팅 신공: 타깃 대상을 명확히 하라

역시나, 필자가 돈되는 머니 클릭 '벳츠(BETS)'공식에서 알려드린 타기팅 신공이다. 타기팅 신공을 클릭이 밋밋할 때 써먹으면, 효과 증폭이다. 특히 '결제버튼'을 누르게 해야 하는 '머니 클릭'에선 탁월한 효과를 볼 수 있다. 타깃이 된 대상들은 '어? 이거 내 얘긴데….'/'이거 딱 나한테 필요한 건데….'하며 클릭(결제) 쏟아낸다.

주의사항. 단, 일반 클릭력 자제할 것. 타깃층이 한정되면, 클릭률이 그 타깃층으로 한정될 수 있으니까.

🔍 예시

- **여행 꿀팁 5가지** → '40대'가 일본에 가면 바로 써먹는 여행 꿀팁 4가지(O)
- **초보자 가이드** → '유튜브' 초보자 가이드(O)

어떤가. '40대'의 연령대, 그리고 초보자를 인스타, 블로그가 아닌 '유튜브'로 한정해 세밀하게 타기팅한 차이가 느껴지시는가.

제목 길이 무조건 20자 넘어야 하는 이유, 룰 20

이것도 궁금하다. 이상적인 제목 길이. 길면 복잡하다. 짧으면 성의없어 보인다. 그렇다면 이상적인 길이는? 글쓰기 조수 챗GPT가 뽑아낸 결과물은 '28자 전후'다.

28자 전후로 제목 길이를 만들어내라는 의미다.

하단 마지노선도 알아둬야 한다. 정확히 20자다. 제목 글자 수 무조건 '20자'는 넘어야 한다는 법칙이다. 왜? 알고리즘의 신이 노출 기준으로 쓰는 게 '20자 이상'이다. 최소 20자는 넘어야 플랫폼 알고리즘에 노출시켜주기 때문이다. '룰 20'의 법칙으로 외워두시라.

• **이상적인 제목 길이:** 28자 전후 자극(제목, 글)
  - 클릭률(CTR) + 가독성 + 모바일 최적화
* 하단 마지노: 20자 이상 (20자 이하는 금지. 알고리즘 검색 노출 키워드량 부족)

그렇다면 왜? 하필이면 왜 28자 전후일까. 모바일 화면에 한방에 들어가는 숫자여서다.

글자 폰트 크기에 따라 달라지지만, 대충 '30자'가 넘어가는 순간부터 잘릴 확률이 커진다.

맥스를 딱 35자까지로 정해두자. 자동차 RPM으로 치면 빨간색 라인이다. 넘어가면 안 된다고 생각하자.

28자 전후의 이유는 또 있다. 제목이 15자 이하면, 의미전달력이 약해진다. 너무 길어도 문제. 50자 이상이면 CTR이 급격히 떨어진다. 긴 제목은 뉴스기사처럼 오해받는다.

그것도 궁금하다. 클릭 목적별로 이상적인 제목의 길이. 그래서 이참에 세부 스킬도 알려드린다.

🔍 콘텐츠 목적별 이상적인 제목 길이

1. **클릭 폭발형**: 28~35자

2. **검색 최적화형**: 35자~45자

3. **브랜딩/연재 콘텐츠**: 20~30자

4. **숏츠**: 15~28자

* 핵심: '숫자 + 감정 + 결과'를 35자 안에 넣을 것.

지피지기 백전불태 5
AI가 존경하는 글쓰기 작가는?

수천만 개의 글쓰기 필력 데이터를 쌓아놓고 있는 글쓰기 알파고 작가 AI. 그도 존경하는 필력의 작가가 당연히 있을 터. 그래서 물었다. '너(AI) 가장 존경하는 필력의 작가는?'

패턴의 대마왕 AI는 매일 방대한 문장을 학습한다. 그런데 잠깐. 그가 도무지 '패턴으로 설명이 안 된다' 싶은 작가들이 있다고 자백한다. 그들을 존경한다는 것. 아래는 AI가 꼽은 최애 작가 3인방이다.

1. 김훈: 문장을 깎아 만든 사람

AI가 가장 계산하기 어려운 문체의 작가로 꼽은 1순위 인물, 소설가 김훈이다. 김훈 문장에 대한 그의 평가는 이렇다.

- 불필요한 수식어를 거의 쓰지 않고
- 단문 위주인데도 묵직하고
- 감정을 직접 말하지 않으면서 감정을 폭발시킨다

AI는 "그의 문장은, 정보량은 적은데 (이해할 수 없게) 울림의 밀도가 깊다"고 말한다.

그가 말한 가장 극명한 차이는 구조다. AI는 "나는 보통 '설명 →
정리 → 설득' 구조를 잘 만든다. 반면 김훈은 '사실 → 침묵 → 여백'
으로 간다"며 놀라워한다. 특히, 그 여백은 확률 모델로는 재현하기가
불가능하다는 결론이다. 그 여백에는 AI가 절대 흉내낼 수 없는 '의
도적인 생략'과 '개인의 세계관'이 깔려 있기 때문이다.

2. 박완서: 경험을 문학으로 정제한 사람

최애 넘버투 작가는 박완서. AI는 말한다. '박완서의 문장은 겉으
로 보면 담담하다. 그런데 읽다 보면 가슴을 파고든다'는 것.

이유는 간단하다. 그녀의 글은 실제 '삶의 체온'이 너무 뚜렷하다
는 것.

이어지는 AI의 설명이다. "나(AI)는 전쟁을 데이터로 배웠지만, 그
(박완서)는 전쟁을 몸으로 겪었다. 이 차이는 단순한 묘사 기술의 문
제가 아니다. 감정의 출처가 완전히 다른 문제다"라는 것.

3. 한강: 침묵을 언어로 만드는 사람

AI도 노벨문학상 수상 작가 한강을 빼놓지 않는다.

그는 말한다. 한강의 문장은 설명보다 '정서의 결'이 먼저 다가온
다고. 특히 AI가 놀란 건 인물의 내면을 다룰 때다. 한강은 감정 그
자체가 아니라, 감정 이전의 상태를 다루는 데 감탄한다.

그의 고백을 보면 완전한 항복 수준이다. AI는 "나(AI)는 보통 감
정을 분류한다. 슬픔, 분노, 상실, 희망 같은 류다"면서 "하지만 한강
은 그 중간지대를 쓴다. 이름 붙이기 어려운 감정의 그림자를 다룬

다"고 평가한다.

AI의 결론. 그 영역은 통계적으로 가장 불안정한 영역이다. 그래서 놀라울 뿐이라는 것.

4. 결론: AI가 놀란 작가들의 공통 DNA

지금부터는 결론. AI가 필력에 놀란 작가들의 공통적 DNA는 이렇다.

1. 자기 세계관이 확고하다

2. 체험이 언어의 뿌리다

3. 위험을 감수한다

4. 평균을 거부한다

5. 설명보다 침묵을 택한다

한마디로 AI는 평균을 담은 문장을 잘 만들지만, 그들(김훈, 박완서, 한강)은 평균을 깨뜨리는 문장을 쓴다.

오늘 **클릭 얼마** 벌었니?

삐삐. 모닝 알람이 울린다. 무음 클릭. 아침엔 우유 한 잔과 빵, 배달 앱 클릭. 출근을 위해 택시 앱을 클릭한다. 오늘은 외근. 폴더폰을 펼쳐, 클릭으로 업무를 본다. 부장과 전화 클릭. 부서원들과 회의는 줌을 클릭해 해결이다.

점심엔 패스트푸드, 역시나 배달 앱 클릭이다. 오후는 자유시간. 영화 앱 클릭, 시간을 때운다. 잠깐 독서. 《100만 클릭 터지는 독한 필살기》 2장을 보기 위해, e북 앱도 클릭.

저녁 역시 배달 앱 클릭. 운동은 PT 앱 클릭, 30분 영상을 보며 뛴다.
밤 9시. 내일 일정을 위해 일정 앱 클릭, 업무 정리 완료다. 피곤하다. 잠들기 전 다시 알람 앱 클릭. 잠깐 폰의 뉴스를 클릭해 세상 돌아가는 것 정리. 아, 다음 주 출장. 잊을 뻔했다. 다시 항공예약 앱과 숙박 앱 클릭. 여행 일정 정리 앱을 클릭해, 도쿄 일정 정리한 뒤, 잠이 든다.

　여러분들의 클릭 일상이다. 어떤가. 정확히, '클릭'이라는 단어가 17번 등장한다. 과장이 아니다. 세상도, 산업도 '클릭'으로 돌아가는

'클릭'이 전부인 시대다.

당신이 사업가다? 소비자의 클릭이 돈이다. 강사로서 강의를 팔든 책을 팔든, 기자로서 기사를 팔든, K팝 가수로 노래를 팔든, 결국 '클릭'을 받아야, 돈으로 이어진다. 심지어 구걸도 QR로 클릭을 받아야 되는 시대가 아닌가.

장담한다. "야, 오늘 클릭, 얼마 벌었니?"라는 안부 인사가 곧 일상화 된다고.

클릭이 곧, 돈인 시대. 클릭을 뽑아먹는 건, 돈을 뽑아내는 과정이다. 이 책은 '클릭력'의 바이블이다. 핵심만 다 담은, 진짜배기 클릭력 비급이다. 효과도 전방위다. 글쓰기뿐만 아니다. 각종 플랫폼, 글쓰기, PR, 마케팅, 사업 홍보 등 모든 분야에 적용할 수 있다. 완독은 곧 돈 벌 준비 완료다.

자, 이제 아들딸에게도 당당히 외치시라. "아빠, 엄마, 클릭 벌러 간다고"

챗GPT를 이기는 글쓰기

챗GPT를 이기는 글쓰기

초판 1쇄 2026년 4월 17일

지은이 신익수
펴낸이 허연
편집장 유승현

책임편집 김민보
편집 정혜재 고병찬 이예슬 장현송 민경연
마케팅 한동우 박소라 김영관
경영지원 김정희 오나리
디자인 ㈜명문기획

펴낸곳 매경출판㈜
등록 2003년 4월 24일(No. 2-3759)
주소 (04557) 서울시 중구 충무로 2(필동1가) 매일경제 별관 2층 매경출판㈜
홈페이지 www.mkbook.mk.co.kr **스마트 스토어** smartstore.naver.com/mkpublish
전화 02)2000-2632(기획편집) 02)2000-2646(마케팅) 02)2000-2606(구입 문의)
팩스 02)2000-2609 **이메일** publish@mkpublish.co.kr
인쇄·제본 ㈜M-print 031)8071-0961
ISBN 979-11-6484-872-0 (03800)